人在边陲

吕程平 著

中国广播影视出版社

图书在版编目（CIP）数据

人在边陲 / 吕程平著． -- 北京：中国广播影视出版社，2025.4. -- ISBN 978-7-5043-9191-9
Ⅰ．I253
中国国家版本馆 CIP 数据核字第 2025TA2773 号

人在边陲

吕程平　著

责任编辑	许珊珊
装帧设计	元泰书装
责任校对	马延郡
出版发行	中国广播影视出版社
电　　话	010-86093580　　010-86093583
社　　址	北京市西城区真武庙二条 9 号
邮　　编	100045
网　　址	www.crtp.com.cn
电子信箱	crtp8@sina.com
经　　销	全国各地新华书店
印　　刷	北京鑫益晖印刷有限公司
开　　本	787 毫米 ×1092 毫米　　1/16
字　　数	280（千）字
印　　张	18.75
版　　次	2025 年 4 月第 1 版　2025 年 4 月第 1 次印刷
书　　号	ISBN 978-7-5043-9191-9
定　　价	80.00 元

（版权所有　翻印必究·印装有误　负责调换）

序　言

立足热土，诚者如斯

温铁军

本书问世之际，正是《我的阿勒泰》火爆之年，也许人们愿意关注同样有重要意义的在地化研究成果、一个普通高校学者在阿勒泰这个充满魅力的边疆民族地区的调研工作。因为我们这本书所记述的，是我们乡建团队的年轻人在新疆阿勒泰地区的哈巴河县设立工作室3年以来的研究成果。

作者是我在中国人民大学带出来的一对学生夫妻。

妻子拿到的是"专硕"。现在作为涉农社会组织负责人带队在"祖国大西北之最西北"与哈、俄、蒙接壤的哈巴河县设立了工作室，开展乡村振兴工作；近年来还试水网络直播带货，在贯彻"两山"新理念的同时，积极向内地市场推介这个高海拔"冷凉气候带"的天然优质农牧产品。丈夫拿到了博士学位后又到清华做了"博后"，遂利用高校教师可以在地方挂职的机会常驻哈巴河，在两年时间里访谈数十名村民，搜集、整理了大量史料，连缀成一部边疆村落发展史。

事实上，在高校普遍执行以论文和课题为考核标准的科研生态下，竟然还愿意钻在边疆民族村子里做长周期的口述史，干这些费力不讨好的基础性科研工作实属不易。作者称本书的创作是"不容推辞的历史邀请"，但我为之作序，乃是以我作为"老调研"的社会残值，勉力支撑这种坚持"实事求是"的学风、以"脚下热土"为对象的研究！

诚者如斯夫——敢于蹲在基层做真研究，是很需要勇气的！

那么，这本书的意义何在呢？我想可能有以下三个方面：

第一，将宏大的叙事体现在丰满生动的日常故事中。具体而言，就是在微观的、具体的多民族村落"生长"历程中，实质性地展现习总书记强调的"三交"——各民族交往交流交融的生动历史。一个边疆村落的形成过程，也正是"中华民族共同体意识"的铸就过程。或可说，只有让宏大的叙事成为鲜活起来的，有温度、可触及的、"自然而然"的，"铸牢中华民族共同体"才是实体的存在。在本书中，各民族同胞共同生活、相互影响的例子不胜枚举，散落各处，读来自然亲切，让人感动。

第二，勾勒了边疆地区筚路蓝缕的建设历史。本书通过当事人口述，并配以较为丰富的各个时期文献，以白描手法回溯了半个多世纪以来边疆农业村落的发展历程，其中很多情形与当时内地农村有着同性特征。这些情形是我这样的"老知青""老调研"熟悉的，却是当下青年人陌生的，甚至是难以想象的。在"刀耕火种"、人背畜驮的生产力水平下，"前30年"开垦的田地、建设的水利、道路等基础设施，培育的技能型劳动力，成为后期边疆发展的坚实基础。诚然，这不仅是后人应当铭记的历史，也是对习总书记"前后两个30年不能互相否定"的印证。

值得注意的是，本书并未局限于所谓"创业史"或"人物志"的一般路数，而是将对边疆农业农村的制度性思考融入史料运用中，不论是生产队时期的人财物管理制度、改革开放初期的"狂飙突进"、新世纪之初的"三农问题"显化，抑或时下农业经营主体的迭代，作者草蛇灰线般地跟踪着几十年间农村经济与农牧业结构的嬗变。虽然限于篇幅和体裁，本书不可能对各个时期做出更多理论分析，但至少提供了观察边疆农村社会的有益线索和基础资料。

第三，为普通人立传。本书题目是"人在边陲"，几十年间，相比于更具光环效应的各个时期、各类城市居民下乡运动，迫于生计的被动式移民更持久、更具韧性地"人在边陲"，而后者对于人口地理和经济结构的意义，是常常被有意无意忽视的。前行莫忘来时路，我想，这本书的意义不仅仅在于讲述一个具体村庄的故事，更在于通过"为沉默者留声"的方式，向那个并不久远时代的人在边陲的普通劳动人民致敬。这也应该是新一代知识分子的天职吧！

最后需要指出的是，与现行考核制度倾向于鼓励个人成果不同，作者并不认为本书只是个人的研究成果，而应该是哈巴河县在地工作团队的整体奉献，是团队长期调研工作的结晶。为此，哈巴河驻地团队的北京共仁公益基金会伙伴都是本书的参与者。在地团队自2021年8月驻地新疆哈巴河县开展工作以来，克服了诸多困难，在边疆地区推进人才建设、新型集体经济组织建设、示范村打造、公益研学等工作，取得了成绩、收获了经验，殊为不易，值得肯定！

是为序。

2024年9月

目　录

前　言　　　　　　　　　　　　　　　　　　　　　　　　001

第一章　落户最西北　　　第一节　早期的记忆　　　014
　　　　　　　　　　　　第二节　落户最西北　　　025

第二章　生产队的记忆　　第一节　村庄最早的样子　061
　　　　　　　　　　　　第二节　公社管理体制　　065
　　　　　　　　　　　　第三节　挖大渠　　　　　084
　　　　　　　　　　　　第四节　队级营收　　　　091
　　　　　　　　　　　　第五节　伙食　　　　　　099
　　　　　　　　　　　　第六节　分分合合的村庄　105
　　　　　　　　　　　　第七节　洪水的记忆　　　109
　　　　　　　　　　　　第八节　房子的演变　　　113

第三章　小学记忆

第一节	最早的校址	*125*
第二节	运动的学校	*128*
第三节	教学安排	*130*
第四节	勤工俭学	*136*
第五节	学校变迁	*139*
第六节	家教	*142*
第七节	改写人生的考试	*152*
第八节	桦林里的童年	*155*

第四章　分地以后的村庄

第一节	刚分地的情形	*166*
第二节	油葵、食葵和洋芋	*174*
第三节	浇地制度	*188*
第四节	从条田化到高标准农田	*199*

第五章　致富能手们

第一节	80年代的拖拉机手	*215*
第二节	两代生意人	*222*
第三节	养殖专业户	*227*

第六章　各自的技能

第一节　盖房子的王大哥　　　233

第二节　开拖拉机的熊大哥　　242

第三节　铁匠妥师傅　　　　　244

第四节　自己摸索的技术　　　257

第七章　村民的往来与融合

第一节　一起盖房子　　　　　265

第二节　娶上媳妇　　　　　　268

第三节　农业村的放牧人　　　275

附　录

诗歌　我的白桦林　　　　　　287

田野杂记及致谢　　　　　　　289

前 言

喀英德阿热勒村，哈萨克语意思为白桦岛，该村因位于哈巴河下游桦林之中，如林中小岛而得名。哈巴河支流从村庄四周流过，最终汇入额尔齐斯河。喀英德阿热勒村建村于1964年，其人口由各个时期迁移至此的汉族、哈萨克族、回族等各族群众构成。

本研究通过亲历者口述与历史文献、档案研究相结合的方式，透过一个村落展现新中国成立以来边疆多民族互嵌式社区的发展历程，这是一代代各族同胞筚路蓝缕、艰苦奋斗的过程，也是各族同胞逐渐文化融合、生活习惯相互影响、共同创业的过程。笔者深入边疆村落，开展口述史研究，历时两年，深度访谈40余名各族同胞，讲述村庄早期历史和各个时期村庄的变迁史，小切片描述一个边疆村子的建设发展历史。

20世纪50年代以前，"白桦岛"并没有定居人口，后因援疆、退伍、知青等原因陆续从甘肃、河南、四川、山东、河北等地迁来汉族、回族居民，与本地定居的牧民哈萨克族同胞共同孕育了新生村落。各族同胞在几十年的共同生活中，既保留"口内"风俗，又吸收本地哈萨克族习惯，在艰苦创业历程中，结成了紧密的社会和情感联系纽带，生动体现了像石榴籽一样紧紧抱在一起的

2023年4月，访谈期间随行摄影师李耀为村民拍照留念

关系，犹如哈巴河畔丛生的桦林同根而生、相依而存。

第一，多民族社区的社会融合历史。这是一个由汉族、哈萨克族、回族等多民族移民杂居形成的社区，出于各种因缘聚集而来的人们，在几十年共同生活过程中，如同化学反应一般，从无到有地形成了社会网络与社会资本，从而在60年时间里不仅完成了实体乡村的建设，更在社会关系层面上建构了一个活态的乡土社会，这种绵亘60年的社区交融图景，让诸如"民族融合""社会治理""互嵌式社区"这样的政策话语有了可以触及、可以感受的温度和对象。在持续两年的访谈期间，我们随基层干部一起走访民族家庭，感受哈萨克族同胞的热情与坦诚，一次次入户访谈犹如老友会般亲切与熟稔，听哈萨克族老人细数村庄历史、汉族干部用民族语言与老乡攀谈，笔者一次次感受到这正是民族地区基层治理的根基所在。

第二，筚路蓝缕的边疆建设历史。在与初代各族村民几十次的深度访谈中，笔者深深为各族同胞在极端艰难情形下的生存毅力与开拓精神感动，仅仅两代人前的村庄创建史，在今天这个物质丰腴的时代已经难以想象。在极寒天气下劳作、在蛮荒之地开垦、在物质极端稀缺条件下努力生存，并自力更生修建各类基础设施，正是这样的努力，形成了边疆地区最早一批定居点、耕地和水利工程，成为日后边疆发展的重要根基。这批边疆开拓者在历史大潮中努力把握自己的命运，各民族群众以内部的团结力和创造力来替代物质的匮乏。

第三，意义深远的边疆移民历史。 村落的首批先民，多是迫于生计、背井离乡，他们不曾意识到，几十年前这次规模庞大的移民浪潮，对我国边疆人口分布乃至国家安全的深远影响。根据统计资料，从 1958 年至 1965 年，新疆的人口迁入规模和数量是新中国成立以来最集中、规模最大的阶段。从 1949 年至 2000 年哈巴河县主要民族人口构成情况看，1949 年哈巴河县汉族人口仅 76 人，占比 0.51%。这个比例一直到 1956 年，并未有太大变化。而从 1957 年开始，哈巴河县汉族人口呈现出跃迁式激增，远高于人口自然增长水平。到了 1967 年，汉族人口所占比重达到 32.32%，并在此后一直维持这样的数量级。在这个时期大量进入的内地移民及其后代不仅成为边疆地区工业、农业、科教文卫等领域的中坚力量，更是对我国边疆地区安全格局产生了深远影响。

第四，随时代"狂飙"的个人奋斗历史。 20 世纪 80 年代到 90 年代，旧的结构已经坍塌，新的结构尚未成型，因而是一个解放的年代、是"狂飙突进"的年代、是"万类霜天竞自由"的年代，失去庇护后的兴奋与惶恐，勇立潮头者与默不作声者、得意者与失意者，基于社区情结的互助网络与基于市场逻辑的外部浪潮相互碰撞、交融，改革初期的制度性缺失，使得在这个时期的后半段，所谓"三农"问题日益凸显。通过一个个村民的创业史，可以勾勒出这个变革的年代。

第五，新时代的乡村建设历史。 在乡村振兴的新时代，这个位于桦林中的村落迎来了新的历史机遇。2022 年，喀英德阿热勒村被确定为自治区级乡村振兴示范村，并力图以桦林生态资源为依托，打造成为"白桦岛生态村"。从 60 年前以牺牲生态资源为代价的村庄开拓，到立足生态资源的深度文旅开发，村庄历史的 U 形回转，折射了大时代的变迁。在此背景下，一批批"新居民"通过嵌入式研学体验、"乡村创客"、"游牧办公"等方式，共创其中，开启了新时代的多元融合。

笔者利用在哈巴河县挂职的契机，驻点喀英德阿热勒村，以口述史为基本方法，深入访谈早期移民及其后代 40 余人，形成了 200 余个小时的访谈录音。笔者力图通过文字呈现出每个历史当事者活生生的、有血肉的、有喜怒哀乐的情态。一个多民族村落的历史，是无数具体的、活生生的人的热忱、哀叹、兴奋与彷徨，而这些总总，无外乎生命的价值。

口述史是一个交互的过程。口述史创造不是一种去情感化的、单向的写作过程，而是不断地在讲述者与记述者之间的共情过程。在零下几十度低温下抱着襁褓中的孩子在羊圈过夜的妇人、用第一次卖掉油葵的钱买了永久牌自行车兴奋骑行的种植大户、在清晨林子中弹唱吉他引来哈萨克族姑娘侧目的青年……每个讲述者都可以将采访人与读者代入那个并不久远的年代，并与讲述者一起哀伤、一起高兴、一起感叹。从而，历史不再是一种居高临下与他者的讲述，而是不同生命过程的互嵌。

口述史重现"在地化知识"的过程。在正统的历史或档案中，本书讲述的大部分内容，或许只是被一两句高度抽象的话语带过，而在活态社区中，人们通过生活情境的互动、感知、习得和实践着各类生存技能，创造和维系着由血缘、情感、利益编织的社会纽带。这些蕴藏在社区深处的"在地化知识"和社会网络，正是托克维尔所言的"民情"，是任何可持续的制度建构与政策导向的真正根基。

口述史让沉默者发声。在广阔的边疆图景中，这平常的、劳作的、奋斗的、交互的人们，犹如"暗物质"般地存在，他们并非是某个可被概化的显见的原因，却是空间运动或涌现的根本，也正是在带有各个时期色彩的行政运动之后，村庄仍在深层上以自身的逻辑去运行的原因。本研究不仅是表达对远逝历史的尊重，更是希望这沉默的、日常的、流动的边疆社区图景得以显现。

以普通人的生活史为视角记录各民族交往融合。社区内部多民族同胞交流

| 前言 |

喀英德阿热勒村面貌（摄于2021年冬）

互嵌体现在几个方面：（1）在村庄开拓阶段，当地哈萨克族同胞为逃荒而来的汉族、回族同胞提供基本生活物资供给，使得内地移民能够在极寒条件下生存；为了让初创期的农业队渡过难关，周边牧业生产队在政府统一安排下为其提供牲畜、粮食，从而形成区域性协作关系。（2）在村庄建设时期，各民族村民披荆斩棘、共同劳作，并在物质资料缺乏的情形下形成了同甘共苦的互助网络。（3）在几十年的共同生活中，各族村民文化相融、语言互习，并通过联姻方式达到血缘相通，一批熟悉民族风俗的基层干部在社区共同生活中成长起来，成为社区发展的中坚力量。

从社区生活网络层面探讨何以能在边陲"扎根"，从而为解决日益严峻的边疆"空心化"问题提供启示。 对于边境地区"过疏化"问题，近年来引发了政策界和学术界的广泛关注（刘杰，2019；丁忠毅，2020；刘华林，2021；杨明洪等，2020；罗静，2021；王顾言等，2022）。本研究深入描述了自发性个体技能形成史、社会网络形成过程乃至村庄的变迁，可以发现，具体的个体乃至一个群体留在边陲，是因为其生活网络、生存场景都"根植"于此，是因为其所有个体经历、生活记忆、社会关系都成为广阔边疆背景的一部分，而并非是因为短期的政策激励或运动化的行政安排，也正因如此，这样的"留下"不仅是持久的，更是必然的。访谈中，各族乡亲们即使有了在城市居住等看似更优越的选项，但仍愿意留在边陲，一次次地返回社区，因为这里是历史的、情感的与交往的共同体。

完成具有历史责任感的边疆建设史。这个边陲村落的各族移民，多是在特殊历史条件下"被动地"来到边陲、留在边陲，但他们不仅完成了一项现象级的迁徙，更是深刻改变了边疆的社会样态乃至国家安全格局，从这个意义讲，每个生存于更加中心地带和繁华年代的人，都应该致敬这些边陲的建设者。在极为艰苦的条件下，社区民众通过内部自我动员修路架桥、兴修水利、开垦土地，将社会资本转化为物质资本和发展资本。这样艰苦卓绝又自力更生的边疆建设是富有启发性的，即在更加依赖行政和市场力量推动边疆发展进程中，应培育、保护社区内部活态网络。

在对村子的访谈中，一位回族老乡说："老农民的哪个人都要你专门一个人写的话，就是一本书。都是我们眼前经过的，现在说了一个过程，但是我实实在在那样子走的。我实实在在把事情意义给你讲出来。我们就那样子过来的，有啥讲不出来，哪个人他都能讲出来。"

是的，每个普通的为生存奋斗的劳动者的经历，都可以是一部书；而与一个村落偶然的相遇，也可以将其视为一种历史的邀请，一种义不容辞的邀请。

最后，以著名的热剧《权力的游戏》中一段台词为结尾，"He（夜王）wants to erase this world that's what death is, isn't it—Forgetting/Being forgotten. If we forget where we've been and what we've done, we're not men anymore, just animals."[1]

---

[1] 这段话可以翻译为：他（夜王）想抹杀这个世界，死亡就是这样，不是吗——遗忘/被遗忘。如果我们忘记了我们去过哪里、做过什么，我们就不再是人，只是动物。

第一章

落户最西北

第一节　早期的记忆
第二节　落户最西北

1959—1961年困难时期，人口稠密的东部地区，由于严重自然灾害等原因，许多省区人口自然增长是负值，而东北、西北、华北三区仅有几个省自然增长为负值，许多省区如黑龙江、内蒙古、新疆等的生活并不太困难，因此东部地区农村人口大量向"北三区"流动。

新中国成立以来，东部人口向北部、西部的迁移，对于调整全国人口分布，开发荒地，改变落后地区粗放耕作，开采矿产森林资源，发展民族地区经济文化，促进全国经济全面发展，加强各民族团结，建设边疆，巩固国防，都起了积极作用。①

新疆长期以来是我国的主要人口迁入地区。根据户籍统计资料，新疆自1949年到1980年的32年共净迁入人口300多万，其中1959年一年就净迁入50多万。而且32年的记载中只有1962年一年净迁出，其他年份虽有数量上的波动，但一直保持人口净迁入的势头，大量的人口迁入加速了新疆人口的增长速度。人口迁入为新疆科技、教育、文化、卫生等领域提供了大量中坚力量，同时改变了新疆人口的民族构成，汉族解放初期占总人口不到10%，20世纪70年代初，已达到了40%左右。②

1958—1965年，新疆的人口迁入规模和数量是新中国成立以来最集中、规模最大的阶段。③这其中，自流人口占了很大的比重。甘肃省本身无计划性移民，但流入新疆人口的规模超过了江苏、安徽等地。

---

① 仇为之：《对建国以来人口迁移的初步研究》，《人口与经济》1981年第8期。
② 李元庆：《初探新疆近年来的省际人口迁移》，《西北人口》1990年第7期。
③ 姚新武、尹华：《中国常用人口数据集》，中国人口出版社，1994，第70—71页。

年份	收容外省区自流人员人次	外省区自流人员的来源（%）						
		甘肃	河南	四川	山东	江苏	安徽	其他省区
1958—1960	146 802	11	26.2	11.6	12.5	8.9	4.3	25.5
1961	110 790	54.7	7.2	8.2	3.9	1.9	1.4	22.7
1962	35 374	39.5	9.7	15.3	5.4	2.9	—	27.2
1963	23 822	24	15.2	19.3	6.9	8.3	6	20.5
1964	32 894	10.5	17.8	15.7	12.1	9.6	7.2	27.1
1965	27 054	19.2	23.2	9	10.8	5.7	6.3	19.5

资料来源：新疆维吾尔自治区地方志编纂委员会：《新疆通志·民政志》，新疆人民出版社，1992，第185页。

据《中国人口·甘肃分册》统计，1959年，甘肃省"流入新疆总人数为4万多人"[①]。1960年，哈密地区对流经的自流人口也做了统计，第一季度就流入39 914人，平均每天流入403人；第二季度35 700人，平均每天流入397人；第三季度34 049人，平均每天流入378人；第四季度43 775人，平均每天流入717人。全年流入哈密153 438人。其中，从甘肃流入的就有28 961人，仅次于河南的44 072人，占18.87%。1960年2月，甘肃省驻哈密工作组报告："我省各地从元月一日至二十日流往新疆的有4237人。"[②]平均每天超过了200人。

从分布上讲，这一时期流入新疆的甘肃自流人口遍及了全疆大部分地区。新疆人口主要沿塔里木盆地和准噶尔盆地的边缘呈半环形分布，尤其是天山南坡西段、伊犁河谷地和天山北坡中段的冲积洪积扇缘带最为密集。

自流人口入疆以后的分布比较符合这一规律。如哈密地区，地处交通要道，一直就有很多自流人员在此滞留、落户。新中国成立初期，政府对确实无钱购买车票的自流人口补助车膳费，促其离哈；不久，又采取收容遣送回原籍和就地安置的办法，处理自由流动人员。仅"1959年到1961年三年间，全县共安

[①] 苏润余：《中国人口·甘肃分册》，中国财政经济出版社，1988，第162页。
[②] 甘肃省民政厅党组：《最近农村人口盲目外流情况的报告》（1960年2月6日），甘肃省档案馆，档案号：138-001-0752-0001。

置自流人员 6123 人"①。

乌鲁木齐作为新疆维吾尔自治区的首府，疆内、疆外的自流人口一直都比较多，"在 1950—1955 年，自行流入乌鲁木齐 30 481 人，年均 5080 人。1960—1962 年猛增到 109 527 人，年均 36 509 人。1961—1962 年精减压缩城市人口，自流人口却没有得到有效控制。"②

阿勒泰地区位于边境地区，较为缺人，因此也乐于接收外省的自流人员。1961—1965 年，阿勒泰曾派干部长期在乌鲁木齐，与自治区民政厅合作、商议，接收安置内地来疆的受灾农民。"先后共接来山东、河南、甘肃、四川等籍的移民 1.6 万余人，并派人接来他们的眷属 400—500 人。"③

阿勒泰地区的哈巴河县，位于祖国的最西北边陲，也是外省自流人员在国境之内所能到达的最西北终点。

根据《哈巴河县志》记载：1958—1966 年接收自动来哈巴河县落户的人员 1500 人。第一批安置在跃进公社约 500 人，继之安置在红旗、东风等公社，部分人员安置在营造厂。县人民政府给被安置人员发棉衣、毡筒、棉帽等生活用品。④

县志记载，1959—1976 年组织江苏、山东等省知识分子来县支边，同时招收来自安徽、河南、甘肃、四川、陕西等省份的自迁人员，县境人口骤增。

但实际数字很可能远高于如上叙述。《哈巴河县志》中还记载了该县乡镇人口和农业、非农业人口变化，以及主要民族人口构成变化情况。

---

① 哈密市地方志编纂委员会：《哈密县志》，新疆人民出版社，1989，第 304—305 页。
② 乌鲁木齐市党史地方志编纂委员会：《乌鲁木齐市志·总类》，新疆人民出版社，1996，第 222 页。
③ 阿勒泰市党史、地方志编纂委员会：《阿勒泰市志》，新疆人民出版社，2001，第 342—343 页。
④ 哈巴河县方志编纂委员会：《哈巴河县志》，新疆人民出版社，2004，第 58 页。

1949—2000年哈巴河县主要民族人口构成表（有删节）

年份	人口合计	哈萨克族 人口	哈萨克族 比例	汉族 人口	汉族 比例	回族 人口	回族 比例	蒙古族 人口	蒙古族 比例	维吾尔族 人口	维吾尔族 比例	乌孜别克族 人口	乌孜别克族 比例	塔塔尔族 人口	塔塔尔族 比例	其他民族 人口	其他民族 比例
1949	14 887	13 671	91.83	76	0.51	407	2.73	305	2.05	90	0.60	13	0.090	11	0.070	2	0.010
1950	15 081	13 849	91.83	77	0.51	412	2.73	309	2.05	91	0.60	13	0.086	12	0.080	2	0.010
1951	15 307	14 057	91.83	78	0.51	418	2.73	314	2.05	92	0.60	13	0.085	12	0.078	2	0.010
1952	15 598	14 325	91.84	79	0.51	426	2.73	320	2.03	94	0.60	13	0.083	12	0.077	2	0.013
1953	15 941	14 641	91.84	81	0.51	435	2.73	327	2.05	96	0.60	13	0.082	12	0.075	2	0.013
1954	16 142	14 838	91.92	89	0.55	425	2.63	327	2.03	96	0.59	14	0.077	12	0.074	—	—
1955	16 654	15 413	92.66	103	0.62	471	2.84	332	1.99	132	0.79	—	—	29	0.174	2	0.012
1956	16 991	15 608	91.06	145	0.85	508	2.99	338	1.99	150	0.88	7	0.041	—	—	50	0.300
1957	17 782	16 251	91.39	338	1.90	486	2.73	336	1.89	130	0.73	5	0.028	33	0.186	5	0.030
1958	17 983	16 167	89.90	486	2.70	533	2.96	361	2.01	155	0.86	7	0.039	54	0.300	59	0.330
1959	19 681	16 503	83.85	1952	9.92	661	3.35	314	1.59	193	0.98	10	0.051	31	0.158	—	—
1960	19 200	16 667	86.81	1424	7.42	575	3.00	301	1.57	200	1.04	5	0.026	12	0.630	6	0.031
1961	20 846	16 704	80.13	2941	14.11	649	3.11	314	1.51	193	0.92	5	0.024	27	0.130	—	—
1962	23 847	18 431	77.29	3490	14.63	1 313	5.50	319	1.30	246	1.03	26	0.109	—	—	9	0.038
1963	24 183	17 979	74.35	4265	17.64	1 334	5.52	344	1.42	222	0.91	24	0.099	—	—	3	0.012
1964	26 052	18 505	71.03	5603	21.25	1 008	3.86	317	1.22	218	0.83	7	0.026	50	0.190	344	1.320

续表

年份	人口合计	哈萨克族 人口	哈萨克族 比例	汉族 人口	汉族 比例	回族 人口	回族 比例	蒙古族 人口	蒙古族 比例	维吾尔族 人口	维吾尔族 比例	乌孜别克族 人口	乌孜别克族 比例	塔塔尔族 人口	塔塔尔族 比例	其他民族 人口	其他民族 比例
1965	28 737	19 278	67.08	7252	25.24	1567	5.45	315	1.10	268	0.93	7	0.024	39	0.140	11	0.038
1966	31 942	19 574	61.28	9291	29.09	2168	6.78	321	1.00	275	0.86	16	0.050	40	0.130	257	0.800
1967	34 795	20 832	59.87	11 243	32.31	2010	5.78	320	0.92	264	0.75	9	0.025	24	0.069	93	0.270
1968	38 528	21 818	56.63	13 215	34.20	2910	7.55	321	0.833	215	0.56	5	0.013	31	0.080	14	0.036
1969	39 809	21 796	54.75	14 829	37.25	2556	6.42	324	0.81	236	0.59	13	0.032	37	0.090	18	0.045
1970	41 381	22 680	54.81	15 352	37.10	2683	6.48	320	0.77	293	0.70	9	0.022	25	0.060	19	0.046
1971	43 903	23 569	53.68	16 961	38.63	2697	6.15	333	0.76	273	0.62	8	0.020	33	0.075	29	0.066
1972	40 614	24 558	60.47	12 404	30.54	2960	7.29	354	0.87	262	0.65	9	0.020	56	0.140	11	0.027
1977	50 383	29 213	57.98	16 659	33.66	3171	6.29	399	0.79	298	0.59	13	0.030	80	0.160	250	0.500
1978	51 617	30 689	59.45	16 346	31.67	3579	6.93	403	0.78	353	0.68	13	0.030	95	0.18	139	0.270
1979	52 664	31 399	59.62	16 788	31.88	3582	6.81	410	0.78	359	0.68	14	0.030	84	0.16	28	0.05
1980	53 998	32 212	59.65	17 031	31.54	3849	7.13	417	0.77	364	0.67	7	0.013	88	0.16	30	0.06

从 1949—2000 年哈巴河县主要民族人口构成表可以看到，1949 年，哈巴河县汉族人口仅 76 人，占比 0.51%。这个数量级一直到 1956 年，并未有太大变化。而从 1957 年开始，哈巴河县汉族人口呈现出跃迁式激增，远高于人口自然增长水平。

第一节　早期的记忆

根据《甘肃民政大事记》记载，1956—1961 年，全省旱灾严重。1961 年 6 月，据统计，全省因灾外流人口已达 24.14 万人，经各地收容遣送回乡 7.8 万人，尚有 16.34 万人流落在外。[①]

根据《甘肃人口》一书记载：1960—1963 年，甘肃遇到严重困难，农村粮食生产不足，大批工矿企业停建，大量人口外迁，"以工就食"度过困难。1960—1963 年，人口净迁出为 94.18 万人（不包括农村逃荒在外省的盲流人口）……由于粮食不足，有大批农民为了谋生流入外省。流往陕西省比较多的是天水地区的农民。除了流往陕西的人口，还有一部分群众流往新疆、内蒙古、青海与宁夏等省区。流入新疆的以河西地区农民为多，次为定西地区的农民。

1959 年流入新疆总人数为 4 万多人，其中生产建设兵团安置了 2 万多人，工矿企业安置了 1.5 万人，各人民公社安置了约 5000 人。1961 年武威地区迁出人口为 51 955 人。这种因粮食不足而引起的人口迁移到 1963 年由于农村实行了责任制，使得粮食生产迅速恢复和发展，不仅人口迁移停止了，而且有些迁出农民也先后返回原籍。

1960—1963 年，除了农民因粮食不足而外迁其他县的情况，大批工矿企

[①] 甘肃省民政厅民政志编辑：《甘肃民政大事记》，甘肃人民出版社，1992，第 212—231 页。

业停建，也引起了大量人口外迁，尤其是省际迁移。当时甘肃粮食不足，政府提出动员干部职工到外省"以工就食"，度过困难岁月。根据全省统计资料，这四年人口净迁出 94.18 万人。①

王伯伯的老家记忆

王伯伯老家是武威市凉州区和平镇。1961 年，王伯伯一家人从武威移民到新疆。"我们是 1961 年 11 月份，从武威过来的。当时我才十五六，上了个四年级。我们父亲去世早，家里老的老、小的小，我下边还有三个妹妹，没人干活。所以那时候我十四五就开始干活了，学也没上成。"

说起老家 20 世纪 60 年代初期的生活，王伯伯至今记忆犹新。

王伯伯：把榆树叶子搁锅里炒出来，和着箩下来的面，捏吧捏吧，搁在石头窝窝里烤烤，摊饼。五六个人吃饭，连一把面都没有。也有野菜，后来夏天弄上点菠菜，就抓上那一把面四五口子人（和水吃），清水，就是清水。（后来）一听这里生活多好，我们就赶紧上这里来了。

马大叔的记忆

1966 年从老家甘肃临夏来的马大叔一家，属于建村之后较早迁入的回族移民。按照他的回忆，当时并没有明确的目的地，只是模糊地听说，新疆生活好。2023 年正月，笔者连续两天在马大叔家访谈。

马大叔：1966 年从老家来。那就是为肚子来，咱们老家艰苦得很，我记得那个时候吃的是青稞、小米。

根据《临夏州志》记载：1959—1961 年，国民经济严重困难，人口大量外流。到 1961 年底，人口从 1959 年的 89.48 万人降到 84.33 万人，减少了 5.15

---

① 苏润余：《中国人口·甘肃分册》，中国财政经济出版社，1988，第 161—163 页。

万人，形成人口发展的一个低谷期。从 1962 年开始，随着国民经济情况好转，人口出现补偿性回升。到 1964 年人口总数达到 88.96 万人，恢复到 1958 年的水平。①1959—1961 年，贫困地区的各族群众逃荒到新疆落户的很多。据 1963 年统计，全家移居新疆的有 1400 户、5217 人，1965 年又有 4163 人定居新疆塔城、伊宁等地。②

马大叔：能吃饱吗？你想，饭里边都是野菜，撒这么一把面七八口人，就把那个搅吧搅吧，青稞面这个面子出来一点点疙瘩怎么弄，老两口先把疙瘩捞出来，先给小儿子吃。那疙瘩就没大的，哪有大的！七八个人，那么一锅汤，就抓这么两把面。咱们老家就是小米、青稞，那边气候凉，一般玉米都好好地不熟，所以主要是小米、青稞，它是早熟庄稼，还有豌豆，早熟都可以。晚熟的就不熟。③

所以老爷子就带着我们跑，就跑到新疆来，先到乌鲁木齐，哪有一个目标，没有目标，到哪算哪。都说新疆能吃饱，去先说了可以把肚子温饱。老乡邻居什么的之前都没来过。听到个消息说新疆好，可以把肚子吃饱。我是临夏县民主乡。我们到这来是 1966 年的 12 月份。

姜叔的记忆

根据《武威市志》记载，1951 年黄羊河灌区秋旱，河水大减，32% 的土地未泡，影响次年春播。1957 年武威夏旱，普遍减产 20%—30%。1960 年河西冬干春旱，接着初夏干旱，较重。1962 年武威县各河 4 月平均流量比上年减少 54.5%，5 月减少 56%，50 万亩夏田未灌上头水。1965 年武威全县干旱缺雨，

---

① 《临夏回族自治州》编纂委员会：《临夏州志》，甘肃人民出版社，1993，第 191 页。
② 《临夏回族自治州》编纂委员会：《临夏州志》，甘肃人民出版社，1993，第 967 页。
③ 据记载，全州最热 7 月气温（除了永靖）为 16℃—18.1℃，远远低于马铃薯退化和蚕豆硬子形成需要大于 21℃ 的临界温度，加上光照较充分和昼夜温差大，是蚕豆、豌豆、麦、薯类和油菜等喜凉作物的适宜种植区。（《临夏回族自治州》编纂委员会：《临夏州志》，甘肃人民出版社，1993，第 260 页。）

黄羊河灌区5.1万亩小麦减产，杂木、金塔、西营河灌区秋旱减产。1966年武威春夏少雨干旱，河水流量减少，泉溪干涸，用水困难。①

姜叔是1940年生人，老家甘肃武威，1965年来到新疆。

姜叔：50年代，我们就是种的小麦、洋芋、大麻，稻谷也种，有卖也有吃的。当时价格太低，价格实在低得很。一个鸡蛋三分钱还没有人要。有倒卖鸡蛋的人，当时（把）老百姓的鸡蛋收上，到武威城里去卖，卖3分5，挣个5厘钱，卖100个鸡蛋，有5毛钱，5毛钱就能吃顿饭。这么一大碗凉皮子就2毛钱，东西不值钱。这么大一个馒头1毛钱。羊杂碎、牛杂碎子，一大碗2毛钱。我们那个时候太苦了，苦得说不出来。

那个时候，地里麦子就打几十公斤。种上麦子，麦子不出，出草了。正应该浇水的时候，天上不下雨，水也干了。

菜叶子，老叶子，秋天黄掉了，没有拾干净，老叶子不拾。秋翻，等来年种庄稼，地犁过了，土给埋上了，春天没的吃，就从地里把这些叶子挖出来吃。头一年不秋翻，第二年种东西种不下去。头一年，细心的人晾下干菜，就留下吃了，就挨过这了……

洋芋，头一年秋天犁过，也有拾不净的。到第二年种麦子的时候，犁地，翻出来，照样拾出来也吃。黑黑的、软软的，吃着酸溜溜的味道。一个人吃不行，一家子都叫过来吃。拾得多了就多吃，拾得少了就少吃。那些生活我们都过来了。

根据《武威市志》记载，1959—1961年，连续发生了3年自然灾害，加上政策上的失误，导致人民生活严重困难。据中共武威县委（1960）076号文件称：1959年全县外流17.03万人。另据统计，1961年1—6月外流5459人。灾情发生后，人民政府从外地调来大量救济物资，省、地、县在18个公社办起53所临时救济医院，免费治疗由饥饿引起的各种疾病患者。同时，拨给价值3.81万元的医药品及大量的棉布、食物、燃料等救济物品。抢救受灾农户

---

① 武威市市志编纂委员：《武威市志》，兰州大学出版社，1998，第72页。

12万户，占全县农户的83.3%。1963年、1964年两年，全县发生了小麦锈病、干热病、暴雨、洪水等灾害。政府给受灾群众贷款5.5万元，发放救济粮123.45万公斤、救济款43.14万元、棉布5.2万米。[①]

河北来的张家

2023年深秋的一天清晨，笔者在村里等着做核酸的时候，认识了张哥。张哥身材高大，聊起来他老家竟是河北的，还是"半个老乡"。

张哥：老家是河北沧州的，全哈巴河从河北来的人也很少。爸爸妈妈在老家认识的，在老家结婚的，1959年领着我哥哥来的，我前面有哥哥姐姐。我老爹（即张世明老人）是火车站搬运工，要养活一大家子，谁知道是咋回事，就跑来了。很小的时候回过一次老家，我老家挨着火车站。1961年，从河北直接到哈拉希力克（口述如此），从那里拐这来的。那时候，这个地方建队需要人，就分流了。第一

张世明老人（曾任八大队队长）

[①] 武威市市志编纂委员会：《武威市志》，兰州大学出版社，1998，第186页。

站是沙湾,沙湾没待住。那时候就是哪有好吃的往哪里跑,就跑到了哈巴河。当时能吃到肉、洋芋,就住下来,再也不跑了。就是到处打听,想方设法,哪里能吃饱肚子。来的是一家,老爷子、我奶奶(1980年去世的)、我妈妈,还有我大哥四个人。

在老家就当老师的赵校长

赵校长: 我家是甘肃武威市,我在老家就当老师了。那时候我六年级毕业以后,考中学差一点没考上,这就回到老家。后来学校里缺人,我又上去当老师。

笔者: 您那小学是在民国时候上的?

赵校长: 就是。1958年我就当老师,那时候19岁了。我是小学学历,1959年9月份上新疆的。那时候老家生活艰苦得很。

笔者: 小学老师也不行吗?

赵校长: 那时候生活都不行,口粮那都是杂粮,还不是面粉。谷糠呀、麸皮呀,有时候还是树皮。1958年,在老家工资是24块钱。当时24块钱的工钱还是不够。没有粮食,到哪里买粮食去?那时候是食堂化,你去锅里面看去,就没有个东西,就是清水。再就是菜叶子那些东西,生活就艰苦得很。①

上学那个娃娃可怜,生活艰苦吃不上、穿不上。来到学校里,连板凳上都坐不住,出去躺到墙根里晒太阳,没有力气。你喊人都喊不起,叫都叫不动。可怜得很,那时候生活困难得很。吃的都是杂粮又不是主食,就那些东西。

1958年在小学工作时候结婚的,结了婚我就上新疆了,就到乌鲁木齐乌拉泊水库②,开始当工人了。就我一个过来,父母还在老家。1960年,我的父亲把媳妇送到新疆来了。

---

① 据记载,在"大跃进"中,农村曾实行生产集体化、生活军事化、队队办食堂,实行吃饭不要钱。全县普遍发生了平调富队钱、粮,宰杀家禽,砍伐社员树木,割私有制尾巴等"左倾"错误,给群众生活造成严重后果。(武威市市志编纂委员会:《武威市志》,兰州大学出版社,1998,第122页。)
② 乌拉泊水库一期工程始建于1959年,1961年建成并投入运行。

人在边陲

来到新疆

1958年起,在乌鲁木齐市等地开始设立收容站(所)。1960年,新疆民政厅在主要交通要道设立临时收容站。1961年底,正式设立乌鲁木齐、盐湖、大河沿、哈密4个重点收容遣送站。到1962年,已经正式设立了石河子、乌苏、伊犁、焉耆、库车、阿克苏、喀什等11个收遣站。1964年,收遣站编制增加到108人,对自流人员进行收容遣返工作。①

各收遣站的收遣范围

站名	收遣范围
乌鲁木齐收遣站	乌鲁木齐市、昌吉回族自治州、塔城、阿勒泰地区、霍城县
哈密收遣站	哈密地区、鄯善县
大河沿收遣站	吐鲁番、托克逊县
乌苏收遣站	博尔塔拉蒙古自治州、乌苏县
伊犁收遣站	伊犁地区除霍城县以外的各县
焉耆收遣站	巴音郭楞蒙古自治州
库车收遣站	库车、沙雅、新和、拜城县
阿克苏收遣站	阿克苏地区库车站管辖外的各县、克孜勒苏柯尔克孜自治州
喀什收遣站	喀什、和田地区

资料来源:新疆维吾尔自治区地方志编纂委员会:《新疆通志·民政志》,新疆人民出版社,1992,第181页。

为保护这些灾民,加之新疆建设缺乏劳动力,新疆维吾尔自治区党委先后做出决定和发出紧急通知,指示对这些自流人员应同对待支边青壮年一样,予以收容和妥善安置,使他们安心在新疆参加生产。1959—1962年,甘肃、陕西、河南、四川等省的灾民纷纷自流来疆找工作(逃荒),每年平均有1万人左右流经吐鲁番,全部被收容安置到伊犁、昌吉、哈密、巴音郭楞等地农村和生产建设兵团农场参加生产劳动。②

---

① 新疆维吾尔自治区地方志编纂委员会:《新疆通志·民政志》,新疆人民出版社,1992,第181页。
② 《吐鲁番市志》编纂委员会:《吐鲁番市志》,新疆人民出版社,2001,第753页。

到哈巴河

赵校长： 我来新疆的时候，坐火车到哈密。那里有招收工人的，收了三汽车工人，也就是100人左右，到乌鲁木齐乌拉泊湖水库。工地上，让我当了个小组长。

两年之后，乌拉泊湖水库完工了，工人要疏散到乌鲁木齐，当时我已经是正式工人了。领导说你不要走了，把你家属动员回老家，以后国家政策允许再把家属接上来。

我也考虑家里生活那么困难，（家属）回去也没办法，困难多。我就向领导提出了，说家属能不能留下。他说你留可以，你家属留不下。就因为这个，才上到哈巴河来的。在乌鲁木齐汽车站，哈巴河有专门在乌鲁木齐收人的。可以登记来到哈巴河。

1961年到哈巴河，最先落脚是在克孜勒喀英村，我们来了以后，都是哈萨克族接待，给你弄上牛肉来，人家用大锅煮，这大南瓜削了皮，把那里面的瓜子掏出来，剁成块。还有洋芋削了皮，给你剁成块。锅里连肉一炖，还有烧上的馕，人家哈萨克族同胞把我们接待了，可能接待了一个冬天哩，刚来的时候，住了半年。到了春天以后，一家一家给你安顿，大伙都挤到一个房子里不行呗，都给你安排地窝子里。之后到了1963年3月份，就到八大队了。

访问胡里玛别克大叔

2022年夏天，喀英德阿热勒村里正在推进大规模的乡村振兴基建施工，整个村庄犹如一个大工地。7月12日，梁书记开车带我在被挖得坑坑洼洼的村路上颠簸辗转，来到了村东头的胡里玛别克家。

这次访谈，更像是次老友会。一进家门，梁书记就很舒服地半躺在人家的沙发床上，和胡里玛别克用哈萨克语热络地聊起来。两个老头你一句我一句，还不时地大笑起来，我也不知道到底聊了个啥。

然后，毫无征兆地，胡里玛别克大叔转过头来对我说："我们家是 1963 年 12 月，也可以说是 1964 年开始到这里。"原来他俩聊的内容包括介绍我的来意。胡里玛别克大叔看上去比梁书记大些，皱纹很深，气色很好。

"我 11 岁来到这个地方的，来了 60 多年了。"

"包奎多大？①"梁书记插进来问。

"包奎比我大三岁，今年 73 了。"

"（当时）也是小小的娃娃。"

"嗯，他们先上的牧业五队，然后 1966 年来到这里。晚来一年。队上没有放牛的，叫他们过来。"

"我们家是 1963 年 3 月份从跃进公社②先迁到塔斯哈拉，也就是九队。当时，我听说全县的人曾经到那边开荒种田③，冬天挖大渠。我父亲是 1951 年入的党，也参加了当时的劳动。刚建队时，来这里的没有几个党员，就我父亲和一个汉族老妈妈，两个党员，一个男的一个女的，一个少数民族的一个汉族的。当时没有党支部，过组织生活就在塔斯哈拉④。一开始过来这边的时候，就喊这个地方哈英塔拉⑤，或者十二队⑥。"

这时候，胡里玛别克家人布上了奶茶。胡里玛别克用哈萨克语问了梁书记一句。

梁书记用汉语回答："我们 1960 年（从口内）到的 185 嘛，两三年之后到这边的。"

"64 年、65 年以后从口内来的，就是直接到的村里了。早一些的村民基本都是从跃进公社那边来的。从毡筒厂还来了一部分人。"

---

① 见第七章第三节访问包奎叔。

② 访谈到这里还闹了个笑话，胡里玛别克带着甘肃口音对"跃进"的发音是"yaojing"，我听成了"妖精"，梁书记从旁解释说当时在"打妖精"（"大跃进"），就让人更加困惑。

③ 据县志记载，20 世纪 50 年代开始，全县大规模开荒造田，扩大耕地面积。1958—1978 年，年平均播种面积 26.31 万亩。

④ 位于喀英德阿热勒西北方向。

⑤ 见第二章第六节。应为喀英德阿热勒的不同时期音译。

⑥ 红旗公社十二队。

第一章　落户最西北

"刚来这个村什么样子?"

"那时候这里什么都没有,就拿着铁锨干活。土房子都没有,那时候这边盖了很多地窝子。挖个坑子,上边蓬着一下,有一间的、有两间的,就在里边住了。"两个老头比画着给我讲地窝子的样子。

"土房子是 1964 年、65 年才慢慢打起来。你看我们八大队为什么住得这么分散?转一圈要 3 公里路呢。那时候打土房子,要看哪个地方土好。"

梁书记在一旁解释:"那时候土打墙,要看哪个地方土深,就在哪个地方盖房子,能就近挖土,所以房子盖得乱得很。盖房子先挖地,挖上一米,房子半个在地下,半个在地上。土墙也就打上一米多,一蓬顶①,就行了嘛②。那时候的房子,人一跳就跳上去了,用的木头是从林子扛回来的。"

"刚建队的时候,队上没有放牧的,我们老爹都是过来放牧,耕牛啊、耕马啊,农业上用那些。以前没有专门成立汉族队的时候,汉族同志都在各个牧业队上分散着。"

"现在村南头的地,那时候全是柳条、桦树,开荒就是挖掉这些树,那时候连个大车也没有,开始是旱爬犁,再就是单轮木轱辘车子(来运)。"

"这种车 70 年代还在用,我上小学时候也是拉木轱辘车。"梁书记说。

据两位老人回忆,刚开始建队那几年,由于耕种面积小,收成不行,要从周边同一公社的八队、十队调粮食。"他们产量要好一些,供应种子和粮食,冬天我们队用马套旱爬犁从那边运粮。一个人一个爬犁子,一个爬犁子两麻袋粮食往过拉。"

胡里玛别克大叔 70 年代的主要工作就是管理大队的牲畜:

我当过管牧业的大队长,各个生产队③都有三群牲畜,一群马、一群羊、一群牛,夏天要上山,冬天要回来。管了十年,从 1970 年到 1982 年。那时候上山下山有牧办统一安排,上哪个夏牧场、什么时候上山、什么时候下山,要

---

① 指在土墙上搭上房梁和泥草。
② 参见第二章第八节。
③ 指八大队下面的各个生产队。

开会统一协调。①1973年开始，我还给地质测绘队当翻译干了两年，深山都跑遍了。最后地质队说跟他们走得了，安排工作呢。我老爹老娘说，你走了我们就不行了，怎么也不让去。我在家里是老大，下边有三个妹子，四个兄弟都还小。我父母夏天上山放牧，我给他们送面粉、送吃的，就靠我来回跑腿。当时我就算是也给公家跑腿，也给自己家跑腿。夏季牧场在白哈巴里边，属于铁热克提乡。有啥事情从山上下到村里来，骑着马走要十二个小时。

接着，两位老汉说起了这个新建的农业队上牲畜的来历。

胡里玛别克大叔

当时由公社统筹，牧业队上把牲畜给到我们，说你们养三年之后，只要按原来数字还上就行，新下的牛、羊、马给你队上。比如给上十个马，下的小马归队上；给三百个羊，养上三年、五年，你交回三百个羊就行，新生的牲畜归你队上。这是为了扶持农业队，解决农业队耕作和吃肉问题，也是国家的一个救济。农业队要靠牛、马耕地，当时没有机器，全靠牲畜。麦子收上以后砸场也是靠马。那时种个粮食不容易。你看现在哪有拿铁锹干农活的，都是机械化。那时候地里草长好高，我们拿锄头锄草，现在和年轻人说这些他们都不相信。

---

① 关于牧业办公室在畜牧业管理中发挥的作用，参见陈祥军：《阿尔泰山游牧者：生态环境与本土知识》，社会科学文献出版社，2017。

第二节 落户最西北

《中国流民史（现代卷）》指出，20世纪50年代，随着新疆工农业生产的发展，劳动力仍有短缺。同时，由于国家计划迁入人口的影响，还有相当多的人口是因家乡遭灾或羡慕新疆生活等原因"盲流"到新疆。当时新疆各单位、工厂、生产建设兵团在内地入疆的火车站终点站招工，外来人口只要凭借工作证或毕业证、选民证、迁移证等各种各样的证明信便可以找到工作。[1]

20世纪五六十年代，对于农村人口的自发流动，政府的政策基本上是限制的，但对流往边疆地区的则例外。1959年2月7日，中央批转了内务部党组《关于农村人口外流问题的报告》，指出对于流到边疆去的人口，一般不要动员他们还乡，应该由有关的省区协作，把流动去的人口的来历、政治情况弄清，以便合理地分别安置。[2]

1958年10月，哈巴河县人民政府撤销乡建制，开始组建人民公社。首先在原一区的基础上建东风人民公社（驻地阿克齐）、在原二区基础上建红旗人民公社（驻地库勒拜）、在原三区一乡建跃进人民公社（驻地克孜勒乌雍克）。1959年1月，在原三区一乡另建卫星人民公社（驻地加郎阿什）。1960年1月，在原四区建火箭人民公社（驻地铁热克提）。至此全县建5个"政社合一"的人民公社。1960年9月，卫星公社并入红旗公社。1962年6月，东风公社牧业直属七、八、九队和红旗公社牧业直属八、九、十队分出来，合并为公私合营牧场。1963年3月，跃进公社并入红旗公社。1963年8月，火箭公社并入东风公社。

---

[1] 王俊祥、王洪春：《中国流民史（现代卷）》，武汉大学出版社，2015，第15页。
[2] 赵入坤：《二十世纪五六十年代的中国边疆移民》，《中共党史研究》2012年第2期。

根据县志记载，1958—1966年接收自动来哈巴河县落户的人员，分别安置在跃进、红旗、东风等公社，部分人员安置在营造厂。县人民政府给被安置人员发放棉衣、毡筒、棉帽等生活用品。

1962年"伊塔事件"发生后，根据中央和自治区党委的指示精神，生产建设兵团农十师抽调人员在原跃进公社驻地组建边防农场。1963年，县人民政府组织工作组协助跃进公社将沿边界地区的居民分三批内迁，集中安置在红旗公社农业九队（塔斯哈拉）、牧业八队及公私合营牧场的喀拉塔斯生产队。共内迁325户，1193人，劳动力507人（不含干部家属）；其中汉族、回族191户，596人，劳动力315人；哈萨克族121户，527人，劳动力162人。[1]

根据访谈情况，村子最早的一批拓荒者是1963年从哈巴河县边防农场迁来的。[2] 而在此之前，他们都经历了颇为艰辛的迁徙。

张妈妈的讲述

张妈妈1937年出生，是村子里第一批来的拓荒者，也是能向我们讲述的最年长的村民。[3] 我们曾两次访谈张妈妈，也许是某种历史的巧合，我们第二次访谈张妈妈的时间（2023年4月），正好是喀英德阿热勒村建村整整60年，也是张妈妈等第一批村民到这里整整60年。张妈妈操着较浓重的武威口音："我就讲的武威话，再哪里话我不会讲。来新疆这么多年了，还说的甘肃话。"以下内容为两次访谈内容按时间顺序的整合，在不改变文意的情况下，做了适当调整。[4]

---

[1] 中共哈巴河县委员会史志办：《中国共产党哈巴河县简史》，新疆人民出版社，2008，第69页；哈巴河县方志编纂委员会：《哈巴河县志》，新疆人民出版社，2004，第50、252、618页。

[2] 根据县志记载，1961年8月21日，新疆生产建设兵团农业建设第十师在哈巴河边境地区建立边防农场。1969年该农场改称为一八五团场。（哈巴河县方志编纂委员会：《哈巴河县志》，新疆人民出版社，2004，第24页。）虽然年纪略小的讲述者使用"跃进公社""一八五团场"指代这里，但我们能采访到的最年长讲述者，则提及"边防农场"概念。

[3] 村庄还有一些年纪更大的村民，但由于健康问题，已经无法开展访谈。

[4] 史陇燕对张妈妈访谈整理有贡献。

第一章　落户最西北

老家没吃的，没有打那么多粮食，报上打那么多粮食。那时候挨饿得不行，才出来。不饿我们也不往这个地方跑。我们上新疆整60年了。

1961年11月上新疆，叔伯嫂子是7月份到跃进公社的。（一起来的）一家子十几口子人，我们家四口子人，我们两口子带了两个娃娃，其他都是亲戚，有姐姐、姐夫带着娃娃，还有两个大伯哥。现在嫂子、哥哥、姐姐都不在了，我老汉也都不在20年了，就剩我一个了，活了这么长时间（自己笑起来）。

队上分的粮食卖掉，拿上去买的车票。从兰州坐到盐湖，到盐湖就没有火车了，在盐湖掏上钱坐车到乌鲁木齐。当时有各地招人的，石河子也收人、东风公社也收人。

张妈妈一行人找到哈巴河"招人的"机构，住到"宿舍"。之后，由哈巴河派的车到县上，最开始安置在县上一处马圈。期间，一起从乌鲁木齐过来的移民，也有去东风公社等其他公社的。张妈妈他们要去跃进公社，因为叔伯嫂子在那边。当时已经是冬天，等跃进公社的车，等了十多天。跃进公社派了一辆套四匹马的大马车，拉上一行人。一天没走到，中途在别列则河边的毡筒厂住下——这个地方也常被其他村民提及。

到跃进公社后，"住在一溜地窝棚里，里边用苇子隔开，一排子那样住着。头一年住的是地窝，第二年春天给了一个当时牧民住的那种房子。是土块垒起的土房子、平房，跟我们武威的差不多。"

春天时候，大部分人是种地，张妈妈是给食堂种菜，"洋芋、菠菜和苞谷"。

那边土质好得很，只要管理好都能收上。5月种上，八九月收。冬天我们妇女就背麦草、背干草，背上就到食堂里烧。食堂要做好几十号人的饭。计算工分，因故不参加劳动需要请假。那个时候孩子基本上就没有上学。小的就（让）大的带着，也有干不动活的老太太带着。

伙食主要是烧下的馍，大人一个馍，娃娃半个馍。还有甜菜疙瘩，种的红薯和点面，做的糊糊汤。

张妈妈的三丫头就是在边防农场生下的，坐月子期间伙食得到了照顾。

人家（哈萨克族）也挺好的，我生下娃娃坐月子的时候每天多给我两缸子奶，就是牛挤的鲜奶。

到了1963年3月份，由"公家"调配至村里①，那时河里还有冰碴子。当时一些"没有带娃娃的家"也有去到县上新成立的繁育场②。我们孩子多，就分到农村。

"说来我们家是第一批来到村子的，一共有十几户人家。（当时村子）都是林子和芨芨草。"张妈妈还回忆起初来村子的一个细节："当时有个水过不来，公社的马驮过来的，当时的书记贺世全把我们放马上驮过来的。公社的书记对农民好得很。"③

按照张妈妈的描述，大致上村北部为芨芨草地，南部为茂密的林子。

刚来的时候，没有房子，拾掇出来废弃的羊圈、牛圈，一大间草棚子搭的房子里面住了好多人。我们拾掇着住下。然后开始打土房房，用石头一层层砸起来，秋天才搬着住上。后边一家给一家打上个土房子。

村民相互帮忙盖起了这批最早的住房："谁家的房子谁家打呗，打上个土房房，你家给我家打个土房房，他家给你家打个土房房，到了秋天谁家都有个土房房了，谁家就住在谁家土房房里。队上那时候啥都没有，一些劳动工具还是（我们）自带的。"

一开春就开荒种地，"不知道种下成不成，第一年公家也是试着种粮，撒上麦子、豆子，谁知道能不能长起来，出来的时候长得好得很，豌豆也结得好得很。实验了一年，公家又给了牛拉的犁铧、马犁铧，（生产条件）才好起来，慢慢、慢慢开发出来。"在前几年，粮食都由公社供应。"公社给了好几年粮食，到了麦子种成了才不给。"

对于开荒早期历史，张妈妈提到最开始的时候，生产队对于砍伐树木是有

---

① 据县志记载，1963年3月底，哈巴河边境一线开展内迁和后撤边民工作，到11月结束，共内迁和撤出边民785户、3032人。据村民回忆，部分人员去了东风公社。

② 1963年3月，在哈巴河县农场所在地成立哈巴河县良种繁育场（属全民企业），时有耕地2129亩，工人40户，人口86人，大小牲畜64头（只）。

③ 不得不钦佩张妈妈的记忆力，根据文献记载，1959年10月至1966年5月，贺世全任中共红旗人民公社副书记。（内部资料：中国共产党新疆维吾尔自治区伊犁哈萨克自治州哈巴河县组织史资料，第16页。）

一定限制的，这点在更晚来的村民叙述中并没有谈及。"早先树不叫砍，刚来的时候就是挖芨芨草，在树林空地中开地，后期才慢慢同意把一些树拿掉。"生产队种的主粮作物是麦子和豌豆，后期开始种苞谷，"自己家种菜和洋芋"。

刚到村上时，张妈妈的三丫头还在襁褓中，"我营养不够、奶不够，队上给着呢，那时候要吃奶的时候哈萨克族的社员就给上一缸子奶，就给娃们喝了。我们姑娘（应指其他稍大的女孩）就拿上缸子，哈萨克族就给上一缸奶。当时我们住的一个地窝棚里，我就说你那个（哈萨克族）妈妈太好了，你那个妈妈养了我们。"

"1964年的时候好起来了，劳动还分了一些钱。生活好起来了。挣的工分多了，分的多。那时候我和老汉两个人挣工分。那年大概给900块钱。64年的900块钱可值钱了，都买上锅碗瓢盆了。生活开始变好了。"据张妈妈讲，60年代，村子至少又陆续来了三批移民。①

笔者：您过来之后和老家怎么联系啊？

张妈妈：和家里（联系）就是，（请）会写字的人写个信寄过去，我也不识字，写信得求人。我25岁上的新疆，现在80多了。我来的时候，父母亲都有啊。父母都是农民，当时没钱，也没来（这里）看过。（我们）再也没回去看过父母。90年代我们回老家的时候，爹妈也不在了。回去兄弟们都不认识了。抱着兄弟说，你是谁谁吗，他说就是就是。带着儿子、姑娘，转了一趟就回来了。

由于当时通信不便，父母去世的时候，张妈妈都不知道。

"我看下这个地方，有烧柴，有水，是穷人过日子的地方。"张妈妈对这两点很看重，之后又重复了一下："这里一年四季水不干，再一个是有柴火，有水吃，有柴火，人就能过下去了。在这里蹲了这么长时间，有些人家这里搬那里搬，我住下再没搬过。这么长时间也没什么本事，我又不识字、没文化，我就是拉个娃娃，其他啥也没做成，就这么把娃娃拉扯大了。儿子们长大了，寻了媳妇，过得好些了。"

---

① 根据村民回忆，早期移民中的一些人，由于各种情况，也有离开的。

访谈到这里，张妈妈喃喃地说，"一共生了九个娃娃，口内带来两个丫头都没有了，最小的儿子也没有了，现在就剩六个了，三个丫头、三个儿子。"①

访谈最后，张妈妈说："现在给你说起这些你们都不相信，给我娃娃说起这些好像是讲故事。"

在另一次访谈中，梁书记对迁移过程做了补充。最早的一批移民在初到哈巴河的几年里，一直处于不断移动的状态，并且在整个60年代一直处于不断有移民进入的状态，其来源既有内地，也有县内其他村庄。

梁书记的补充

梁书记：从跃进公社过来的群众，有一部分搬到了塔斯哈拉②，一部分搬到喀拉希力克村③——那个地方原来是库勒拜乡的一个牧业办公室，现在一个技术学校在那里。不光是八大队，周边很多村落的居民都是早期从跃进公社迁来的。

我们老家过来先到一八五团场，在"一八五"待了不到两年。之后，先迁到喀拉希力克村，这个村位于八大队西南方向，在喀拉希力克待了一年。之后说到这个地方要建一个队，我们就一部分到这了。村庄的第一批人是1962年从跃进公社迁过来的，再之后都是从老家过来的了。整个60年代初期，村子一直在进人，一直有人从老家来。另有一批人是从别列则克河边毡筒厂过来的。

那时候人也少，一会儿来一帮人，一会儿加一帮人，一会儿又走一帮子。村子人口不稳定，有一些人后来去了新建的县国营良种繁育场，还有一些又跑到酒厂去了。我老爹他们不想去，就在这。

村庄的第一批移民，或者说逃难来的人们，在迁入地域选择上——如果这种选择存在的话——遵循着"能量第一"原则，也就是这个地方要能满足生存

---

① 2023年9月，最近一次访谈张妈妈时，她又喃喃说着，想起自己故去的子女。
② 位于喀英德阿热勒西北方向。
③ 位于喀英德阿热勒西南方向。

2023年4月，访谈中的张妈妈（李耀摄）

（饮食、取暖）所必需的各种类型能量，并根据"能量供给"的确定性和直接性程度对可能出现的选项进行排序。一些在今天看来似乎更好的选择——比如留在县城的机会，由于在当时看来有较大的不确定性被排除。

笔者：为啥不想去国营厂子呢？

梁书记：为啥不想去？小时候饿害怕了，这个地方稳定，肚子可以吃饱，最起码说黑土地能种洋芋，能吃饱肚子，还是饿害怕了，他不想你前途啥的，他想那么多吗？吃饱饭就行。我老爹在老家饿得半个多月都起不来床，再不跑不行了。所以说才跑到这里。

这时候，坐在一旁的梁书记爱人刘姐补充说："当时那种情况也不知道是好还是坏。"

马大叔的回忆

马大叔是回族，房子位于主街上，院子宽敞整洁，屋子窗明几净。访谈的时候，马大叔正在修理一个电饭煲，"不修，就要再花上钱去买"。马大叔人生经历异常丰富，表述清晰、思维敏捷，直爽又不乏些许幽默，特别爱用反问形式，强调叙述时候的重点。

有一次对马大叔的访谈是从之前访问老一代移民时发现的一个问题开始的。

笔者：为什么逃荒的好多都是冬天出来？

"为什么逃荒的好多都是冬天出来？"马大叔提高声音重复了一遍问题，像要用此引领之后的回答，"夏天由于他忙，他还有个希望，我最起码我种上一点，我到冬天可以吃，但是到冬天，这个粮食交完了。你温饱解决不了，怎么办？跑啊。我不可能在这饿着啊。那就跑了，就跑出来，也没有个目标。"

笔者：兰新铁路，从哪里上的车？

马大叔：在兰州上的车，我们从临夏一直跑到兰州。你想我们家八口人，我是老三，我有两个哥哥，还有两个弟弟，还有一个妹妹，然后加上父母，大的小的一大家子人。那是300里路、150公里，走过去。路上睡了两晚上。那就是土窝窝里边睡呗。老百姓你还找个房子的？你哪有房子！

笔者：土窝窝那12月份多冷啊？

马大叔：冷你也没有办法啊，那你说咋办？带着被子，也没有一个好被子，那是六几年，你哪有一个好被子？被套子都没，那都是烂棉花，一疙瘩一疙瘩的。一家人几个人就围着那一个被子围着，就在野外睡着呢。

我们临夏到兰州一路土窑子多得很，土窑子也是住人的，因为这个土窑子要是塌了，人家就不住了。我们这就是外边跑的，那就能凑合一晚上就凑合一晚。早上起来，被子一卷，又走了，一直跑到兰州。

跑到兰州，把火车站找着，老爷子他们就开始买票，买了两个人的票（妈妈和爸爸）[1]。1966年我10岁了。我那时候10岁了，量去一米五高，火车坐不上，要有票，家里没有钱。我们在哪里坐？就在火车座位底下，藏到里边，检票员来了，赶快钻到座位底下趴那里，（晚上）就睡座位下边。那个事情不能提了，提起来光想哭。

笔者： 六个小孩睡下面，那能看不到吗？

马大叔： 火车上人都是站着的，哪有坐的？列车员光看上面的都看不完。所有的娃娃都在下面，趴着哩。反正都是睁一只眼，闭一只眼呗。好多都是逃难的，你说是不是？整个火车皮好多都是逃难的。

笔者： 路上吃什么呢？

马大叔： 火车上三天三夜哪有干粮啊？你看人家落下的，你拿上一点放回嘴里吃点就行了呗。还哪有说是你还找着吃，谁给你买饭吃，哪有钱啊？哪有地方买饭吃啊？出来前，炒了几个蚕豆。娃娃说肚子饿了，每个人给上几个，还不多给，给上几个，垫吧垫吧就得了，哪有说你还吃饱。

到乌鲁木齐之后

在乌鲁木齐是怎么回事，到乌鲁木齐以后，有个碾子沟，离火车站可能有个不到一公里，碾子沟火车站你知道吧？

我们是到了碾子沟刚出来。正好运气也好，碰上哈巴河熟人说的公安局的一个人，这个人名字叫作马家宝（音），是哈巴河县收容站的，专门组织收这些老百姓的，我们找上他以后到了乌鲁木齐，哈巴河负责收人就找了一个大旅社，就是一个大房子。

笔者： 什么样的旅社？

马大叔： 那个时候的旅社，下面能给你个被子盖，就算不错了。你床又没床，就地铺呗，反正这一个大房最起码也得50个人住！全部就一排一排住着，

---

[1] 据记载，兰新铁路于1958年底铺轨进入新疆境内，即沿天山南麓经哈密、鄯善、吐鲁番等地，在后沟—达坂城间穿过天山隧道至天山北麓，于1962年底铺轨至乌鲁木齐。（新疆维吾尔自治区地方志编纂委员会：《新疆通志·铁道志》，新疆人民出版社，1999，第23页。）

住一个礼拜。给吃的喝的，生活挺好。一人这么大的两个白面馒头（马大叔说着用手比画了一下）。这是乌鲁木齐的哈巴河收容站给的——后来到哈巴河的生活也好，每个人给发这么大一盘子洋芋和肉。

因为之前经历太过艰辛，马大叔对收容站的日子记忆颇深：

马大叔：在乌鲁木齐收容站住了一星期，那个时候生活好啊！现在我们吃白面馒头一顿只能吃半个。那个时候我10岁的人，我一顿能吃它四个。你肚子饿得你想那是啥概念？哈巴河收容站一收就收上百号人，叫你白吃住，叫你肚子吃上，吃喝白管（免费），还把你直接拉到哈巴河一毛钱都不要你的。（在旅社）住了七天，乌鲁木齐到哈巴河七天放一趟车，那时候还没现在这么好的车，哪有这个车。大槽子车。解放车弄个篷布，就和部队的篷篷一样，从乌鲁木齐到哈巴河跑了三天。它一路走在哪一站，都有招待所，反正是没有床，就在地下打地铺，但也不让你冻着，就这样子。

到村里

也许是到新疆之后的优渥招待，让马大叔一家产生了一种归属感。

马大叔：我们从乌鲁木齐就已经属于哈巴河县政府的公民了。全部登记啊，你家几口人，他都得登记数目。我们到县上之后，给发毡筒，毡做的鞋子，大娃娃也是给一个大人的毡筒，就这么长的高腰子。还发给你皮裤，发给你皮大衣、皮帽子，就是我们哈巴河政府发的。

到哈巴河，别的队拉我们都没去。因为啥，我们家娃娃那么多，（柴火少了）炉子烧又烧不热。刚来的人嘛，哪找柴火去，人生地不熟的。队上有一个张世明，就是张哥的爸爸，那个时候他赶着马拉大车，他把我们拉来村子了。

他把我们拉上之后，我爸爸就问他，村里柴火怎么样？

张世明说："嘿，柴火嘛，出门就是不让你往远跑。你只要有劲儿，你砍去吧，你能拿多少（就拿多少）。"

"水怎么样？"

"满河都是水，"他说，"弄不好夏天还淹。"

我爸爸一听，这可以。

显然，和张妈妈一样，逃荒的人们，最看重的就是水和柴火。也可以说，初代移民遵循的是一种"能量逻辑"，毕竟食物也好、柴火也好，本质上是维持生命必需的各种能量。

马大叔：只要有柴火就行。那个时候都知道哈巴河县生活好得很，就不提生活。就是问柴火，冬天能过去，不要冻死就行，那时候顾的就是能把人救活，不冻死就行。就没想着说是怎么个好法，那时候就没想别的。要想好的话不可能到这来，在乌鲁木齐随便周边找个地方。只要有一个地方容纳我们，能把命保住，那就是好事。所以就这样被带到这来了。就是胡摸烂撞着呢！

我们刚来到这个队上，像现在我这个房子地方，都是我们三个人抱不过来的大杨树，整个都是这么粗的杨树。（指着窗外的一棵树）那就是我们这里之前的树。我家前面这块地里面原来也都是白柳，老百姓没办法，那个时候当柴火，也就捡着烧了。

住下

马大叔：张世明拉一马车可能拉了 20 到 30 个人。那马车是四匹马拉，大胶皮轱辘。拉到村子来，现在梁书记的房子东面那个时候有个队上的文化室。

马大叔说的这种四轮马车后边也常被很多村民提起，在较长时期内是农牧民的主要运输工具。据文献记载，新中国成立前和新中国成立初期，当地有双轮单马车、双轮单牛车；有单马、双马四轮木制马车（又称大车），大车四个木轮外围钉有厚铁板，载重约 1000 公斤以内。20 世纪 50 年代后期，开始使用胶轮大车，载重约 2000 公斤以内。[①]

马大叔：就把我们都卸到那儿，现在梁书记的房子路南，之前有个门市部房子，那房子原来是我们八大队（那时候叫十二队）的食堂。所有外面来的新户，你在家里不用吃饭，去在食堂吃去。还是我刚刚跟你说那话，一口人一顿

---

① 布尔津县地方志编纂委员会：《布尔津县志》，新疆人民出版社，2002，第 315 页。

饭两个白面馒头，洋芋炖上羊肉或牛肉。

对在村子食堂的吃食，马大叔也记忆犹新，细致描述了烹饪过程。

马大叔：一个人这么大盘子——哈巴河县政府发的，一人一盘子。几口人打几盘。洋芋炖上羊肉。炖出来那个疙瘩都一样大，肉也这么大，洋芋也这么大。大洋芋一切三瓣四瓣。肉炖好，洋芋锅里边一倒。等洋芋炖绵了，就开饭了，开始吃吧。就是觉得这个地方好呗，就开始在这里住，再没跑。

我最开始到这里住到村子的文化室，一起马车来的人就在那个地方住着，吃了一个月食堂饭。

然后——后面还要来人嘛，就把我们这些人给分到队上盖上的烂空房子里，（那时候）房子多得很，就把这些人，分到烂空房子里住下。土打墙的房子，也盖得不高，就有两米吧。地下面挖个六七十公分。那个时候这个地方木头多，墙一打、木头一盖，白柳树枝子乱七八糟往上边一放，土一压。就住那个东西。窗户也小得很，窗户大了，冷得很。一间房子一个窗户。就这么一间房子里面，住上两三户，哪有一户人家一个房子，哪有？

王伯伯的回忆

2023年正月初五，我第二次访谈梁书记时，正巧遇到在梁书记家串门的王伯伯，王伯伯今年76岁，是和张妈妈一起来新疆的。王伯伯叙述清晰、不紧不慢，在描述物品时常用叠声词。

王伯伯：当时我舅和舅母先过来哈巴河的，他说给我们去信，说这个地方生活多好，那时候我们（在老家）都吃不饱。（看了这信，）我们这家子就跟着梁书记他父亲一家子都上来了，梁书记那时候还没有呢，他是1964年才生的。

从老家到乌鲁木齐

笔者：从老家咱们是怎么到的乌鲁木齐的？

王伯伯：我们那时候是买的票，那时候兰新线火车从兰州通着过来只能到盐湖。火车快，像我们武威到乌鲁木齐盐湖下车，晚上坐的车，白天下午就到了。火车票那时候二十几块。从盐湖到乌鲁木齐一块五一张车票。出发前凑点钱，等我们到哈巴河，口袋里只有100块钱了，到跃进公社连买个锅的钱都没有了，发信的钱也没有了。

根据《新疆通志·铁道志》记载，1961年3月兰新铁路铺到盐湖站。1959年6月1日，开行兰州—尾亚193/194次直通旅客列车，1960年1月1日延伸至哈密。1961年6月1日由兰州局开行兰州—盐湖77/78次直通旅客快车，1963年1月15日延伸至乌鲁木齐。而王伯伯一家人，正好是在如上临时运行期间到达盐湖的。[1]

乌鲁木齐铁路局部分年份客运概况表[2]

年份	旅客到达量（万人）	其中	
		新疆	甘肃
1959	72.1	—	—
1960	97.1	—	—
1961	151.1	—	—
1962	98.8	—	—
1963	98.9	—	—
1964	108.6	—	—
1965	104.1		
1966	116.3	107.7	8.6
1967	92.6	—	—
1968	118.2	—	—
1969	109.3	—	—
1970	99.9	—	—
1971	114.3	106	8.3

资料来源：新疆维吾尔自治区地方志编纂委员会：《新疆通志·铁道志》，新疆人民出版社，1999，第123页。

---

[1] 1961年，盐湖站开办临时运营。在兰新铁路修建过程中，为了尽早发挥铁路对新疆经济社会的支撑作用，铁路部门做出了"边建设、边运营"的战略方针。[【辉煌印迹——新疆铁路60年】第一篇：铁路初建篇（中），https://www.sohu.com/a/271579505_719356，最后访问日期：2024年1月12日。]

[2] 引用时有删节。

人在边陲

从乌鲁木齐到哈巴河

王伯伯：到乌鲁木齐之后，有收人的了。我们来了，就是撵着我们前面来的舅母，他们是带着娃娃上来的。我们来的时候，从乌鲁木齐到哈巴河，在一个大篷车坐了三天三夜，就是解放车上面蒙着个蓬蓬子，车上坐的有40多个人。三天三夜才走到布尔津，从布尔津又拉到柳树沟①，落在那个地方一个礼拜。柳树沟是现在风力站附近，那个地方是以前一个中转的点。我们在那个地方住，哈萨克族同胞给我们烙的这么大的饼饼子，一个人一顿一个饼。应该是当时所在地的公社管饭。因为没有车了，就在那个地方等了一个礼拜。

后来拉到哈巴河，我们在哈巴河又住了一个月。在县上，有个供应伙食的房子，炖菠菜、烙的饼饼子（给我们吃）。在县上，就在老县委的那个地方，那时候县委办公室就是木头房子。在那地方待了一个月，最后要分我们上东风公社。我们不去，因为我们有个亲戚前面来到跃进公社。②

去跃进公社

根据王伯伯的描述，对于内地移民的安置，采取了"统一调配"结合一定个人意愿的办法，为需要投亲靠友的，提供了相应的便利。

王伯伯：我们一车来哈巴河的人，到了县上后，还有去其他地方走掉的，有的去了东风公社。我们是非要到跃进公社去，因为我们舅母那个信上，说那个地方多好多好。所以我们哪里都不去，分到哪里都不去，非要到这个跃进公社去。结果在县上待了一个月，那边才派了个马车来。

在县上一个月

王伯伯：就住在现在县委院子里的土房子，我们十几个、二十个人就在那

---

① 位于布尔津县也格孜托别乡。
② 1958年10月，哈巴河县撤销乡建制，建立人民公社。到1960年1月，建成东风、红旗、跃进、卫星、火箭5个人民公社。

里头，吃饭是县委供应着。给一个人烙大饼饼子。一顿饭给这么大的饼饼子。那时候哈巴河没有玉米，全部种的麦子。

笔者：当时是不是好长时间没吃到面了？

王伯伯：那可是，就给这么大个饼饼吃，高兴得很，一顿饭吃一个饼，一顿饭给这么大的饼。炖菠菜一人给挖半勺勺，专门有个大师傅给我们做饭，烙饼子也是他烙。那时候菜，跟你说，冬天往哪里放了？没处放，搁在外面就冻住。冻包包菜，给你切巴切巴，白水里头煮一煮，包包菜就是莲花白，也没有窖，又没仓库，都是冻家伙。外面拿进来削巴削巴、剁巴剁巴，给你开水一煮，哪里还有油给你炒哩，就搁大锅一煮，哪有油水啊。就搁锅里一煮，一家挖一勺子。就那样生活。

去跃进公社的马车

哈巴河到跃进公社，是一个马车子，那是公家派的。有几十个人，都是往跃进公社派的。因为这个县上打电话也好、发电报也好，说了有这么一帮子人要到跃进公社。最后要去的时候，是跃进公社人家派了个马车子来的，还是一个哈萨克族同胞赶的车。一个马车子，一共20多个人。当时交通工具只有马车子、爬犁子。

去跃进公社路上，我们坐马车子到别列则克河附近还住了一晚上。那地方有一个哈萨克族人家的房子，我们在那里住了一晚上。从县上往跃进公社，那时候就没有路，就是戈壁滩走着哩。那时候还下雪了。

在跃进公社住下

自1963年11月离开老家，经过两个月的迁移和等待，王伯伯一家人才到达目的地。这是访谈中实际录得的最长路途时间。

王伯伯：到跃进公社，也是没房子住，挖个大地窝子，长长的，有20多米、30米那么长。地窝子里头，那个地方苇子多，有哈萨克族同胞割上苇子来，架的墙墙子①。比如说这个房子里住上三户，中间隔开。一家人四五口，就这么大的一点点地方。

每家一个隔隔子，这边一家子，那边一家子。就那样生活一冬天。吃饭有食堂。我们是1961年11月份从老家出发的，12月份到哈巴河县城。我们到县上就待了一个多月，连路上走，到跃进公社都到元月份了，第二年（1962年）元月份了。

冬天挖渠

王伯伯：（冬天）年轻劳动力去挖渠，为了激励挖渠的，搞了一个定额，谁挖的土方多，谁吃的馍馍多。一方土吃几克规定好。你挖的方数多，你就吃馍馍多；你挖的方数少，吃的馍馍少。量挖的土方，按着土方算。

我那时候也就是分上个400克那个样子。因为我那时候年纪小没有那么大力量，本身我身体就不是多好，一天也就是分上400克，再有人家劳力壮一点的分个600克、700克。

在跃进公社种地

王伯伯：春天就开始种开地了，5月份开始种，整个一开春全部人都种地，把水引过来，种上的麦子多得很，那时候是马拉犁，四个马拉一个犁子，犁过去把麦子撒上。那时候种上就是麦子、豌豆。如果看看这个时间过掉了，就抓紧种豌豆。豌豆成熟期早，春天种，到8月份就熟了。

笔者：上肥吗？

王伯伯：上的什么肥？哪里有肥料？地给犁掉，这就是种子一撒出来，收多少就是多少了。牛粪马粪堆在那里也不知道上的。能长出来一百来斤、几十斤一亩地。一百来斤，那样还是好的，少的就几十斤。

当时就不知道上粪的，也可能是来不及，粪也多得很，一堆一堆的。但不

---

① 指矮而短的围墙。

知道上粪，反正没有上肥料了，白种白收。浇地的水是我们挖的渠，引过去的水。就是别列则克河引过去的水。那一年是庄稼基本上收完了才都往这边过。

笔者：在跃进公社吃的什么？

王伯伯：吃饭，也是在集体的食堂里。大锅烧上一锅水，倒上一公斤两公斤奶子，这一大锅，看着青青的有点发白的样子，吃馍馍、烤的饼子，哈萨克族同胞是弄一个大馕坑，烧的馕。那时候是一级核算大集体，干活磨洋工、吃饭不掏钱。能吃上面粉，面粉基本上吃饱了。

带孩子的妇女也有种菜的，就在家里种一些菜，种点西瓜，种点菜，洋芋、菠菜、胡萝卜、包菜，在食堂里吃的。民族同志也有种地，但不多，多是搞牧业。当时分农业队、牧业队。

从老家出来的姜叔

姜叔家靠近村子北头。2022 年 8 月，第一次去他家时，老两口正在房前晒被子，前边是收拾齐整的菜园。姜叔 80 多岁，体格结实，说话中气十足。

在老家干活

姜叔 25 岁才从甘肃老家来新疆，对家乡解放前后的情形，有比较多的记忆。

姜叔：我是 1940 年生人，解放以前国民党的时候也是经过来着，那个时候三天两头从老百姓要钱，还给你钱呢（指不会做惠及百姓的事情）？！那个时候老百姓说，人穷了当乡约，就是现在的村长一个样，当个乡约三年就富了。为啥富了？就是欺压老百姓嘛，天天从这个老百姓要钱，从那个老百姓要钱。（哪像）现在共产党给你钱来。

我念了三年学。后来兰新铁路来了，招工人。爸爸去兰新铁路干活了，家里没有劳动力，那时候互助组嘛，一家一户要去个干活的。我念了三年书到十五六岁，就到地里干活。

根据《武威市志》记载，1953年春，结合土改复查和春耕生产运动，进一步发展互助合作组织。5月，在全县17个区、181个乡发展了4410个临时互助组，503个常年互助组，参加互助组的农户有2.81万户，占总农户的37%。年底，对互助组做了调整，共建立了1461个常年互助组，入组农户占总农户的42%。1954年秋后，将已具备坚强领导骨干、组员真正自愿、基础较好的互助组，又新建了85个农业生产合作社。到1955年底，全县共建初级社1179个，入社农户占总农户7.73万户的92%。

姜叔：（那时候干活）一个木头棍子钻个眼眼，穿过一个长巴子，打地里土块，土块打了，再种上苗就出来了。我父亲在兰新铁路修铁路。他在伙房里，给兰新铁路的工人蒸馍馍，我父亲蒸的馍，又大又暄。工人爱吃得很。大锅做抓饭，一两袋子米一锅下去，一袋子25斤，就那样。兰新铁路上工人多得很。到后来，兰新铁路上叫我父亲当长期工，叫我父亲去新疆。但我们小得很，家里没有干活的，（父亲）就没有去新疆。之后我十七八岁的时候，也给集体修水库、修渠，都干了。

与60年代早期逃难的流民不同，1965年来哈巴河投亲靠友的姜叔，有了一些"找工作"的意味，于是他又一次与父亲曾经工作过的兰新铁路产生了交集。

姜叔：1965年我25岁，那个时候，说实话，从家乡来讲，我也到这个岁数了嘛，该找个工作，而且生活紧张，所以想到新疆来找个工作。有两个亲戚1961年过来哈巴河的。他们在民政局把准迁证办上，把准迁证和150元汇过来。不然那个时候过不来。我过来就是坐的兰新铁路。武威到乌鲁木齐的车票才二十四块五。

来的路上

姜叔是靠卖了农产品的钱凑够了车费，开始了一路西北的旅途。

姜叔：那个时候家里没钱，怎么买的票？我家里种的甜萝卜，就是甜菜。甜菜上的叶子晒干，挑了这么大的一个筐子。挑了两筐子，卖给武威的中学去。卖了两筐子七八十块钱，我拿到路费。就那两筐子，把武威中学的学生都能救下。当时买不上这菜。

一直在旁边听着的姜叔老伴，这时候插话说："那个菜甜得很，绵绵的。"

姜叔可以算是村子的第二批移民，目标明确，对一路的叙述也轻快许多。

姜叔：来到乌鲁木齐，把哈巴河民政局（收容站）的一找上，再就不花钱了。一直就拉上来了。那个时候，坐的是敞篷解放车，下雨刮风，就一个敞篷盖着，拉了五十来个人，从乌鲁木齐到哈巴河走了三天三夜。到半路下开雪了，哈巴河民政局就在布尔津把皮大衣给了。从布尔津到哈巴河，又跑了两三个小时——现在不要50分钟。车上好多小伙子都冻成感冒了。到了布尔津以后，好多人都去了别的队上了，我们直接到十二队（现喀英德阿热勒村）来了。因为我们亲戚也是来这个队上。哈巴河一到也登记，库勒拜也登记，到村里也登记。

早期移民们都对来县上吃的第一顿饭记忆颇深，讲到当时在哈巴河县食堂吃饭的情景，姜叔还记着一段"苦豆子"面粉的故事。

姜叔：来就到哈巴河政府的食堂来，早上有热馍馍、有菜，那时候菜就是包菜、洋芋煮肉。这面粉，是萨尔布拉克种的麦子磨的。麦子地有苦豆子都收上，在场上一打，籽弄不掉。磨面加工成面粉，就吃着苦的。那个胃口不好的人吃了也有反应，会"天转地晕"的，像酒喝醉了一样。我不要紧，苦的辣的都不要紧，吃上真舒服！

那时候，哈巴河县各个机关单位、各个家里都是烧柴火。当时哈巴河县纯粹烧煤也没有，也拉不来。那时候哈巴河县城就没几个解放牌的车，河里有个水磨，粮食局的车，来时把麦子拉来，回去把面粉拉上。就那个解放牌的车，供应着哈巴河县吃商品粮的人。

刚来村里住下

发衣服、发帽子、发毡筒……对于初来乍到的25岁壮小伙，边疆的一切都显得很新奇，就连来到村子的日期记得也很清楚。

姜叔：那时候有好政策，我们从头到脚，都发上，帽子也有，穿皮子大衣也有、毡子也有。县民政局将物资给到公社，公社将物资给到村上，按新来的人来分发。盖的也给了、穿的也给了，吃饭的盆盆罐罐也给了，洗脸盆子也给了。

我们来到村里是12月25号，村里有宿舍、食堂。然后安排睡的宿舍，就是小土房房，矮矮的，也就一人高。旁边有个土块垒的打火墙，有一米四五高，土块一层层有十几层，冬天烧柴火。

虽然仍处于村庄的初创时期，不过比起前两年来的第一批移民，姜叔一批人的安置更加"流程化"了，村里已经有余力辟出专门安置新村民的房子。除了夯土房子，姜叔不经意间还提到一个细节：村上提供的卧具包括"羊毛擀"的毡子，这是颇具牧民特色的毛制品。

姜叔：当时过来，村上已经有盖好的房子了。那个时候就是夯土房子，土打墙的，两边是木头墙板。就地的土打起来的，这种夯土房没有地基。

最开始来的时候是集体住，有四个人的时候，也有三个人的时候。四个人的土坯房子有十个平方。门是小小的、矮矮的。木头床，上面盖上些草和羊毛擀出来的毡子。

比起初代移民"没有选择的选择"，姜叔落户边疆多了些许主动选择的味道。而从县上到村上的一通招待和供给，也促成姜叔下决心留下来。

姜叔：冬天没什么活儿，剩下的活儿就是挖渠沟一类的了。我来这里，也是抱着支援边疆一样的想法，到一个地方就安心扎根，要不早就去外面地方了。本来我也想到哈巴河县上不管这个了，但又一想算了吧。人家接上来，到这里，从头上到脚上，穿的戴的都给了。吃饭食堂都安排好着呢！

志愿兵战士

新中国成立初期，为解决"城乡大量剩余劳动力之充分应用"问题，在国家主导下开展了面向边疆地区的移民垦荒运动。1952年8月公布的《政务院关于劳动就业问题的决定》所提出的解决办法之一，即"有计划有步骤地向东北、西北和西南地区移民，在不破坏水土保持及不妨害畜牧业发展的条件下，进行垦荒，扩大耕地面积"。国家有组织的大规模从内地向边远地区移民始自 1956 年。当年，从山东、河南、河北、北京、天津和上海移往黑龙江、甘肃、青海、江西、内蒙古、新疆的移民达 43.3 万余人。①

熊大哥：老家山东的，老爹赶上了最后一批志愿军，退伍转业分到乌鲁木齐第二汽车修理厂。

父母都是老家认识的，在乌鲁木齐时候，我们家老大都有了。赶上抗美援朝后期了，转业到乌鲁木齐单位上。为了养家糊口。不知道为什么分配到这么远。

当时国家对抗美援朝老兵有政策，享受一些待遇。我们老大说，国家有钱可以找一下给钱，我们老爷子说不要找，不要这待遇。那时候他的思想就是说，找就是给共产党丢人了，他也不是党员。

（老爷子）脾气也大，家教特别严厉。调皮你别吃饭，到外边站着去。我们都调皮，老二特别调皮。老爷子就让他当兵去，他当了三年兵，回来还是那么调皮。

那时候有我大姐、我大哥两个，老爹脾气倔，年轻气盛，单位工资又低，吃又吃不饱，天天拍桌子和领导干架，听说新疆这个地方有白馒头。

最后一车拉到这里，想走也走不了。这边缺人，那时候来好来啊。那时候没有交通工具，过不了河，也就很难出去了。

我就想不通，老爷子那时候为什么来这里。但他们不来也没有我们，这是肯定的。来这就是开荒，当时像这样的地方进不来人，都是树丛密密的。

70 年代的移民

虽然八大队村民的主体是由 60 年代移民及其后代构成，但移民迁入过程，一直持续到 90 年代初期。70 年代中后期，随着改革开放和户籍制度的松动，

---

① 赵入坤：《人民公社初期农村劳动力的流动与管理》，《中共党史研究》2011 年第 6 期。

农村人口进入大规模流动的时代。这个时期仍然有内地移民迁入村庄。①

这个时期，一个今天已经很少听到的专有词语——"盲流"再度被唤醒。1953年4月17日，中央人民政府政务院《关于劝止农民盲目流入城市的指示》正式使用了这个术语。1957年7月29日，国务院转发公安部《关于各地执行劝止农民盲目流入城市和紧缩城市人口工作中发生问题及解决意见的报告》，列举了造成农民盲目流入城市的原因：一是有些地区灾情严重，粮食供应紧张，生产救灾工作没做好；二是有些农民，尤其是青壮年羡慕城市生活，不安心农业生产；三是有些地区对农业生产合作社的劳动力未能充分组织，随便开证明或迁移证，让农民到城市找工作；四是部分企业、基建单位不经劳动部门批准，私自到农村去招工，或者随便录用盲目流入城市的农民；五是工资改革和全行业公私合营后，职工生活普遍提高，因而不少家在农村的职工，不断把家属接来城市居住。②

从20世纪60年代至70年代"文革"期间，因户籍制度强化对城市人口的严格控制，"盲流"人口不多，主要是少量的乞讨者，这期间的公检法加强了对这部分人员的执法力度，"盲流"人口变成被管制对象。③

70年代末期开始，伴随改革开放的步伐，"盲流"现象也再度复活。"从80年代中期开始，每当新春伊始，大批来自四川、河南、甘肃、山东等地的农民，挑着箩筐，背着行李，成群结队的挤上西进的列车，涌入新疆。"④

1955年出生的良叔，老家山东潍坊，70年代末期迁入八大队。

良叔：1978年"口内"过来的，户口是第二年转过来。老家当时生活不行，天天吃红薯干，吃多了反胃吐酸水。天天早上红薯、晚上红薯。把红薯馏着吃，或把红薯擦得细细的。（红薯）吃伤了、吃够了。

---

① 据村干部回忆，1983年分地时，八大队共计152户，其中70年代及80年代初期移民约占三分之一。

② 江西省人民委员会转发国务院转公安部：《〈关于各地执行劝止农民盲目流入城市和紧缩城市人口工作中发生的问题及解决意见的报告〉的通知》，1957年8月16日。

③ 朱文轶：《我国收容制度始末》，《政府法制》2003年第17期。

④ 吴筠、张厚全：《新疆"盲流"潮透视》，《中国统计》1993年第2期。

第一章　落户最西北

老家每年八月十五就是晒红薯干的时间，每天晚上干到十二点以后，第二天还起来干活。晒好了还可以，晒不好一下雨就烂掉。口内雨水多，烂了之后，喂猪猪都不吃。（生产队产下）的麦子要交公粮。那时候，干一天活儿才分四毛钱。来新疆能吃上白馍馍。

我是结婚之后，带着老婆一起过来的。有亲戚在这边。当时我妹妹在这边。所以一来就到这个村，来的时候，桥也没桥，交通也不行。坐火车到乌鲁木齐，再坐公共汽车，从乌鲁木齐过来走了一个礼拜。班车一个礼拜一趟。第一天到奎屯住下。路上在车上吃饭。班车就是老解放车，路上颠得咯噔咯噔。

到布尔津渡口还要坐船，那时候渡口有一个船由钢丝绳拉着，装上车、装上人过来。

根据文献记载，布尔津大桥修建前，夏秋季节，来往哈巴河等地的车辆、人、畜必经布尔津渡口过河。冬季走冰上过河。渡口在额尔齐斯河与布尔津河交汇处下游约500米的地方。据口碑资料，渡口修建于1940年。渡口有一条将两只木船合并固定在一起的大渡船。固定两船的是一个木制的架子，架子上有两个木制的滑轮沿着跨河的钢丝绳滑动。滑轮外围用汽车轮胎包裹，以起到耐磨作用。渡船船头有两名工人拉船（人站船头拽钢丝绳以加快船速）。船尾装有一个大木舵，舵手左右搬舵以掌握方向：从河北岸过河，舵手就将船头往南调；从河南岸过河，舵手就将船头往北调。渡船靠河水的冲力渡河，渡船的载重量在12吨以内。

1978年布尔津大桥建成后，渡口失去了作用。布尔津大桥由交通部第一公路设计院选址设计，大桥设计16孔跨径20米，为T型梁桥型。1976年由新疆桥梁工程队负责施工，1978年9月竣工通车。大桥全长323.44米，桥面宽7米。[①]

那年我们出来往外走，就是"盲流"，路上还有抓的。当时在乌鲁木齐、哈密、玉门关，到处都有专门抓的，把你送回去。还有专门的收容所、盲流站。

[①] 布尔津县地方志编纂委员会：《布尔津县志》，新疆人民出版社，2002，第312页。

那时候管理严得很,你往外跑,属于"盲流"。那时候直接到乌鲁木齐的车没有,有从青岛到兰州的火车,到兰州转车,再到乌鲁木齐。

我买的是全票。有的人没有钱就买一截,当时每个站都有盲流站。你没钱买票,在车站转悠,人家就发现你是"盲流",属于无证人员,把你送到收容站。把你送进去干活,够了车票钱,才把你往回送呢。回去还批斗,不干活跑什么。

我们走了以后老家发展好了。但我们户口搬到这里了,老家没我们地方了。老家现在啥也没有了,我们回老家去也成了外来户了。

我问一直坐在旁边的良叔老伴:"阿姨当时愿意跟着过来吗?"

"肯定愿意,要不能来吗!那时候年轻,也没想那么多。那时候都没见过火车。"

记忆切片:刚来时候哭了三天

不同时期来边疆的人,其最初感受,因不同的背景而不同。一位70年代中期来的乡亲说:"刚来时候哭了三天。"

村民: 我老家是武威大柳乡[①],我大哥是1966年来哈巴河的,那时候老家生活条件不好。我上新疆是1974年,那时候我们老家生活就好了,能吃吃白面了,来到这里又不行了,当时这个地方吃苞谷面、洋芋,吃了一两年,后头慢慢也就好了。刚来时候哭了三天。

这段初来时记忆深刻的往事,确实也和老乡来哈巴河的时间有关。据县志记载,1974年因遭严重干旱,粮油大减产,当年吃调进粮275万千克,居民口粮粗粮(指玉米粉)占30%—50%。这段"吃了两年玉米"的经历如此深刻,以至于很多60岁上下的受访者都会提及。

① 现为武威市凉州区大柳镇。

这时候旁边的良叔老伴说话:"那个时候这个地方,人也少得很,路上都是牛粪,房子矮矮的。住的都是老家的牛棚子一个样子。(村里没电)到公社才有电。"

> **新闻链接:**
>
> **哈巴河县出行公路更加通畅　两条重点国省干道项目举行开工仪式**[①]
>
> 阿勒泰地区有两条重点一级公路相继开工建设。2021年6月30日,G331线布尔津至哈巴河公路、G217线阿勒泰至布尔津项目公路建设开工仪式隆重举行。
>
> 近年来,阿勒泰地区地委、行政公署高度重视交通项目建设,紧紧抓住国家"丝绸之路经济带"核心区建设和国家向西开放"桥头堡"建设的有利时机,通过积极协调自治区交通运输厅,争取到了布哈、阿布两个公路建设项目的国家车购税补助资金,解决了项目建设资金瓶颈难题。
>
> 其中G331线布尔津至哈巴河公路建设项目,建设总里程69.4公里,预计2023年完工;G217线阿勒泰至布尔津项目公路建设项目,建设里程105.9公里,预计2023年完工。项目建成后,将有效推动地区旅游及矿产资源的开发利用,进一步完善区域路网,全面提高自治区干线公路网快速机动能力、抗灾救灾能力,是联通地区内县与县实现"县县通高速"的重要一环,并成为凝聚人心的民心工程。阿布、布哈项目建成后将极大改善区域交通环境,对促进丝绸之路道路联通、沿线旅游资源开发,扩大对外贸易,推动脱贫攻坚与乡村振兴有效衔接均具有十分重要的意义。

---

① 新建维吾尔自治区人民政府网站:《阿勒泰地区"阿布""布哈"相继两条重点国省干道项目举行开工仪式》,2021年7月2日,http://www.xinjiang.gov.cn/xinjiang/dzdt/202107/20393a2f7a304274b29fd765ff32a88b.shtml,最后访问日期:2024年1月12日。题目引入时有改动。

人在边陲

火车上的好人们

正月十三那天下午摸到明叔家访谈，才知道他第二天就要去镇上住了，照看马上要开学的孙子。相比于村庄初代住户，20世纪80年代落户的明叔家房院并不大，这处房子原来是村里另一位居民的老宅子。明叔一开头就说自己"性格直拧"，他表述能力很强，说话利落、多跳跃性。

明叔：我老家是宁夏固原地区。老家生活困难，80年代还不行，90年代都不行。我们那个地方都是山区，靠天吃饭。雨水有，你今年收成就有；雨水没有，那么今年啥也没有，庄稼就旱死了。因此，我们那时候年轻人就在外边到处跑。我是1982年进疆的。

当时，就从固原开始坐车到兰州。车上的售票员就没有收我的票，一看我穿的衣服也破，嘴也甜。就白把我拉到兰州。

兰州我下了车，然后我就打问好怎么走。总有好人有吧，人们就说你坐哪一趟车哪一趟车。我把那个车次记下，到检票进站的时候，从栏杆翻着过去。就上了火车。那时候，兰州往乌鲁木齐跑的火车要三天三夜。我头一天一夜没吃饭，身上没钱。好人还是多啊，一看我这一天一夜没有吃饭这咋办？那么多好心人看到我，他们就从包里拿出，又是鸡啊、又是馍馍、又是水啊，给我点儿吃。最后这列车员查票把我查出来了，查出来一看我太可怜。那个列车员也好，就把我叫到他们列车办公室里去，把他的鞋子给了我一双，最后就给他打扫卫生，他们就给我管吃，然后我就到乌鲁木齐。我下车，那个列车员就给我安顿得好着呢，他说你不要从检票口出去，那时候有收容所，检票口出去的话，人家把你查出来就把你送到收容所了，收容所就把你送回宁夏了。①

那么我就从乌鲁木齐车站下车，检票口就不出来，我就沿着火车道走，走

---

① 1982年5月，国务院发布了关于"收容遣送"的正式法规——《城市流浪乞讨人员收容遣送办法》，收容制度全面启动。2003年6月20日，国务院公布施行《城市生活无着的流浪乞讨人员救助管理办法》，该办法自8月1日起实施，《城市流浪乞讨人员收容遣送办法》同时废止，收容制度就此寿终正寝。（朱文轶：《我国收容制度始末》，《政府法制》2003年第17期。）

着看着一个地方有栏杆子了，那时候围栏子不高，我就从围栏子上翻过去。

那时候说的啥子话哩（这是明叔的口头禅之一），年龄也小，夏天也不冷嘛，只要有一个背风的地方就睡下了，露天地睡。

最后在乌鲁木齐就转了一圈，在（附近）煤矿上就干了两年，然后又到乌鲁木齐给人家开车干了两年。那时候有解放车。

与60年代的入疆移民统一安置不同，明叔一代打工者，呈现出随机流动的状态。他最终落户边陲，可以说是机缘巧合了，甚至有些传奇色彩。

笔者：也没有个目的地？

明叔：（当时不知道要去哪，）那就个瞎跑。听人说啊，人说那个地方好你就跑到那个地方了。

笔者：都是听什么人说的？

明叔：朋友呗！一起干活的，打工的人，坐在一起闲篇儿着，他说在那个地方跑，这地方好，我们就到那个地方去。咱们新疆北疆，我基本是跑完了。就南疆我没有去。我20多岁的时候，全部在别的地方跑玩着，伊犁啊、塔城、乌鲁木齐这一路跑着呢。就是打工，给私人倒个土块啊、开车啊。

干了两年不行，听人家说阿勒泰好，在阿勒泰待上一年。冬天闲着没事干，又说伊犁那个地方多好多好，有人雇驾驶员了，就过去给人家开车；没人雇驾驶员，就是搬个砖、垒个土块。最后人家又说哈巴河好，就往哈巴河跑。

最后到了哈巴河，哎呀一看哈巴河，我的头就大了。哈巴河哪里有一个楼房啊，县政府都是塌塌房，就是土块房子，我说这个弄啥呢？

80年代的哈巴河县城，城镇人口增至9000人左右，城区向四周发展，在西北角修建公路养护单位、广播电视系统及居民区，在过境路以南修建学校教学楼、新居民区，在城东、阿克齐村西建成居民区，在县良种繁育场排水渠南建成居民区。同时，乡村掀起建房热，多数农牧民先后修建起用石头做基础，土坯砌墙，上有顶棚的土木结构住房。① 成规模的城区建设，也为外来的打工

---

① 哈巴河县方志编纂委员会：《哈巴河县志》，新疆人民出版社，2004，第452—458页。

者提供了工作机会。

明叔：（既然）跑到哈巴河就找人干活啊。那时候是运土块啊，给人家盖房子上个房梁啊。县城有一个姓刘的师傅要雇个驾驶员，就把我雇上，我就给他当驾驶员当了四年。当时他买了一个铁牛55拖拉机。我们就在县里搞建筑，从布尔津往这边拉水泥、拉钢筋，从大山里面拉石头下地基。

他专门搞建筑、楼房。以前的楼房地基用山上石头（料石），把地槽挖出来，把它垒起来。然后上面就是砖一层一层垒上去，因为那时候还没有前四后八（指重型汽车），那时候最好就是一个铁牛55，一个东方红28。这两个车就是最吃香的。

有一次，我们就到这个队上干活。有打工的说在这地方有宁夏人呢。我奔着老乡走，奔着哩，就奔到我现在岳父家。他在家招待我，（聊起来）不但说是宁夏一个地方的，我们还是一个乡的，都属于宁夏西吉县。他家是50年代从宁夏来的。那时候没有坐车，一步一步就走到这个地方的，起码走到这个地方，就得一年。他的鞋子，光鞋子底子磨没有了就是三四双。吃的百家饭，走在哪里，没吃的就要啊。

因为都是一个地方的，我们就把这个事情（指结婚）就成了呗。成了后，我就在村子住下，再就没动弹了。① 我落户到九几年了，我从老家把户转移上来，老家开证明，然后老家把你的户销毁掉。

至于为什么看上这个村庄，其中理由倒是与30年前的初代移民是类似的：这个村子到十月一号之后，树林子里边遍地的牛、马、骆驼、羊，那时候吃肉煮个牛、煮个羊，那是家常便饭，就像煮了个鸡一样！我说，这个地方好。

于是，老一代固原移民与新一代固原移民就在祖国边陲相遇。"老乡见老乡"的情结，是漂泊者们自己才懂的感动。

笔者：来之前不知道这还有老乡？

明叔：哪里知道？八几年我们来的时候，你说来个宁夏人啊，那高兴得很

---

① 明叔1982年上新疆，1990年结婚。

啊。哎呀，老乡来了，真高兴！请家里亲戚，抓肉给你煮上，好吃的给你弄着，我们见老乡啊，开玩笑的呢！

说到这，明叔提起又一个30年后的"漂泊者相遇"。

明叔：你看去年咱们村搞乡村道路，有布尔津的两个宁夏老乡来干活，把我高兴坏了啊！哎呀，我们宁夏人啊！因为一个地方"人不亲土亲"在呢。（我和他们说）老乡下班了以后到房子来喝个茶！

记忆拼图：明叔的老家记忆

那个时候真是苦啊，我是1961年出生的，大概67年时候我脑子里头就能记住老家的情况了。把红薯切成片子，晒干，做成红薯干，一口人是多少量，按量给的，这个样子给分下来，你还不敢煮着吃，你煮着都吃了，明天吃啥去。然后咱们老家有石磨子，两个人推上转圈，把红薯碾下来那个面，像炉子里面出来的灰，就是那么个性质。涮汤喝，就是倒上开水，你还不敢涮得稠，你涮得稠，第二天饿肚子了。六七岁，就喝红薯汤。

那个时候哪里还有这样的衣服了！扯老白布还要拿上布票，没有布票，白布扯不来。那个麦子长这么高，暴雨或冰雹一来，全部给你打掉，完球子了！地在山上，牛、马拉着犁铧往山上犁地。雨大点就把麦子、洋芋顺着沟子冲跑掉了。吃水也困难啊，跑上四五公里路。

现在我说这个，像我们儿子他们不相信。说起现在的社会，那就是天堂一个样。

80年代我来这个地方，一个羊头才卖5分钱，你想想看这个地方牲畜多不多？在老家哪里吃肉啊！我们那个地方贫穷，为什么国家组织移民，宁夏固原地区要迁移到银川一带去？在银川给你房子盖好，地给你开出来，暖圈给你盖好，你搬上去了。像我老家那个村现在没人了。① 你愿意种地的你就往农村走，不愿意种地的你可以申请上楼。虽然我现在在咱们新疆没有回老家，但是我们信息通着呢。微信啊、电话啊，我们通着呢，有什么事情老家那边就要给我要说一下。

现在你问儿子，儿子他就知道了，他老家是宁夏的，但是宁夏哪个地区、哪个县，他就不知道了。我儿子、孙子都没有回过。我40多岁就回了一趟，那是2001年，我回去了。再就没回去过。老爸老妈去世了，我上新疆的时候，他们就去世了，要是老爸老妈在我能到这个地方吗？到不了这个地方。那时候也就是个十来岁吧，瞎跑吧，干活干不动就要饭。

访问苏布汉叔叔家

2022年7月20日傍晚，由村委会王姐和何姐引领，来到村东头哈萨克族苏布汉老人家。

何姐进了院子后，用哈萨克语和一位迎过来的戴头巾的阿姨打招呼——这是苏布汉的爱人，又用间杂哈萨克语的汉语和苏布汉的女儿聊家常，一个大概一二年级的孩子有些腼腆地依偎在苏布汉女儿身边，"这是我家小的，大的上高中了。"

苏布汉一家正要去附近林子里给牛挤奶子，王姐转身对我说，这里哈萨克族接待客人都要挤奶子、烧茶。说话时，苏布汉叔叔过来了，老人个头不高，戴蓝色圆顶帽，目光有神。

何姐和王姐向叔叔说明我们的来意后，我们进了屋，很快桌上摆满了点心、糖果和坚果。

苏布汉叔1950年生人，普通话很流利，表述清晰，稍有些甘肃口音。

---

① 参见：于晶：《探访宁夏大山深处百万移民新生活》，中国新闻网，2021年7月11日，https://baijiahao.baidu.com/s?id=1704975478420413430&wfr=spider&for=pc，最后访问日期：2024年1月12日。

苏布汉：我们家是64年4月份来到八大队的，1963年我们家里七个人从现在的一八五团那边过来的，最开始过来到塔斯哈拉。1964年调到这个队上来的。那个时候就这个生产队调那个队，那个生产队调这个队，都是很经常的。最开始来这边，我父亲是给生产队放马，赶着马拉的播种机、打草机。我那个时候十三四岁，已经在生产队干活了，那个播种机是四个马拉着，前边一个娃娃骑马，我就骑着马，也可以说是牵着马。

这时候坐在一边的王姐、何姐一边嗑着桌上的坚果，一边插话说："那时候是四个马拉着东西。"

体制改革之后①实行三级核算，一个公社、一个大队、一个生产队。八大队下边分了三个生产队，我们是属于二队。以前大队没有分生产队的时候，干活用的牲畜牛马，都可以放在一个圈。分三个生产队之后，每个生产队要有自己的马圈。从那时开始，我给二队放马，春天跟着马拉播种机，秋天跟着打麦子。有时候生产上的活儿也干，浇水啊、锄草啊。我们家也是1972年搬到现在住的这个地方。

这时候苏布汉的女儿开始在桌上布置奶茶。

"您记得真清楚啊！"我有些惊讶叔叔清晰地把历史事件和自己的经历结合。

"老人家爱看书，他家书可多了，"一边帮忙布置的王姐搭话说，"放不放酥油？"

"这个事情过去了，脑袋里边想一下，哪一年哪一年，可以算出来嘛。我来这个地方很快就60年了。"

何姐说："所以这些老人们就根本离不开这个地方，他们冬天就到县上楼房去住了，但是夏天还是舍不得这个地方。"

以前来的时候，大一点的地没有，全部是小块块的地，生产队年年把树、柳条、刺墩挖掉。那时候都由生产队队长分配任务，有浇水的、有锄草的。那

---

① 1970年底，公社体制改为三级所有（公社、生产大队、生产队），以生产队为基础的管理体制。

个时候全国还没有饱,主要还是种麦子,其他的副业少。我那时刚开始十二三岁就在队上干活,一开始没有十分工,就是七分工、八分工。后来,我十五六岁以后也就和大人一样了(有十分工),大人干啥你干啥。

看我端起来喝奶茶,何姐说:"你们可以啊!北京来的也可以喝惯奶茶啊。"

苏布汉:以前有个韩老爹,他不喝奶子,我们说奶子那么好,你怎么不喝呢?他说我六七十年了没喝,还怎么样啊。他是吃大锅饭时候从"口内"过来的,从小没喝奶子。

何姐:苏布汉叔看着我们长大的,从小对我们可好了,所以我们来他们家都亲得很。我有个妹妹,嫁到乌鲁木齐去了,去年她回来,到叔叔家来,几十年没见都认出来了。叔叔没有老,我们小的时候就这个样子,现在还是这个样子,他不操心。

苏布汉对何姐说:"你妈妈和我们年龄差不多,都70多了。你爸爸有80多了,是60年代过来的,之前在公社的农机学校。"

何姐在一旁应着,并向苏布汉说了我们这几天访谈的过程:找马占彪[1]去了,马占彪也说不了话;找张世明[2],耳朵聋得实实的;高海潮[3]也都年纪大了说不出来话了;找赵老师去了,赵老师不在。

苏布汉:赵老师他80多了,他身体还好着呢。我们1964年来这里,开始盖学校,1965年开始上课的时候,他家里就已经有了一两个娃娃,那时候就有20多岁了吧。现在村上像我们这样过70的人,村上不知道10个有没有,男女算上可能有十来个。过80岁的人就很少了。

接着,苏叔叔开始细数起村里年岁大的人:"那个下边(指村南头)有华叔、任叔、王叔,过来这边有姜叔、徐叔,这都年龄大差不差的,错个一两岁、两三岁的。马占彪最大,快90岁的人了,80多岁的回族里边就是高海潮。"

我问道:"您普通话怎么说这么好?"

---

[1] 曾任生产队队长。
[2] 张世明,1976年10月至1979年12月任八大队队长。
[3] 曾任八大队队长。

访谈中的苏布汉老人

苏布汉：五六十年同吃同住，不像现在"大包干"了，都各干各的，各家打交道的少了。那时候大锅饭，在戈壁滩上干活，一个宿舍住，哪能不学？有几年生产队每天晚上都有会，白天劳动、晚上开会，上边政策传达一下，这么个、那么个说一说。以前老百姓对国家大事，觉悟可能没有那么高。就知道干他的活、带孩子，不关心国家的事情。那时候天天开会，还有各地的新闻。我有很多东西，就是那时候知道的。

说起自己的甘肃口音，苏叔叔说："这个队上80%的汉族都是从甘肃来的，回族也有从甘肃来，也有从青海来，其他的就是山东的、河南的、河北的、江苏的、四川的，其他省的。"

"当时要住集体宿舍？"

"村里劳动力到戈壁滩割麦子、播种，要在那个地方住宿。而且生产队本身都有食堂，有从内地来的，没有成家的单身汉，就住集体宿舍。"

何姐：我们那时候也去戈壁滩干活，我们赶着牛车过去拉麦子，像叔叔和我们爸爸一样年纪的，在地里给我们装麦子，晚上都住在那里。我们小女孩也都住在一个宿舍，第二天我们拉回来到这边地里的场上。那时候出去一趟不容易，出村要过大河，动不动就淹到水里面了。上戈壁滩吓死了，害怕翻到河里。

苏布汉：那时候也用爬犁拉麦子，生产队有一个四个轱辘的大车。在麦场，用石磙子套着马，六个马、七个马，连在一块，就开始转。后来就有了脱谷机了。再后来就有康拜因了。大概1965年的时候公社拖拉机站有链轨拖拉机了。开春播种的时候，下到每个生产队犁地。小伙子干重劳力的话，一个月15公斤面粉给你。妇女10公斤，娃娃7公斤，都是定量的。队上管理员就是发口粮的。各家也有二分地的自留地和少量自留畜。

从苏布汉叔叔家出来的路上，两位村干部对我说："民族房子（家庭）也可喜欢来客人了，他们都好客得很。哈萨克族赡养老人的传统可好。苏布汉叔叔有两个弟弟，他也给供出来了。其中一个弟弟还娶了个汉族媳妇。苏叔的丫头也嫁给村上汉族村民了，两家离得很近，从小一起长大，男的还是我们村上的小队长呢。这个小伙子是汉族，但是哈萨克族的习惯他都会。"

第二章 生产队的记忆

第一节　村庄最早的样子
第二节　公社管理体制
第三节　挖大渠
第四节　队级营收
第五节　伙食
第六节　分分合合的村庄
第七节　洪水的记忆
第八节　房子的演变

第二章 生产队的记忆

喀英德阿热勒村位于哈巴河沿岸桦树林带，哈巴河主流和支流从村庄四周流过，汇入额尔齐斯河。该村因似林中小岛而得名，在哈萨克语中，"喀英"意为"桦树"，"阿热勒"意为"岛"①。1978年地名普查时定为喀英德阿热勒农业队，1984年改社建乡时命名为喀英德阿热勒村，位于库勒拜政府南6千米处②。

第一节 村庄最早的样子

喀英德阿热勒村建村于1964年，其人口多为各个时期从内地迁移至哈巴河的移民及其后代。该村现隶属哈巴河县库勒拜镇。库勒拜镇1951年属二区管辖，1958年归红旗人民公社。1971年从红旗公社划出，称反修人民公社，有8个生产大队，27个生产队。1981年3月改名库勒拜公社。1984年11月改社建乡时命名为库勒拜乡③，位于县城以西、哈巴河西岸，距县城7千米。

喀英德阿热勒村在不同历史时期几经更名，内部也几度分分合合，这种持续变动的状态本身也表征了村庄初创时期的特征。1958年10月，在原二区建

---

① "白桦岛"因而也成为近年该村发展旅游的一个标识。
② 阿勒泰地区标准地名录编纂委员会：《阿勒泰地区标准地名录》，第95页。
③ 2018年，设立库勒拜镇。

立哈巴河县红旗人民公社，驻地库勒拜。同时设立红旗人民公社管理委员会。1963年3月，跃进人民公社撤销，并入红旗人民公社，其农业大队社员迁至塔斯喀拉，建成红旗公社9队。同时又新建农业10队、11队、12队、13队。①其中，农业12队，驻地喀英德阿热勒，1963年3月建立。②所以一些村民在回忆早期村庄历史时，会称之为"十二队"。

1971年8月，从红旗公社分出成立反修人民公社。公社革委会驻库勒拜。火箭大队，驻地喀英德阿热勒，1978年称为反修八大队③。"八大队"也成为之后该村更通行的名字。④

村庄选址

据年长的村民回忆，早年曾有一家哈萨克族人在此放牧。由于每年春天哈巴河涨水，通往外界的道路中断，这户牧民搬走了。第一批定居于此的内地移民常常这样描述这片被水系和树林环抱的土地："原来都是树林子，这片村子都是老百姓一铁锹一铁锹挖出来的。"

根据老一代村民的叙述，刚建村的时候，是在村南偏西一带建夯土房居住，并以此为基点，逐渐向南开垦耕地。同时，还有一部分村民，在村东北被称为康家庄（一个非正式指称，源于几户康姓家庭聚集）的地方落脚。

为什么是在西南角呢？据说，建村伊始，初代村民们很担心这个河流环绕的岛状村落会被水淹掉，所以要找到地势较高的位置。于是找来了在此放牧的哈萨克族同胞，据他们讲，村西南的旧时哈萨克坟墓（现在这座哈萨克坟墓仍然在，据说有100多年历史）周边，地势最高。于是，生产队最早的粮食库房

---

① 内部资料：中国共产党新疆维吾尔自治区伊犁哈萨克自治州哈巴河县组织史资料（1949年10月至1987年10月），第112—115页。
② 同①，第133页。
③ 同①，第145—147页。
④ 在行文中，在提及村名时，会根据上下文情况、时代背景或叙述者惯常用语使用"喀英德阿热勒村"或"八大队"。另，2019年6月阿克阿热勒村与喀英德阿热勒村合并为喀英德阿热勒村。在本研究中不涉及阿克阿热勒片区情形。

就建在哈萨克坟墓附近，"这个粮食库厉害，前几年才拆掉，有几十年历史。小学最早就在粮食库房跟前"。

那个时候河水大得很嘛——现在水流量没有以前大了。到 5 月份的时候，林子里面平平的，全是漫上来的水。再一个，那时候大河边上也没有治理，水一大，它冲下树木，就容易将河道堵上，造成洪水。现在已经用石头笼子把哈巴河修缮了，洪水一般过不来。

村庄最开始选址的位置再向西就是茂密的河边林带，后期逐渐向东、向北发展。而这个位置向南（就是梁书记家房子南边），开垦出最早的两大块耕地，也是目前八大队本部（不含飞地、戈壁滩的耕地）最大的连片耕地。沿着这片耕地的北沿，最早一批移民的房子盖了起来。

据村民回忆，刚来的时候，这里全是由毛柳条、杨树等构成的杂树林。"那时候就是挖出来或者砍掉，开荒造田，一块块地就这样开出来。"由于早期全靠人力和铁锹等简单工具，直接制约了村庄扩展的规模和速度，"太多了也种不了。今年挖一点，明年挖一点，这个开完开这个"。之后耕地大致是向南、向东延伸，住户则是向北铺展。

赵校长在建队初期就在村小任教，一直干到 20 世纪 90 年代中期退休，他回忆了早期村庄的情况：

八大队是 1963 年成立的一个新队，（从跃进公社）撤下来的汉族队，再加上从这里调些人、那里调些人。刚开始来的时候，艰苦着呢，耕地没有机器，都是二牛抬杠、马拉犁，每天年轻的扛着铁锹去挖地。刚开始，树林子密得很，后来就经过队上和林场交涉，把中间的树给拿掉，把树挖掉，一片一片连成大地了。当时是用马拉犁铧犁大片地，小片土地还是人工。最开始来的人就住地窝子，后来集体盖的平房，就住平房。

队部所在地

关于队部最早的位置，不同追忆者的回忆有些偏差。这样的记忆偏差，正反映了队部位置的变动不居。较多人认为,队部早期在村子的东南方位,"队部办公室有电话,库房也搬到这里,还有箩面粉的。后来这个地方又盖了供销社①,这是中心点"。

---

① 1952年成立供销社领导小组,负责经营人民群众生活用品和小型生产工具等。自从1956年实行资本主义工商业社会主义改造后,形成国营商业管城镇、供销商业管理农牧区的格局。

第二节　公社管理体制

1958年9月23日，中共哈巴河县委做出《关于建立人民公社的安排》，按照计划安排，从9月20日开始工作，撤销乡建制，至11月底，建立东风人民公社、红旗人民公社、跃进人民公社。1959年1月建立卫星人民公社，1960年1月建立火箭人民公社。全县基本实现人民公社化。

之后，1960年9月撤销卫星人民公社，1963年2月撤销跃进人民公社，将其所属农牧业生产大队并入红旗人民公社和公社合营牧场；1963年8月撤销火箭人民公社。1965年全县只有2个人民公社、1个牧场、39个农牧业生产大队。1971年体制改革，将原来的东风人民公社划分为团结和胜利两个人民公社；红旗人民公社划分为反修和前哨两个人民公社。全县设4社1场、30个生产大队、87个生产队。①

1960—1961年实行以公社为单位的管理体制。

1962年改为两级所有（公社、生产大队），以生产大队（也叫公社直属生产队）为基础的管理体制。②

1970年12月改为三级所有（公社、生产大队、生产队），以生产队为基

---

① 哈巴河县方志编纂委员会：《哈巴河县志》，新疆人民出版社，2004，第212页。

② 1960年10月11日，周恩来受中央委托，主持起草了《中共中央关于农村人民公社当前政策问题的紧急指示信》，具体规定了12条政策，并立即发向全党、全国。随后，中共中央又发出了《关于贯彻执行〈紧急指示信〉的指示》。《紧急指示信》指出："生产队（有的地方叫管理区或者生产大队）是基本核算单位"，"以生产队为基础的三级所有制，是现阶段的人民公社的根本制度"。[《中共中央关于农村人民公社当前政策问题的紧急指示信》，载国家农业委员会办公厅：《农业集体化重要文件汇编（1958—1981）》下册，中共中央党校出版社，1981，第378、379页。] 1962年2月，中共中央出台了《关于改变农村人民公社基本核算单位问题的指示》，明确了以生产队作为基本的核算单位，指出："实行以生产队为基础的三级集体所有制，将不是短期内的事情，而是在一个长时期内，例如至少三十年，实行的根本制度。"[《中共中央关于改变农村人民公社基本核算单位问题的指示》，载国家农业委员会办公厅：《农业集体化重要文件汇编（1958—1981）》下册，中共中央党校出版社，1981，第546、551页。] 至此，以生产队为基本核算单位成为农村社会经济体制的核心。

础的管理体制。①

合作化后,实行"小包工",评工记分。牲畜分群,集体管理,由合作社统一安排牧工放牧,其余劳动力由合作社安排从事牧业基本建设、草场管理、打草或从事副业等劳动,按定额记分。人民公社化时期实行定额管理,评工记分办法。由公社和牧业队安排劳动,按"三包一奖"生产责任制的规定,实行超产奖励、完不成任务惩罚的办法。在一定程度上调动了牧民的生产积极性,促进了畜牧业发展。

工分制

人民公社期间,与公社社员收入分配联系最紧密的是"工分",工分评定则是工分制中最重要的环节。工分评定主要有三种方式:"死分死记""死分活评"和"定额管理按件计酬"。其中,死分死记,是工分制初期流行的一种评工记分方法,其基本原则是劳动力分等级排队,按劳动者的劳动能力经民主评定各人的底分,底分评定后,社员开始劳动,对于社员来说无论做何种工作只要出勤满一天,记工员就按底分记工,不满一天的按出勤时间的比例折算记工。这种计分方法,常常不能做到同工同酬,造成高底分的社员不用出全力就可以得到高工分,而低底分的社员即使劳动投入和劳动质量都好于前者,所得工分也少于前者的情况。造成社员劳动普遍出工不出力,劳动生产率下降。②

所谓"死分活评",是针对"死分死记"的缺点实践出来的一种工分评定办法,首先给每个劳动力评好底分,然后再按各人每天干活多少和质量高低,由大家评议增减工分。比如一个劳力底分是10分,某一天的工作大家评议认为正常,就可得10分,大家认为比一般人要好,超出通常标准则可以得10分以上,比如12分。相应地,如果某天工作不好,则会减分。这种办法看似合理,但实施起来难度较大,主要是干活质量好坏的标准很难掌握,每天干完活,夜

---

① 哈巴河县方志编纂委员会:《哈巴河县志》,新疆人民出版社,2004,第212页。
② 黄英伟:《工分制下的农户劳动》,中国农业出版社,2011,第44—52页。

里评工，一评就到大半夜。①

合作社时期，基本上仍然采用评工记分办法②，初期因评分没标准，社员在生产时拖拉，只要劳动就记满分（8分）。后期实行定额管理，把各种农活分成不同的等级，每个等级定一个标准分，干什么农活，完成多少定额就记多少工分。在劳动日计算时，采取死分活评的办法，规定每个劳动日以8分为标准，按劳动多少和好坏程度，酌情在标准劳动日分数上增加或减少，并按男女同工同酬的原则合理计算。在采取"死分活评"的过程中试行"包工制"，社内干部因工作过多影响了参加劳动的，酌情记劳动日。

1969年，哈巴河县一些社队照抄大寨大队评工记分经验，有的生产队只记出勤天数，有的生产队一个月评一次工分或采取"自报公议"的办法评工分，出工不出力及干活不管质量的情况尤烈。

1978年贯彻《中共中央关于加快农业发展若干问题的决定（草案）》和《农村人民公社工作条例（试行草案）》时，县委着手对社队经营管理进行整顿，先后恢复、健全、完善定额管理和"小包工"的劳动管理生产责任制。1980年推行"五定一奖"（即定任务、定工分、定劳力、定产值、定投产，超产奖励）的生产责任制，使社员的劳动成果与经济利益挂钩，促进了生产发展。③

1961年8月后，取消半供给半工资制，停止公共食堂，实行评工记分，按劳分配、多劳多得的分配原则，即从总收入中扣除生产费用、税金、公共积累后按劳动工分分配。合作社初期，农民除向国家交纳公粮外，所剩产品全部归农民自己所有。从合作社后期起，粮食留足"三留"（即种子、口粮、饲料）和交纳公粮外，其余部分由国家收购。1970年，根据地县规定，社员口粮农业队180千克，牧业队140千克，实行指标到户、分期提取、节约归己、超吃不补的原则，马铃薯以50%顶粮，社员口粮中2.5—5千克（原粮）折合分配

---

① 黄英伟：《工分制下的农户劳动》，中国农业出版社，2011，第44—52页。
② 1961年，《人民公社工作条例（草案）》发布试行后，取消了供给制，恢复原高级社实行的定额管理，评工记分，按劳动日分配的制度。（新疆维吾尔自治地方志编纂委员会：《新疆通志·农业志》，新疆人民出版社，1994，第125页。）
③ 哈巴河县方志编纂委员会：《哈巴河县志》，新疆人民出版社，2004，第617页。

马铃薯（以 4 千克马铃薯折 1 千克粮食）。

根据新疆和静县的报告，1980 年社员分配收入 1990.844 元，劳动工日总计 898918 个，平均每劳动力 205.2 工日，平均工值 2.21 元，劳均 454.53 元。全社大队干部 29 人，平时不记工，采用年底一次评定的办法。1980 年大队干部评定工日 14285 个，占全社生产队总工日的 1.6%，每个大队干部平均 492.6 个工日。①

梁书记： 干一天活，你能值多少钱，那就看集体收入了。你麦子打得多，交够国家的，剩下是自己的，还有余粮可以卖。能卖出多少钱，把今年开销全部开完，还剩了多少钱。剩下这个钱怎么给老百姓分呢？就说是，你干一天活我给计 10 分工。你不干活你就没钱，但是队上粮食照样给你吃。如果你家人口多，你挣的工分不够这些粮食钱，你就没钱了。

比如说是我一个工核了 7 毛钱，那么你一个月干 30 个工，就是三七二十一块钱。你这一个月就挣 21 块钱，除去你一家人吃粮食的钱，你看你能余多少钱。一公斤麦子是两毛五分钱，这个两毛五分钱你得掏吧？比如一天一公斤粮食的额度，按三七开，700 克是你的基本粮，这 300 克就是你的工分粮。你没有工分，这 300 克你就吃不上，你只能吃你的 700 克。你干活了，有了工分你可以吃到 300 克，你可以吃到一公斤，就是这么个算法。那时候就是粮食，肉是公社白白给的，不要你的钱，都是公社给的。每年冬天，公社白白给（肉），那个时间这是以农养牧，以牧养农。就是我们农业队种的粮食，不要钱，也白白给人家牧业队。牧业队拿出来的牛羊给你，也不要钱你白白吃。

张乐天在《人民公社制度研究》一书中指出，搞好收益分配的关键是处理好国家、集体、个人之间的关系，处理好农户之间的关系。收益分配的首要原则是"先国家，后集体"。生产队首先必须完成国家的征购任务，然后才能进行生产队内部分配。生产队收益分配的第二个原则是留足集体的。生产队的留存分粮食留存和现金两类。生产队分配的第三个原则是处理好按劳和按需之间

---

① 新疆农科院农业现代化研究组：《关于和静县上游公社大队干部收入分配的调查》，《农业现代化科研简讯》1981 年 9 月 18 日。

的关系。生产队年终经济决算分配到户表以劳动工分作为最终的分配依据，尽管经济分配到户表以按劳的方式结算，生产队的实际分配还是以按需为主。就现金分配而言，生产队会计方案中的可分现金是根据劳动工分计算出来的，现金成为体现按劳原则的尺度。[1]

马大叔：那个时候队上有管理员，给老百姓发面粉，把库房的麦子拉上，拉到磨坊上推，再给老百姓发下去，给食堂[2]里面两天送上一趟面粉，这就是管理员的活儿。社员面粉没了袋子一背，到管理员那里去：给我打些面粉，家里没有面粉吃了，记上账——你不记账那个工怎么算出来，算不出来。

大队到年底还有一个总结，家里面工分多的人，人家还拿钱来，像我们家七八个人，我们还给队上赔钱的。吃的粮多了，你没那么多钱，你没那么多工分，怎么办？本来比如家里一个劳动力的话，你一个月才挣个21块钱，但整个一家人一个月吃上100公斤麦子，100公斤麦子是25块钱。

到决算的时候，队上算下来把一切开支除完了，比如队上还剩下两万块，全部有多少工，把它摊下来。一个工摊个八毛钱或者是五毛钱，于是就开社员大会，会计就在那公布每个人的开支是多少，还余了多少。余下的就是你的工钱。有些人高兴了挣了1000多，像家口大的、劳动力多的家庭，人家还挣钱。家里劳动力少的，就可能还欠队上的钱，那就穿烂一点呗，你没钱买衣服，你不穿烂还干啥？你穿衣服一米布就三毛钱，你还得掏钱买，没钱你拿啥买？

统一核算与内部调剂

人民公社时期，一度干活一窝蜂，劳动无定额，任意平调社、队劳动力。1963年后，学习外地"四定一奖"责任制时推行的"小包工"制度后有所纠正。1964年，县委发出《关于农业生产队实行超产奖励的通知》，决定从1964年开始在执行生产责任制时，各个生产队都要实行超产奖励的措施，具体办法是：

---

[1] 张乐天：《人民公社制度研究》，上海人民出版社，1998，第275页。
[2] 应指戈壁滩的食堂。

生产队（公社直属队）完成公社所规定的农业生产任务外，超产部分的20%上缴公社，80%奖给生产队，而生产队再将所留奖部分的90%按本队社员当年的工分数进行分配（愿要粮食的给粮食，愿要钱的给钱），10%作为队的积累，由队使用。[1]

据一位村干部回忆：

1971年前都是一级核算[2]，所有队上的收入、产量都报给乡里面统一结算，统一调配你们村上太少了，没吃的就别的村上调来口粮。三级核算意思就是生产队、大队、公社。大队那么多长时间调动不起积极性来，就开始分了生产队。意思就是让你（有积极性）收的东西多了，你给大队交多少，剩下的你可以直接支配，这就是三级核算，生产队和村民小组不一样，小组你没权力弄啥，不是核算单位，生产队那时候就可以核算了，那时候就有干劲儿了，哪个生产队干得好了，你到秋天可以多拿点钱来核算。

集体统一核算，公社说了算，1979年那一年我当队长，我们打的麦子交到（公社）渔场[3]去了，就把你吃的留够，其他的人家拿走。全乡统一调。哪个队没有就给哪个队调。你的口粮留下，再这就统一的分配掉了，那一年，我们去九队的库房拉粮食，最后挖到库房底子了，从老鼠洞里面扒拉出来粮食。库房老鼠多得很，老鼠存粮给我们吃了。还抢着呢。老鼠洞拿出来的粮食。那时候也不管得病啊，把肚子吃饱就行了……

当时叫调剂，这个村上没了，那个村上多的给你用一点，那时候是公社核算，统一分配。我们上小学的时候队上粮食都不够吃，我们套好牛车子到塔斯喀拉[4]去拉粮食。每一个农业村，会给你专门定点一个放牛的放羊的草场，从牧业上调牲畜来，你养上自己发展。早期公社给了队上30只羊，你自己发展，发展多是你自己的。牧羊这个人也是，是（公社）从牧业队上分配过来的。

---

[1] 中共哈巴河县委员会史志办：《中国共产党哈巴河县简史》，新疆人民出版社，2008，第121页。

[2] 1971年前实行公社一级核算体制，1971年8月，农村进行体制改革，实行公社、生产大队、生产队三级核算制度。（哈巴河县方志编纂委员会：《哈巴河县志》，新疆人民出版社，2004，第50页。）

[3] 20世纪60年代，先后组建跃进渔场、东风渔场、库勒拜渔场、萨尔布拉克渔场。

[4] 位于八大队村西北约2公里。

一位村民叙述人民公社时期年底核算的情形：

到每年12月份以后，生产队的会计到红旗公社去算账。牧业队上的牲畜给我们，我们吃的肉、我们耕地的牲畜都是牧业队上给我们的。各算各价，你的一个羊多少钱、你的一个牛多少钱，我们的苞谷一公斤是多少钱。有个价格互相调配。那时候人实在得很，比现在人老实，就是吃了喝了干活，只知道干活。啥东西都不拿，一切胡话都不说。

由公社统筹，你的牧业队的牲畜给那个农业队，给多少牛、给多少羊。各个村有会计、出纳，有保管员。会计统计人口、土地这类的，报给公社，公社把冬天吃的冻肉给你拨下来。队长不定期到公社开会去。公社看你缺啥，报上去再给你拨下来。生活用品也是这样子。

别的队吃的粮食，到我们队上去拉，用了多少签上名字就行了。哪个村来的签个名，就拉走。到12月份，我们的队长、会计到公社去算账。牧业队上的会计也过去，他们的牛马羊给我们，一个牛多少钱、一个羊多少钱，队长或会计签上名字，各算各账。

主粮作物

1949年，全县春小麦种植面积为2.39万亩，占粮食种植面积的97.55%，亩产78千克，总产185.85万千克，主要种本地品种黑芒麦。由于长期连作，品种退化严重，单产下降。60年代中期先后引进春小麦品种红大头，伊力1号和喀什白皮；70年代先后引进赛洛斯、波达姆、青春5号和甘麦8号等14个品种，1978年小麦种植面积达到17.22万亩。

20世纪50年代，县内只有小面积零星种植玉米，年均种植面积0.05万亩，亩产80千克。60年代大面积种植玉米，年均种植面积达到1.04万亩，其中1966年达到2.48万亩，但亩产很低，10年中亩产不足100千克的有8年。70年代种植面积下降。

50年代，马铃薯只作为蔬菜自食，少量种植。60年代初，国家遭受严重困难，马铃薯被作为人们主食的重要补充来种植，年种植0.3万亩，亩产324千克，总产97.2万千克。70年代种植0.486万亩，亩产442千克，总产214.2万千克。

就八大队而言，据一位老村干部回忆："60年代开始种就是小麦，小麦、洋芋、南瓜、苞米、豌豆。豌豆人也可以吃，也喂马，也磨面。麦子没有了，把它磨成豌豆面，吃豌豆面。"

据初代村民回忆60年代的劳动场景："那啥时候戈壁滩上种牧草和杂草，用手镰割了捆着。麦子就放在石磨上牛拉着碾了，风大了就扬着。孩子就留在家里。家里老大（指男孩里的老大）当时小小的，1964年冬天生的，生下的时候营养不良，腿细得和麻秆一样。"

另有在70年代末期任职的村干部回忆："戈壁滩80%都是麦子，有些为了改造地，就是种苜蓿，种上以后把苜蓿草卖掉，队上的牲畜吃。豌豆则在生产队时有广泛种植，那时候除了小麦就是豌豆。豌豆是咋样子吃，这地里还没有长成熟，青的时候，在戈壁滩煮着吃。豌豆正儿八经的就没当过口粮。豌豆主要也喂老马了，那时候队上有耕马了，好几十匹马了。马干活的时候要给料，粉成料给马喂料。"

受益于林间黑土，八大队的大蒜颇有特色，据说具有越冬种植、生长期长、滋味醇厚、存放期长、不易腐坏等特点。"大蒜六几年就开始种了，就种这么大一方子就够（家里）吃了。一个是自家吃，一个是卖点钱。买个煤油啊、买点咸盐啊。那时候没有煤油不行，晚上全靠煤油灯。"

哈巴河县花芸豆品质好，颗粒大、皮薄、色泽鲜艳，成为地方特色产品，其中尤以八大队出产的芸豆为上乘，据一些村民回忆，至少在70年代，村里农户家就利用边角地或自留地少量种植花芸豆，"地埂子上种着，不大面积，弄上一块子，长得好得很。那时候锅里面煮，煮出给孩子吃。"

一位老村民回忆村庄早期的生产情形：

我们1963年来是这个样子，牧业队上的牲畜给农业队用着，队上从公社拿来犁铧，一个大轱辘一个小轱辘，一张铧，四个马拉或四个牛拉——这地方草皮的地必须这个样子,拉过去翻过来,翻过来才能种。队长安排劳动分工,播种的、犁地的、挖渠的都有分工。那时候,连渠也没有,需要人过去(看地势),水下来,就挖土渠。挖的时候,有的地方要垫起来,有的地方要挖得深深的。

1949—2000年哈巴河县种植业结构表

年份	总播种面积(万亩)	粮食作物	经济作物	其他	年份	总播种面积(万亩)	粮食作物	经济作物	其他
1949	2.44	97.95	2.05	—	1975	27.56	85.52	5.45	9.03
1950	2.72	98.53	1.47	—	1976	26.77	84.01	6.24	9.75
1951	3.13	98.40	1.60	—	1977	23.57	87.44	7.30	5.26
1952	3.21	96.26	3.74	—	1978	27.67	74.12	8.10	17.78
1953	4.14	98.79	1.21	—	1979	28.87	66.16	9.84	24.00
1954	4.27	98.83	1.17	—	1980	26.78	65.16	12.25	22.59
1955	5.37	91.43	8.57	—	1981	26.56	61.22	11.67	27.11
1956	9.85	98.98	1.02	—	1982	31.69	56.58	7.79	35.63
1957	14.50	98.83	1.17	—	1983	27.08	60.97	5.98	33.05
1958	18.50	97.19	2.81	—	1984	24.99	64.66	4.33	30.61
1959	20.30	91.77	8.17	0.06	1985	23.89	65.34	8.93	25.73
1960	26.92	95.91	2.90	1.19	1986	24.80	61.49	8.79	29.72
1961	27.00	96.48	2.72	0.80	1987	26.74	58.04	9.54	32.42
1962	27.12	91.59	6.04	2.37	1988	27.16	58.91	8.14	32.95
1963	24.96	88.58	5.70	5.72	1989	26.10	65.33	6.93	27.74
1964	23.98	83.74	5.29	10.97	1990	28.00	58.07	7.11	34.82
1965	23.20	82.16	3.53	14.31	1991	26.27	65.20	8.92	25.88
1966	33.21	76.33	4.73	18.94	1992	25.34	66.06	16.97	16.97
1967	34.79	77.78	5.92	16.30	1993	23.61	58.92	22.87	18.21
1968	31.51	82.45	4.95	12.60	1994	26.13	55.91	24.50	19.59
1969	29.06	81.76	4.48	13.76	1995	26.01	60.05	21.03	18.92
1970	24.40	87.66	10.50	1.84	1996	26.24	62.38	20.55	17.07
1971	24.94	89.90	6.97	3.13	1997	27.59	59.77	19.10	21.13
1972	24.30	87.04	10.06	2.90	1998	29.70	58.85	18.69	22.46
1973	26.71	83.49	7.67	8.84	1999	29.75	53.11	27.73	19.16
1974	26.03	83.40	5.92	10.68	2000	29.84	51.78	23.71	24.51

● 专栏：20世纪60年代北疆农业的概况

1964年出版的《新疆农业》一书，对20世纪60年代新疆农业的发展情况做了较详细的考察：

不同种类作物所要求生长季节的时间及热量各有不同，就同一作物不同品种要求也有很大差异。新疆的各种喜温晚春作物，如棉花、水稻、高粱以及中晚熟种玉米，所要求无霜期日数为130—160天。所以在种植此种作物的年份，全疆无论何地均只可能一年一熟。

就阿勒泰地区而言，小麦比重极高，占到播种面积的65%，玉米比重小，小麦收获后复播玉米不能成熟，原有农业基础较差，没有一定的作物轮作方式，仅在小面积上实行豌豆与春小麦倒茬，效果很好。本地区最普遍的是春小麦的连作以及连作后的撂荒。缺乏恢复与提高土壤肥力的作物换茬环节。[1]

新疆各区小麦与主要中耕作物面积比例（1958年）

专区	小麦面积（亩）	棉花、玉米、高粱面积（亩）	小麦比中耕作物
吐鲁番、鄯善、托克逊三县	218 405	329 986	0.66:1
昌吉回族自治州	1 310 597	215 960	6.06:1
阿勒泰专区	487 486	27 972	17.4:1
塔城专区	855 018	229 117	3.62:1

根据文献记载，20世纪60年代，哈巴河县委、县政府贯彻执行《1956—1967年全国农业发展纲要》（修正草案）时，提出"兴修水利、发展灌溉、开垦荒地、扩大耕地面积"的方针。全县各社（场）、队，开展开荒种地、兴修水利、扩大耕地面积，增加粮食

---

[1] 中国科学院新疆综合考察队、新疆八一农学院、新疆农业科学研究所：《新疆农业》，科学出版社，1964，第32—41页。

总产。根据1961—1966年的统计，全县开荒1万公顷（含复垦面积），年均开垦面积达0.17万公顷。6年累计投入农田水利建设的资金达150.3万元，累计开挖土方126.92万立方米，石方2.32万立方米，新修渠道210千米，新增饮水量18立方米/秒，新建桥涵33座，新增灌溉面积1万公顷，改善灌溉面积0.73万公顷。[①]

耕地情况

中华人民共和国成立后，哈巴河县积极扩大耕地面积，50年代累计开荒31.3万亩，平均每年开荒3.13万亩，其中1959年7.1万亩；累计弃耕面积3.26万亩，年均弃耕面积0.33万亩。1960年有耕地30.78万亩。

60年代继续贯彻开荒扩大耕地面积政策，累计开荒面积29.696万亩（含复垦面积），年均开荒2.97万亩，1965年开荒面积最大，达到47967亩；由于投入跟不上、管理不善、用地不科学，造成大片土地肥力下降、沙化、下潮而弃耕，累计弃耕地面积35.58万亩，年均弃耕3.56万亩。1970年实有耕地面积24.9万亩，比60年代下降10%。70年代，放弃单纯依靠开荒扩大耕地面积增加总产的政策，开始重视抓提高单产的各项措施。10年累计开荒面积5.35万亩，年均开荒0.53万亩，累计弃耕面积1.38万亩，年均弃耕面积0.14万亩。

八大队的耕地，由"河坝地"和"戈壁滩地"两部分构成。前者主要是由河间林带开垦出来，约有2800亩。河坝地腐殖质含量较高，土壤偏黑，是生产队时期主要的粮产区。按照哈巴河县农业区划，此片耕地属于河谷林木利用区，该地区土壤为微草甸土类，农业土壤为黑潮土。质地中壤，土层深厚，土性凉，土壤有机质含量高，肥力水平高。1980年，该区域粮食作物平均单产105.6斤，油料平均单产128.7斤。[②]

河谷耕地的主要特点：(1)受树林影响，春天解冻较晚，夏天凉爽，冬天

[①] 中共哈巴河委员会史志办：《中国共产党哈巴河县简史》，新疆人民出版社，2008，第85页。
[②] 未刊稿，引自哈巴河县农业区划委员会：《哈巴河县农业区划》，1984，第61页。

较温暖，无大风。播种较戈壁地晚 10 天左右。适宜种植玉米、油料、小麦等。（2）杂草茂盛，土壤以草甸土为主，土体湿润，土质好，杂草生长茂盛，是主要打草草场。（3）耕地面积小，中耕作用比重大，1980 年，玉米、油料和各类蔬菜占播种面积 1/3 以上。①

建村以来，河坝地一直处于扩展状态，开垦进程甚至一直持续到 2000 年以后，在旧有耕地周边逐渐扩张，"村河坝地，在 20 世纪 80 年代 90 年代，包括 2000 年之后还都一直在开。直到最近几年才停止开垦新地。有一个什么情况，开地不是说是专门划一个地方开口，而是到处都跑。比如那个地方本来 30 亩地，后期慢慢从边上扩成 60 亩地了。当初这个农户 1982 年分的那些地还都在，只不过是面积小得很，旁边是草场，打草草场，后期打草草场都没有了，全部开垦成地了，耕地是在周边慢慢增加的。比如我家里分 10 亩地，可能我实际种的地也比 10 亩地要多。"②

戈壁滩

八大队在村西（塔斯喀拉西边）4 公里，有一片飞地，约 6800 亩地，当地人俗称"戈壁滩"，按照哈巴河县 20 世纪 80 年代发布的农业区划，该片区域属于农牧林结合地区，在 80 年代是该县粮食产量最低的地区，粮食亩产量只有 88.9 斤。根据哈巴河县第二次土壤普查化验结果，土壤有机质含量低于 0.6%，全氮含量低于 0.032%，碱解氮含量低于 40PPM。③ "那个地没劲儿，生产队那时候又没化肥，那时候种上粮食长得也不高。"

据回忆，戈壁滩的地是 1967 年开始逐渐开发的。开垦程度受制于当时的机械化水平。

那时候（约指的 70 年代中后期）犁子不够，戈壁滩上的地就种上了 1000

---

① 未刊稿，引自哈巴河县农业区划委员会：《哈巴河县农业区划》，1984，第 137 页。
② 一些村民提及，20 世纪六七十年代的学大寨运动，加速了土地开垦。
③ 哈巴河县农业区划委员会：《哈巴河县农业区划》，1984，第 57 页。

多亩地。那时候大面积是沙包、石头包子，5000亩是后期开出来的。比如这个地方平坦些就先开出一片，那个地方弄一片。

那时候哪有化肥，就那样种上。有厩肥，后期才有一点尿素，主要给林子里的地上了。戈壁滩地太远，也没精力拉过去（施肥）。所以，那里的地就那样播上，反正秋天收多少是多少。戈壁滩上一亩地，也就产几十公斤麦子。麦子普遍长得不高，镰刀都割不上。

根据多位访谈者回忆，70年代中后期，戈壁滩地春小麦亩产量为50公斤上下，甚至更少，并将产量低的原因归为管理和投入两方面。"亩产为什么这么低？集体也不好好管理，出工不出力，村上也没有钱，投入不了，不上化肥，犁一下，种上得了，一到收的时候少得很。'大包干'以后，自己种上，一亩地能有100多公斤粮食。"

生产队劳动

第一批村民回忆了生产队早期垦荒的过程，其生产力水平可以用字面意义的"刀耕火种"来概括："建队第一年就开始种地了，男女社员都上，把草烧掉、柳条子砍掉，拣平的地方（选择平坦的地方）就开始种了。工具就是铁锹、十字镐，再啥也没有。刚开始就是人工开垦，也没有牲畜。最开始的耕牛，是在公社范围内统一调配，由牧业队支援给农业队。队上养牛，牛养起来犁地，那时候是二牛抬杠[①]，两个牛拉一个犁子。后期慢慢生产队养了马。再到后来，生产队逐渐给各家分上牛。"按村民的回忆，大概70年代初期时家里就有牛了。

一位村民回忆生产队时期放牧集体牲畜的情形：

农业队上放牧的牧业户，是从牧业队上调过来的哈萨克族同胞，给村里放牧，也拿工分、给口粮。5月份到10月份这半年，村里不能留牲畜。个人家的牲畜给集体，个人给集体掏代牧费。一个羊是3毛5一个月，一个牛是1块

---

① 这样的工具与西汉时期已经传播于新疆地区的犁耕技术水平，并无本质差异。（王炳华：《新疆犁耕的起源和发展》，《新疆社会科学》1982年第4期。）

5一个月。到山上去。各家各户基本都有牲畜，有多的，有少的。要让人家代牧，必须要掏代牧费。这个钱从你挣的工分里边扣除。你吃的粮、你拿的钱，队上给你的肉、油、面粉，这些也算钱。

祥子叔是回族，十几岁就开始在生产队干活：

我13岁就开始干活了，为啥那么早开始干活？我们家那时候是我母亲身体状况不太好。我父亲一个劳动力。我不干活，家里面就没有工分，家里粮食就不够吃。所以我13岁就开始干活了。当时刚上二年级就开始干活了，那时候我上学比较晚，我到新疆来就是10岁了，在老家没上学，来这里开始上的学。夏天就在队上，有个奶牛群，我就给队上放牛娃子。到冬天干啥，早上把饭吃过，穿的毡筒、戴着羊皮手套，队上那个七八岁的大犍牛拉上一个，套个雪爬犁。牛比我高，把那些绳子套上拉上来，旱爬犁上放一个大筐，绳子绑住，拿一个大锤、一个石子镐头，出去干啥？就是满树林子找那个烂墩墩子，你截倒那个树，根子不是烂了吗？把那个劈下来，再装到大筐里。然后拉到队上的办公室、食堂，冬天就烧火烧柴，我一冬天就干这个的，就是拉着雪爬犁，下面有滑板似的。

一位生产队的小组长回忆了80年代初期的生产队劳动经历：

我是1980年初中毕业的，毕业后队上干了两年，开始让我当记工员，后来是小组长，这时候也不过18岁。我们那个组，净给我分些小娃娃们，但干起活来，割麦子还是割得一样多。工作分配，是根据种的啥作物安排工序，比如搬苞谷、拔苞谷、脱苞谷、拾苞谷棒子，要安排好每个人各干各的。

每年大概是5月10号开始，村里劳动力要去戈壁滩干活。戈壁滩上面有个苇湖，里面全是芦苇。那时候没有治理，一到冬天里面的冰都漫在地里面，必须要把那个冰化完，一般是5月15号左右，我们才能种麦子。这个苇湖后期排碱作业，逐渐被开发掉了。主要就是犁地、播种、浇水，去戈壁滩上挖渠，清理浇地的小毛渠。

戈壁滩主要种麦子、豌豆。那时候能种的地其实有限，有些还荒掉。到了后来有拖拉机的时候才都种上。队长分配这个组到哪干啥去，我就组织这些人干活去，并负责给组里面干活的人记工分，比方说你今天请假了没干活，我都得记上。因为戈壁滩那块飞地远得很，所以都住在那。那边有食堂、有宿舍，吃饭都在一块吃的。

部分年份哈巴河县半机械化农具表

单位：部、辆

年份	双轮单铧犁	双轮双铧犁	新式耙	播种机	割麦机	脱粒机	中耕器	打草机	搂草机	胶轮大车	手推胶轮车
1949	—	—	—	—	2	—	—	5	—	—	—
1955	120	70	130	—	36	—	—	24	—	—	—
1958	450	180	175	28	48	—	—	37	—	—	—
1959	470	250	180	35	52	—	—	39	—	—	—
1960	460	310	205	38	67	—	—	52	39	5	—
1961	485	319	263	42	86	—	—	58	42	29	3
1962	440	347	207	35	74	7	—	48	45	61	20
1963	349	254	151	44	43	8	—	42	49	95	50
1964	329	276	222	56	47	—	—	66	58	116	79
1965	317	315	346	102	67	8	60	102	75	180	91
1966	237	374	409	139	75	8	133	115	102	223	94
1967	247	236	306	140	119	8	118	108	112	226	141
1970	50	369	321	108	84	9	153	103	127	181	206
1971	53	212	384	119	64	11	97	133	135	214	660
1972	55	240	390	119	75	14	—	153	146	263	780
1973	58	284	234	116	73	11	25	175	161	235	1 121

记忆拼图：木工组

当时的生产队俨然一个自给自足的小社会，从内地来的各式技能人才成为村里的第一批木匠、铁匠①，"还专门有两个人用锯子拉板材的"。村民刘大哥的爸爸就曾是生产队的木匠："我父亲1961年从老

---

① 据村民回忆，生产队时期铁匠有郑姓铁匠和妥姓铁匠等。

家上来时候就是木匠。那时候队上各方面啥也没有,这个坏了也找木匠,那个坏了也找木匠,所以父亲就在大队一直干木匠活。小时候,父亲用木头掏成个小碗、勺子我们都还有印象。给生产队做爬犁、马车子、牛车子,办公室桌子椅子也做过。反正需要什么他们就干什么。生产队专门有木工小组,他们会干木工的全部集中在一块。"

刘大哥给我们展示一个放在窗台上的小物件,"这是我父亲做木工用的熬胶的胶锅。随便走到哪个地方一提上,下边火一架,把胶熬上。接木头的时候,把胶抹在上边,结实得很。我父亲当了一辈子木匠,干了一辈子木匠活儿,现在人不在了,我就把这个保存下来,作为一个心里的思念,一看到它就想起我父亲。"

● **专栏:犁的制作**[①]

犁辕是犁的关键部件,一般选用野榆树、槐树等作为制造材料,犁辕的材料要选用在生长中自然弯曲的树木。如果用大面积木料锯割成所需要的弯势也不行,这种人工锯割成的弯势受不起牛的拉力,一用就会断裂。一般选取犁辕的材料多利用树的主干部分与分叉形成的弯势,叫作"利用叉枝,借用主干"。犁辕的截面略呈椭圆形。从犁辕和犁梢链接的榫头开始至弯势尖角长 700 毫米,称为犁辕的后身;从尖角到前端长 1400 毫米,弯势近尖角处直径为 120×140 毫米,弯势中间直径为 120×130 毫米,弯势前部转角圆弧处直径为 110×110 毫米,犁辕前端直径为 80×80 毫米。从犁辕后榫中线与犁辕前端调整好横直距离后的一点连接起来,划出犁辕水平面中心线。犁辕弯势与水平中心线相交两点之间的距离为 500 毫米,最大弯势长度为 820 毫米。弯势中心至水平中心线距离为 150 毫米。犁辕

[①] 上海市嘉定家具厂《农村木工》编写组:《农村木工》,上海科学技术出版社,1979,第 88 页。

前端稍向上弯，横向偏离水平中心线约70毫米。犁辕前端圆心离水平中心线110毫米，即犁的横直尺寸为110毫米。离犁辕前端100毫米处，装有犁的杓咀，为连接轭绊之用。

农业机械

1965年，哈巴河县成立乡级农机管理机构，称公社拖拉机站。1976年，各公社拖拉机站先后更名为公社农机管理站。50年代中期畜力割麦机逐步推广，割幅约1.5米，日收割15—20亩；1967年，有畜力割麦机达119台。马拉割草机、马拉搂草机在50年代被引进；1965年，全县有马拉割草机102台、马拉搂草机75台。

1959年首次引进链式拖拉机及配套机具五铧犁、24行播种机、钉齿耙等机械。配套机具以犁（五铧犁及少量的三铧犁、两铧犁）、耙（最早为钉齿耙及后期的圆盘耙、缺口耙）、播（24行播种机及少量的16行播种机）为主。其他配套农具还有：（1）耱子。从1957年开始，在机械播种过程中，就开始悬带耱子（有柳条耱、圆木、半圆木、覆土环等类型）配套作业，起到平碎、镇压保墒的作用。（2）打埂器。60年代末，为方便灌溉、提高灌溉质量和节约用水，在播种过程中开始使用3.6米打埂器配套作业（1.8米打埂器有少量的使用，但很快被淘汰）。（3）平地器。60年代末，平地器（木制和铁制）开始用于平整土地作业。

姜叔：红旗公社有个拖拉机站[①]，给农业队上调拨农机，一个农业队调配一个拖拉机。春天种小麦，是一个犁铧后边跟着一个播种机。犁铧是75拖拉机链轨车拉着。由公社调配，哪个村活儿多了，就去哪个村，给你犁地。那个时候油也便宜，犁地也便宜得很。犁下多少地，12月份到公社去算账。

秋天收麦子，公社还有打草机和割麦机，四个马拉的，后边要跟着人，并

[①] 1965—1970年，县拖拉机站与公社拖拉机站（机耕队）分别自主管理。1965年成立乡级农机管理机构，称公社拖拉机站。1976年，各公社拖拉机站先后更名为公社农机管理站。

根据土地的规模来划分工作量，哪个麦子要捆成捆子，一个人要捆多少米。在大戈壁滩上，一个人一般有100米、80—90米。每个人的工作量要分好，谁捆的哪一截，要拾干净，颗粒归仓，有人专门检查。

梁师爷

访谈中，老一辈村民常提到村上一位传奇人物——"梁师爷"，也就是梁书记的父亲，他在队上做了一辈子村委员，熟悉农作物的种植节气和农田水利，听着村民们的描述，确实是一副"师爷"般的形象跃然眼前。

一位70年代末期的生产队干部这样说："梁书记爸爸就是做了一辈子队上的委员——在口内就是村委员，他爸爸叫梁三昌，不管哪一届领导他都是队长的委员，但是他不怎么干体力活儿，一天背这么长把把的铁锹。所有的地每天都要转一圈，哪个地种得不行，他就给副队长说哪个地该浇水了，哪几个人（是）浇水的。我们上面戈壁滩浇水的有十三四个人，下面浇水有六七个人。他就每天拿个小铁锹转。他也是队上很重视的一个人才。只要队上的这些小毛事都是梁三昌的，修个渠、机器管理、树林的羊场，这些事都属于他管。早上上班敲个钟、下班敲个钟，我们队上多少届领导就没把他换过。选委员选谁——梁师爷，到最后叫了八大队的梁师爷就是他。"

笔者：刚才听您讲也有点像师爷的感觉。

马叔（马叔则这样描述"梁师爷"）：你就现在出去问50岁以上（的人），你说梁师爷是谁，他们就说梁书记他爸。二队有个大钟，原来是在办公室这个地方，后期就挂到他家门上去了。在他家门上挂着，一敲钟全八大队都听见。上班下班都敲钟，上班也听着了，我们的钟响全队都上班，下班钟响了都下班。

有原二小队村民认为，生产队时期二小队经济效益最好，梁师爷在其中"出谋划策"贡献颇多。

村民：从建这个队，梁书记老爹就一直是委员，一直到"大包干"，他就有经验啊。这个地该种啥、那个地该种啥，什么时间浇水、给几次水、什么时间播种,他说了我们就清楚了,农业上相当熟悉,是老把式,是我们队上指挥的人。浇水挖渠,哪个地里面能挖渠,那时候哪有专家测量,他自己眼睛看,挖渠引渠都是他,他在老家就挖过渠。比如种包尔米①(玉米),他说五月十几号你去施种,我们就五月十几号,你种早了下霜就冻掉了,晚了不成熟。这个地方无霜期短,都有节气啊。反正他细心得很。

---

① 老乡们常将其发音作包尔米。

第三节　挖大渠

水利基础设施是农牧业发展的根基,在社会主义革命和建设时期,全国性规模空前的群众性水利建设运动取得巨大成绩,[①]这与具有超强动员能力的人民公社体制是密不可分的,这个时期兴修的农田水利工程奠定了我国农业发展的基础,这些泽被后人的水利工程是无数普通劳动者的丰碑。

中华人民共和国成立后,哈巴河县开始了大规模修堤筑坝,开挖渠道,兴建闸涵。1958年后,先后修成跃进大渠、红旗大渠、职工大渠和萨尔布拉克大渠等10条渠道,输水能力增加到30立方米/秒,在哈巴河县农牧业发展中发挥了重要作用。

1958—2000年,水利和农田草场基本建设累计投入11 509.98万元,其中国家投入3341.87万元,占总投入的29.03%,自筹资金5332.69万元,义务工折资2835.42万元;累计开挖土方1727.12万立方米,石方16.16万立方米。截至2000年底,全县修建灌渠累计1506.98千米,其中主干渠249.4千米,支渠305.1千米,斗渠462.5千米,农渠489.98千米;修建排水渠394.46千米。配套的水利网络初具规模。其中,八大队村民多有提及的包括红旗大渠、萨尔布拉克大渠、吐勒克勒大渠、塔斯喀拉大渠。

[①] 中共水利部党委:《党领导新中国水利事业的历史经验与启示》,《水资源开发与管理》2021年第9期。

● 专栏：八大队村民参与建设的水利工程概况

萨尔布拉克大渠

位于哈巴河西岸，1958 年始建，1963 年、1965 年、1983 年三次进行较大规模的扩建。全长 45 千米，设计流量 12 立方米/秒，灌溉面积 7 万亩。1984—1987 年，国家投资 443 万元防渗改建，完成防渗 37.1 千米，灌溉面积增加 66.6%，是哈巴河县第一条防渗干渠。有支渠 9 条，总长度 43.55 千米，至 2000 年已完成防渗处理 34.8 千米。受益单位有萨尔布拉克乡、库勒拜镇。

红旗大渠

位于哈巴河西岸，渠首位于喀拉塔斯大桥以北 3 千米处。全长 18 千米，设计流量 4—5 立方米/秒，灌溉面积约 3 万亩。1961 年修建。1996 年修建山口电站时，该渠渠首改为坝内引水。1996—2000 年改建卵石防渗 9.55 千米。受益单位有齐巴尔乡、库勒拜镇部分村。

吐勒克勒大渠

原名叫塔斯喀拉大渠，位于哈巴河西岸，库勒拜镇政府西南 4 千米处。始建于 1965 年，1975 年改建时，因主要灌溉吐勒克勒地区土地而更名。全长约 32 千米，设计流量 28 立方米/秒，灌溉面积 26 万亩。1997—2000 年改建防渗 5.75 千米。有 8 条支渠，总长度 86.8 千米，已防渗 18.7 千米。该大渠主要为吐勒克勒肉牛饲草料基地开发服务。

塔斯喀拉大渠

1990 年塔斯喀拉水土开发工程实施时将托好扎克渠（始建于 1971 年）与别斯库都克渠合并，托好扎克渠为塔斯喀拉大渠的上游主渠，别斯库都克渠为塔斯喀拉大渠的支渠。设计流量 8.8 立方米/秒，灌溉面积 2.2 万亩，1990—1995 年改建防渗 13 千米。设计支渠 10 条，总长度 37 千米，已防渗 11.2 千米。

人在边陲

1962年9月颁布的《农村人民公社工作条例》（修正草案）明确规定：公社管理委员会，可以根据生产的需要，根据人力、物力、财力的可能，在不妨碍当年生产增长和当年社员收入增长的条件下，经过公社、有关生产大队和生产队的社员代表大会或者社员大会讨论决定，经过上级批准，兴办全公社范围的或者几个生产大队、几个生产队共同的水利建设和植树造林、水土保持、土壤改良等基本建设，兴办几个公社共同的水利建设和其他的基本建设。公社管理委员会，应该负责管理和维修公社集体所有的水利建设和其他农田基本建设。属于几个大队或者几个生产队共同举办的水利建设和其他农田基本建设，应该在公社的领导和参与下，由有关的生产大队或者生产队联合选举管理机构，制定公约，共同管理，共同维修。

有研究将新中国成立至人民公社时期的农村水利治理结构概括为"国家动员+基层运作"，中央政府通过"政社合一"的人民公社制度实现了对农村社会的全盘掌控，并将农村水利治理上升为国家战略。基层组织作为国家意志的"代理人"，在农村水利治理中发挥计划、动员和组织的作用。同时，城乡二元结构的束缚和工分制的保障，让农民群体为水利治理提供了大量的劳动力。[①]

水利修建中对劳动力的调配突破了大队和公社的边界。任何一个公社都无力依靠自身力量完成干渠之修建，必须在全县范围内统一调配劳动力。[②] 每年农忙后，是兴修水利的时节。这也是乡亲们在人民公社时期印象最深的体力劳动。

祥子叔：冬天还挖大渠，麦子割完9月份，留一部分人就在队上碾麦子——那时候没有康拜因。在麦场上，马拉上石磙子砸麦子，一冬天都在砸麦子。一部分人就背行李卷出去。挖红旗大渠、萨尔布拉克大渠、吐勒克勒大渠、别斯库都克渠都挖，哪个大渠都挖过，都是公社统一安排，全公社的人都在挖。冬天就在那里住着，挖的地窝子。一天就是洋芋疙瘩，还有馍馍。吃的粮食，

[①] 高啸、张新文、戴芬园：《农村水利治理：历史沿革、三维结构与路径选择》，《农村经济》2021年第9期。
[②] 罗意：《消逝的草原：一个草原社区的历史社会与生态》，中国社会科学出版社，2017，第108页。

按土方数给你算，吃粮食比家里人高一点——出大力着呢，有一个出外补贴。

1975年，挖萨尔布拉克大渠，一天我们要挖16方土。因为这个底子有4米宽，上头有8米或者10米宽，你从这个底子土要挖到上边，撂到旁边，在这渠上中间还有一个面，先倒上去（一次撂不上去）。底子4米宽要挖够，少一点都不行。每人分一段，就是分个10米8米，完成后再给你分。有一个技术员专门在那测量着呢，看谁的没完。那会儿也没有挖掘机、铲车。那时候我年轻，十八九岁，一天挖16方土，我现在还记着。

旁边坐着的一位乡亲插话："你这已经超量了！"

祥子叔接着说：

16方土也就挣12分、11分工。比如你一天挖上10方土的话，10分工，满分。如果做满10分工，能有多少粮食都给你。那时候有个定额，比如一个月每人10公斤粮食，其中7公斤是定的，7公斤是你的基本粮，3公斤你得挣工分挣。你要把这工分挣够了，那3公斤也是你的口粮，你吃回去；你把这工分挣不上，那3公斤就拿不上，你只能吃那个7公斤。

笔者：挖渠的时候能吃得饱吧？

祥子叔：吃饱了，比方你挖大渠一顿是两个馍馍，两个馍就400克，这一天要吃1公斤多呢。你吃少了干不了活啊，那200克的馍馍，要吃两个，再吃一碗洋芋菜，就这样才能吃饱，吃饱了去挖大渠，可以挖动了。你要说是你不吃这么多，你干不动的。工地食堂里也吃队上种的洋芋，这个也算钱，便宜一些[1]。

另一位村民（王伯伯）回忆在跃进公社期间修渠的经历：

王伯伯：当时，老婆婆们和娃娃干不了活就不去了，反正能劳动的人，那时候开始修一个红旗大渠[2]，冬天，所有壮劳力都上红旗大渠了，一冬天就用钢钎、十字镐挖那个红旗大渠冻土坷垃。

一直挖到快开春了撤回来。在工地都是住的地窝子，也是受罪了。弄个羊

---

[1] 当时以4千克马铃薯折1千克粮食。
[2] 1961年修建。

皮帽子，耷拉着。有的没有鞋，就用生牛皮，牛皮一泡弄成皮窝窝子，衬上牧草，就那样过来的。搭地窝子住，晚上来都在挖地窝子里挤着，就在工地旁边住着。那时的地窝子，就是挖一个坑，上面用木头搭棚，放上草、土一盖，留上一个门门子，一个地窝子住几十个人，也冷得很。天冷的时候，人冻得嗷嗷叫。

那时候我也小，没有上大渠。我和另外一个人，白天去割芨芨草，割上一捆扛上就回来了，搁在石头上用木头榔头锤，把它捶扁。我搓绳子，跟搓麻绳相似，我们两个人天天割芨芨草。我们一冬天就干那个活了，干到开春他们大渠上的人回来。

到了春天，我也和他们一起挖渠。那时候雪还没有化，就把雪就掏掉，再往下挖。这条渠是引别列则克河①过来的。

姜叔说：我当时刚来两年，红旗公社成立了水利队，1967年我去水利队待了三年……工具就是十字镐和铁锹。冬天夏天都要干。主要是干渠下边的小渠。一天的工作量不一定，在沙子地，要挖得多、快一些；石头上就慢一些。我们的工钱也是按工分，石方、土方、沙方工分不一样，石方要更高一些。上面给队上一个总的数，是按照每个人月平均工资乘上总人数，比如一个人月按25块钱，有50个人，给上总的钱。然后按照每个人的实际工分给钱。一个工分一般就是六七毛钱。因为一个月30天，你一天干活比如算10个分，一个月是300分，但给每个人按25块钱（拨的钱），所以一天摊不上一块钱。总数在那里。

有各种土质，比如沙子和土（混合），红土、白土加石头（混合）。冬天的话，纯粹冻土就挖不动。土冻着了和水泥一个样。挖不动就先放下来，再分给另外一个地方挖，等天气热了再挖这里。

在记述阿勒泰地区富蕴县牧业社区变迁的《消逝的草原：一个草原社区的历史社会与生态》一书中，记载了20世纪50年代末期，村社修建水利工程的

---

① 位于哈巴河县西部。

情况：①

"根据性别、年龄和工种，人们被分为三组。妇女和老人先用刀、镰刀和锄头除去水渠及两侧的灌木和杂草，刨去根，并将之用骆驼和牛驼回大队食堂。最强壮的小伙子紧随其后，用铁锨、坎土曼和锄头挖出宽4—6米、深2米的水渠，日均需要完成1米的任务。其他男性则用柳条和芨芨草编织成的抬耙、木框和少量的手推胶轮车将挖出的土运走，仅留下大小不一的石块用于铺底。所有的工作都需要后勤保障，尤其是工具的制造和维修，铁木加工厂承担了这一任务……村民就地掘土，刨去沙层，直至出现黄土为止。这些土被用抬耙、木框和手推胶轮车堆积起来，形成一个宽约10米、高约3米的土坝。另有一组用两匹马拉着碾石，来回碾压新添加的生土。"

从访谈中可以发现，参与水利工程的乡亲们的劳动范围远远超过了一个村子，而由公社统一调配兴修水利的劳动力，也就实现了农业队与牧业队的协作。1959年，农业部何基沣副部长在牧区水利工作会议上的发言中指出："就全国来说，牧业水利工作与农区比较，发展还是较慢的，今后为了适应畜牧业高速度的发展，牧区水利也必须大力发展。以草原面积来看，还有很多草原未很好地利用起来，其中缺水草场就有十多亿亩，这些草场只要兴修水利，就可充分利用，牲畜就可成倍地增长……根据各地经验，组织农区与牧区协作，农区支援牧区劳力，牧区支援农区牲畜、肥料，互助互利、互相支援。根据内蒙古、新疆、甘肃等地经验，在牧区发展一定比重的农业，建立饲料、饲草基地，发展多种经营，对畜牧业的高速发展是有利的。农牧结合发展，农业解决了牧区居民的口粮和牲畜饲料，牧业供应农业的畜力和肥料，对高速发展畜牧业是一项很重要的工作。"②

---

① 罗意：《消逝的草原：一个草原社区的历史社会与生态》，中国社会科学出版社，2017，第108页。

② 何基沣：《大修牧区水利为高速发展畜牧业服务——农业部何基沣副部长在牧区水利会议上的总结发言（摘要）》，《农田水利与农林水电》1959年第3期，第17页。

● 专栏：哈巴河红旗公社修渠引水扩大草原①

红旗公社1962年在春牧场上修了一条长达4公里的引水渠，使过去因为没有水不能利用的春牧场被利用起来，扩大了春季牧场。红旗公社有许多地方，地势平坦、向阳、避风，牧场丰盛，草质优良，是天然的好牧场，但历年来因为没有水而没有利用。由于公社畜牧业生产连年发展。今年，春牧场感到不足。公社就在3月初组织了45个劳动力，踏着风雪严寒，克服了各种困难，经历40多天的艰苦劳动，修成了一条长达4公里的引水渠，把哈巴河水引到哈热孜克牧场，使得这块肥沃的春牧场被利用起来。目前除了安排一部分牛马等大畜外，还把14000只春季产羔的母羊和母山羊也安排在那里产羔育幼。由于有了水，往年看不到人烟的哈热孜克牧场，今年载满了牲畜，哈萨克毡房和蒙古包星罗棋布，人勤畜壮，到处一片繁忙兴旺景象。（薛兴邦）

---

① 《伊犁日报》1962年5月10日，第1476号。

第四节　队级营收

生产队的收益分配，是生产队在一年生产经营中所获得的总收入（包括农、林、牧、副、渔的生产收入和非生产收入），扣除生产费用和管理费用后，把剩下的部分，在国家、集体和社员个人三方面进行分配。[1] 人民公社时期，在哈巴河县种植业是农村收入的主要来源，农村多种经营很少，种植业内部结构单一，粮食作物占85%以上，而粮食作物中小麦又占70%以上，由于单产低，因而产出少。尽管当时耕地面积以年平均20%以上的速度增长，但农民收入增长缓慢，年均增长率仅3.74%。[2]

在这种情况下，提高生产队的副业收入就成为增收的重要路径。1980年，在农业总产值中，畜牧业占52.38%，种植业占42.92%，副业占2.34%，林业占1.72%，渔业占0.64%。1955年，哈巴河县先锋社[3]社员劳均分得小麦7斗、塔尔米3.3斗、胡麻0.44斗、其他食物4斗，劳均分得副业收入73.56元。

部分年份哈巴河县农牧民人均收入细目表

单位：元

年份	1965	1970	1975	1978	1980	1985	1990	1995	1999	2000
种植业收入	65.47	69.35	61.14	54.06	79.01	167.53	294.91	537.00	778.95	868.78
畜牧业收入	47.56	45.00	28.36	23.53	41.41	129.38	213.84	548.37	730.80	761.73
渔业收入	—	—	—	1.01	—	—	3.70	1.28	3.86	2.02

---

[1] 中国农业银行甘肃省分行：《农村人民公社生产队会计手册》，甘肃人民出版社，1980，第89页。
[2] 哈巴河县方志编纂委员会：《哈巴河县志》，新疆人民出版社，2004，第242页。
[3] 成立于1955年的全县第一个农业生产合作社。

续表

年份	1965	1970	1975	1978	1980	1985	1990	1995	1999	2000
副业收入	16.88	11.41	20.58	26.39	—	35.50	126.68	127.01	360.91	343.83
其他收入	1.89	4.56	3.58	8.40	31.56	47.24	16.18	37.11	301.01	361.44
合计	131.80	130.32	113.66	113.39	151.98	379.65	655.31	1250.77	2175.53	2337.80
其中 人均收入	89.07	80.4	80.75	89.84	129.81	341.01	613.79	1215.00	2109.00	2272.43
其中 税金提留	42.73	49.92	32.91	23.55	22.17	38.64	43.08	35.77	66.53	65.37

注：按净收入计算。

生产队的副业

1962年9月27日，中国共产党第八届中央委员会第十次全体会议通过的《中共中央关于进一步巩固人民公社集体经济、发展农业生产的决定》及《农村人民公社工作条例（修正草案）》指出：一般的生产队应该以发展粮食生产为主，同时根据当地的条件，积极发展棉花、油料和其他经济作物生产；并且充分利用自然资源和农作物的副产品，发展畜牧业、林业、渔业和其他副业生产。生产队应该按照当地的需要和条件，积极发展农村原有的农副产品加工作坊（磨坊、粉坊、油坊、豆腐坊等）、手工业（农具、烧窑、土纸、编织等）、养殖业（养母畜、种畜、群鸭、群鹅、蜜蜂等）、运输业、采集、渔猎等项生产。生产队的多种经营，可以根据不同的生产内容，采取不同的形式：有的利用农闲季节，临时组织劳动力，进行短途运输、渔猎、采集等活动；有的组织一部分有技术的社员举办各种加工作坊；有的统一供应原料，组织社员分散加工。[1]生产队的副业活动，本质上是对个体多样化能力及由此带来的整体效率提升的承认。发表于广东省农委《农村工作简报》上一篇名为《搞工副业办法好，用多种形式组织剩余劳动力》的简讯指出，搞多种形式的工副业一是调动了社员发展工副业的积极性，尤其是组织社员办小型工厂，可以充分发挥人多智广门

---

[1] 中共中央文献研究室：《建国以来重要文献选编》第十五册，中央文献出版社，1997，第610页。

路多的优势可以挖掘人才，真正做到人尽其才。二是较好地安排了剩余劳动力。

对于副业收入的重要性，一位村民这样说："没有副业收入，农业收入还不够，就会赔钱了，比如我本来吃这个面粉，1公斤要掏2毛6分钱，如果我不挣工分，就掏2毛6，或者说，欠生产队2毛6。但是挣工分时候，这个工分算下来，这1公斤麦子反而成了3毛6了，为啥？开支比挣的还多，开支太大了。这1公斤麦子摊下来就要掏3毛多。因为没有现金收入，光是开支，所以把这些开支要摊到麦子里面去，就这么个意思。那个时代就是这么个时代，为啥有的生产队搞到最后到12月份一算账，都是倒赔钱，没有一个挣钱的，咋回事？！"

根据"各地不同条件和传统习惯"，生产队副业有不同类型。如姜叔曾经做过薪材运输工作："我到队上就跟着搞副业，搞额尔齐斯河河边的木头。我们赶着四个马拉的车，给哈巴河政府食堂卖柴火，15块钱一车。也卖给兵团，要贵一些，20块钱。队上这副业挣的钱，到春天可以买茶叶、买香烟和食堂的调料等。"良叔则是在生产队末期做过砂石料运输："那时候我在八大队也是年轻，队上领导班子把我弄上管八大队的副业组，就是挣钱呗。我领着两个28拖拉机①搞副业，一个机子上三个人。副业队是属于大队的，有8个人。那时候我们队上有两个28的拖拉机，就是拉砂石料，在河坝里去把砂石料拉上，一车多少钱卖给县上工地。咱们副业一天能挣400块钱，两个28的机子。这在当时算好的了。1980年的时候，一天我们一个机子能挣200多块钱。一般一天拉上4车，有时候路远的时候就是一天2车、3车的那个样子。一车是4方的，一方好像是15元（不确定）。我们是1980年搞的（副业），1982年大包干，副业组也就撤掉了。一个75拖拉机②，两个28拖拉机都包给私人了。"

编麻绳

编麻绳则是最具普遍参与性的副业活动。据村民回忆，编麻绳用的大麻，

---

① 应指东方红28拖拉机。
② 东方红75拖拉机。

至少从60年代中期就开始种了。"当时整个新疆地区都用大麻绳，我们这个队，就是哈巴河主产区之一。但开始的时候田间管理都不行，效益不好。"

到了70年代，八大队种植大麻和编麻绳已经初具规模。其中，二小队的效益最好。"这个队经营好坏跟队长很大关系。70年代，马占彪做二小队队长，带着队里种大麻，那个人脑子好用、会挣钱。那时候，麻袋、麻绳用的很多，小队和供销社挂钩，种了好几年大麻。我们林子里面基本上都是。到了冬天，每家分多少捆，你剥完以后这一捆是多少工分给你记上。一冬天，大人孩子闲不住都在剥大麻。反正白天晚上一有时间就剥大麻皮，每家都那样干着。我那时候上小学，放学回去，反正你别的事、看书啥的先不管，先剥麻。剥剩下的麻杆子还可以各家烧火。那个东西牛又不吃，下上雪了，我们还在劳动，但是不种大麻的生产队，你闲到那里就没钱啊。"

麻绳生产依据工序分工："各家各户剥麻，集体收着，再给男劳力合绳子，合绳子是用一个拐着两个弯子的铁丝转着合，可以搅上劲。把麻绳搅成小坯子，4个坯子合到一块就是一根绳子。合出来后再卖给供销社。社员用也要掏钱买，一公斤3块5。可以用皮编绳子、袋子。"

不同生产队，发展情况有很大差异，"有些队干活一个工能挣个一毛钱两毛钱，有些队算到秋天还赔钱"。二小队因为发展副业、领导有方，用卖麻绳的收益买了辆拖拉机。一位村干部回忆："麻绳编了好多年，发展经济，所以那两年可以呢。就那样队上才搞了个拖拉机，要不那个拖拉机咋来的？买了一个东方红75拖拉机。但大队说这是属于大队统筹的东西。大队要统一安排上，别的队也要犁地。所以这个二小队用营收买下的拖拉机归大队了。"

哈巴河县部分年份麻绳产量

年份	1962	1966	1970	1975
麻绳产量（吨）	—	2	45	75

买拖拉机

二小队买下拖拉机，在彼时是很令人艳羡的事情。一位村干部这样说：

返修公社，买拖拉机就我们队第一个，东方红75链轨车，和坦克一样。因为链轨车犁地有抓力，那时候这个地方犁地全都是用链轨车。

为啥要买拖拉机！公社有个拖拉机站，原来我们十七八台拖拉机，干一天修三天，老坏。然后那一年，二小队编麻绳挣了14 000块钱。队长给这些老百姓做工作，这个钱我们不要分，就等于队上借你的钱。干啥用？我们买一个链轨拖拉机，买一个新的，我们不靠乡里面这些拖拉机。我们早种收入好啊。买一个拖拉机我们干！就这样，钱没分给老百姓。

拖拉机好像是14 000元，回来以后买油，开始工作，1万多在当时也是个天文数字。有两个拖拉机手，这两个人技术相当高。我们一个小队上买了一个铁疙瘩，连我们乡上都没有这种型的拖拉机。老百姓高兴得啥似的，买了个拖拉机，最起码种地犁地干啥，都不愁。

拖拉机明显提升了二小队的生产力水平，"那时候确实马犁不了多少地，为什么二小队土地多一点，在戈壁滩那个时候你有本事就犁啊"。

至于拖拉机后来由大队调配这件事，到现在都有村民耿耿于怀："当时75拖拉机是我们二队挣的、买的，大队最后拿走了，你说好多事情就这样，二小队人心齐、积极、领导得也好，辛苦了两年。那时候编麻绳有利润，挣了一些钱。第二年还是第三年就是大队的统一安排了，你说这个事情。"

生产队的领导班子

生产队领导班子的领导能力，直接关系到队级经营管理水平，当时人们对此有清晰的认识。1962年8月，发表于《中国经济问题》上一篇名为《关于生产队领导方法和经营管理若干问题的调查》的文章，总结了若干先进生产队的共同特点：（一）干部经济带头，是将也是兵。（二）团结群众，依靠群众。

（三）依靠老农，共谋共断。（四）善于抓思想，做好人的工作。①

同时期另一篇发表于《前线》的文章则认为，加强生产队的建设，尤其是改变后进队、困难队的面貌，一个关键性的问题，就是要健全生产队的领导核心；具体地说，就是在一个生产队里要有几名德才兼备的干部，组成一个坚强的领导"班子"。许多地方的实际经验说明：凡是领导核心健全的生产队，集体生产都搞得比较出色；反之，凡是一些生产搞得不够好、工作开展不起来的后进队、困难队，往往都是由于这些地方领导核心没有建立和健全起来的缘故。②

这些并不深奥的道理，村民们有着更直接的认识，一位受访者这样说："队领导脑子清醒一下，多搞一点副业，把经济作物种好一点，村上的工资高一点，可以挣到一块钱的，有的可以挣到两块多钱；但哪个小队领导不行，能挣多少钱？干不好活儿，弄不好还倒赔几分钱。"二小队几任领导普遍"脑子活"，这是很多受访者的一个共识。相对稳定的、有管理能力的领导班子与小队内的"干劲"是个相互促进的过程，反之亦然。有位村民回忆当时另一个生产队的情形："有个小队，一个不服一个，动不动开会吵架，队长走马灯似的换，有时候一个月换一次。老百姓就那样混，挣不到钱干啥干？很多人一天都不干活儿。"

在高度依赖领导个体管理能力的情形下，形成了一种"区块状"（相对于"大包干"后更加离散的分化）的队际营收乃至农户收益的差异。在70年代任职的一位二小队队长的儿子回忆说：

我老爷子当队长是1974年。那时候队上穷得很，我老爷子当了两年队长，工价就摊了九毛五分钱，老百姓都高兴。他当队长好，但他不再去干了，他就干了两年，再不干了。我老爷子从口里③就是当干部了。小时在老家——也不知道具体情形，反正别人就叫他行政主任，他不是党员。一个好的领导必须得

---

① 中共龙溪地委农村工作部工作组、中共云霄县委农村工作部工作组：《关于生产队领导方法和经营管理若干问题的调查》，《中国经济问题》1962年第Z2期。
② 李昌远：《健全生产队的领导核心》，《前线》1962年第17期。
③ 指内地。

罪一帮人，是不是？那一帮人是干啥的，就是在原来的领导面前，天天拍马屁的人，啥活儿都不干。以前就是溜边边的人嘛，吊儿郎当的人。我老爷子来干什么都同甘共苦，你必须得干。你要再溜边边子，在我这就不行。你不干活不行。你要再不好好干，我把你叫到别的地方去干去，就让你把活儿给干掉。你不干，我就不给你工分了，你就没钱。

生产队那个时代跟你说个老实话，狡猾人不干活，干活的都是些老实人。领导厉害，你不干活我就不给你工分，你再不好好干，我把你口粮给你卡了，我不给你发粮食，不干活我给你啥粮食。或者我把户给你去了，我不要你，你爱到哪去哪去。所以就这么约束一个人，把全队人都约束了，不干活，不给粮吃可麻烦了。比如说粮食不给你，一个月两个月不给你，你想办法找吃的；一年不给你吃啥，你吃谁家的粮食去？那个时候你有钱你也买不上粮食，不是现在。

虽然当时的二小队队长不一定采取了上面说的办法，但可以看出这位队长确实是很有手段约束机会主义行为，但二小队良好的发展态势并没有维持太长时间，"干到中期，他就得罪人多，就不干了。"

在其他小队村民就当时生产劳动情况的叙述中，能从一个侧面对这位队领导遭遇的阻力有更多理解。一位村民说：

我们父亲那一代人，在生产队上，干十天还没有现在干一天干得多。他们生产队上干活从早上到天黑，一点活儿不干的多得很啊，干活儿就那么几个人。我父亲也是为了在生产队不干活儿，才说他会打铁，所以让他在生产队打铁。那时候又不像现在，说白了，一天的活儿三天干完也行，或者五天干完也行，有啥关系。那时候和现在不一样啊，现在是自己的活儿。所以，在生产队根本没事，只要一天天混着，早上吃饱肚子，干活不干活谁管你呢？干活的就是那几个可怜人，他们天天干嘛。

那时候有个打草机，有个老汉是专业修打草机的，机器坏了就干脆停了（休息）。现在任何人都会修打草机，很简单的东西，没有技术含量的东西。但是那个时候不行，必须是找专业修打草机的人，其他人动不了，就停工。现在家家户户买个打草机，自己修。但是那个时候都不会修、也不愿修，人们在家躺着，修不了啊，所以以这个为借口，就停工了。所以很多人就没干过活儿，一点活儿都没干过。我父亲他们队里，一铁锨土都没动过的也有啊。后面自己有个菜园子，让（父亲）浇水，都不知道怎么浇水，一辈子没动过地。

  后期我们长大了（分地了），就由我们种地。但是村里长寿的人，都是年轻时候没干过活儿的，像我父亲也80多了。生产队队长用干活吗？一天坐办公室就行了，权力很大，谁能管住，就安排别人干活就行了，关系好的不用干，关系不好的干重活儿。老百姓地里干活，现在一个人干的活儿，那时候队上十个人不一定能干完。队长不来，我们在地里坐着呗，也不用干活，你天天来地里，我们还不好意思坐。

第五节　伙食

人民公社时期，社员的人均收入由互助时期的 61.7 元增加到 1983 年的 226 元，口粮和食油按国家规定标准预留，农民成人每人每年 220 千克，牧民 180 千克。按照村民的说法，那个时期"主要还是混饱肚子的原则"。受益于生产队内部畜牧业和自留畜的存在，以及额尔齐斯河的惠赠，即使在物质匮乏的时代，农户还是可以保持一定的肉、奶摄入。

哈巴河县部分年份牲畜所有制构成表

单位：头（只）

年份	牲畜最高饲养量	人民公社集体 头数	人民公社集体 比重	公私合营牧场 头数	公私合营牧场 比重	社员个人经营 头数	社员个人经营 比重	机关团体 头数	机关团体 比重
1958	223 700	129 692	57.98	41 367	18.49	52 641	23.53	—	—
1964	343 500	140 693	40.96	83 083	24.19	115 997	33.77	3 727	1.08
1970	341 165	197 374	57.85	74 744	21.91	66 612	19.52	2 435	0.72
1984	467 995	282 393	60.34	90 365	19.31	90 887	19.42	4 350	0.93

梁书记：过年的时候才吃个糖。夏天你偶尔吃一顿肉，平常根本吃不上。小孩吃不饱，家里有那个洋芋蛋子，你饿了就吃呗，反正又饿不死。家里有老人的，白面还要让老人吃。我们小孩子就是吃洋芋南瓜，白面吃不上。鸡也少得很，鸡要粮食喂呢，没有粮食你喂啥去？下个鸡蛋，鸡蛋要换咸盐呢。一个鸡蛋五分钱，买个火柴、买个食油啊。自己家也养上一两个、两三个羊、牛。70 年代以后，（生产队）把林子里边的草打好，一家给两爬犁、三爬犁草。

反正一到 8 月份开始，秋收的时候，就专门派上人去到山上，把羊赶回来。秋收全靠人工劳动力，体力消耗大。戈壁滩上秋收的时候，基本上两三天宰一只羊①，反正这个时候吃的可以。

冬天主要就是洋芋、南瓜。谁家都一样，早上洋芋糊糊，中午煮上洋芋，下午也是洋芋饭，洋芋可以煮着吃、炒着吃。洋芋在这个地方真养人了。麦子要交公粮，基本吃不上面。主食还有一个苞谷面发糕，苞谷面放点糖精蒸出来一大块切好，不放糖精又不好吃，吃不下去。

那时候，好在这个地方自己家里一般是有个牛羊什么的，洋芋糊糊里面倒点奶子，就吃的那个东西。那时候还能倒上牛奶，因为每家有一两头牛，最开始是队上给的，后期也有发展多的，可以村民相互之间买卖。所以一般家庭都有牛。秋天村上给你家送上两爬犁的饲料草。

那时候没有清油吃，就挤上奶子，（打成酥油）熬出来把那个皮子挂出来，拿那个奶皮子炒菜，没有清油嘛，或者打一点酥油，拿酥油炒个菜，锅做完饭，你下一次用那个锅，红红的铁锈。我们家那个苞谷面糊糊下边也红红的。

麦子也好、苞谷也好、豌豆也好，都是搁在石磨上，马拉磨。生产队都得有个磨面的。队上有个管理员，社员拿着口袋去那里排队打面，你家几口人、娃娃多少、大人多少，娃娃们按岁数计算着，大的给多一点，小的给少一点，有一个标准。

麦子是吃不饱的，吃的洋芋、南瓜那是自留地的。每家都种，谁都得吃。二分自留地，你自己种南瓜、洋芋，你种上自己补贴吃去。工分核定的粮食就是面粉，其他你有啥吃啥。菜就是洋芋，别的菜没有，没有青菜，哪有？就是洋芋、南瓜，顿顿都是。把那洋芋、南瓜攒成这么大的疙瘩，放在锅里滚。那时候所谓的口粮就是面粉，面粉抓得紧。

那时候基本上都平等，反正都是那个样。我们家有一个窖，那个窖我老爹保护得好得很，种上两亩地洋芋——最少有4吨洋芋，南瓜、洋芋都在那个窖里边，一冬天就全都吃完了。洋芋上面放着南瓜，反正面粉你少了的话，就吃洋芋，洋芋、南瓜能把人吃饱就行。

---

① 不同村民给出的频率有所差异。

同在一个小队的另一位村民，给出了另一种食肉频率。

村民：平时也可以吃到牛羊肉。那时候队上隔一两个礼拜，就宰七八只羊。宰下一口人分多少？按户分，一户人给一两公斤。一个月也就宰那么一两次，经常有。那时候这里鱼多得很，公社从渔场拉回鱼，这么粗、这么长的大白鱼，一口人一大条，给你吃去，不要钱。

渔场是现在的齐巴尔乡下面一点，专门有红旗公社的一个渔场，是从额尔齐斯河打出来的鱼。那个鱼够半个新疆吃的！用嘎斯车拉，那时候没有大汽车，就是嘎斯车。嘎斯车比现在部队上用的那种解放车小一点，比皮卡车稍微大一点，能装两吨多的鱼，个头也大着哩！嘎斯车就是前后能动弹，四个轱辘都能转。当时县政府也没有车，穷得很。县委书记都天天骑着个大马转。

那时间基本上可以吃肉。半个月能吃一次。平时就是馍馍、洋芋菜。夏天呢，这个地方家里园子里面种辣子、茄子、西红柿、萝卜、白菜、烟花白、青菜、豆角，这就是主菜。每家里都有一个小园子，也就一分二分地的，都在房子跟前，随便翻一块地方，就当个菜园子，把菜一种，就那样吃。面粉队上给着哩，都给你推得好好的，专门有推面粉的人。

相比于经济分配，食物分配更多体现了按需分配，一位村干部回忆了"冬宰"时肉的分配："属于公社统一统筹，冬宰的时候，按家里人口分牛羊。冬宰一般11月就开始了。我们家八口人的话，大概要分到一头牛、两只羊。那时候也不知道把羊养下来，全部宰着吃了，每年都给。"

L大队红旗队1975年年终决算粮食分配户表

单位：斤

姓名	人口	口粮	工分	按劳粮	奖赔粮	饲料	分粮合计
村民A	5	2005	6483	170	+7	561	2743
村民B	5	2727	8085	212	+42	481	3462
村民C	6	2727	3003	79	-40	423	3189
村民D	5	2223	4713	124	0	306	2653

资料来源：张乐天：《告别理想：人民公社制度研究》，上海人民出版社，2016，第280页。

人在边陲

由于食物分配显而易见的重要性，生产队有一套分工保证分配的公平性。[①] "保管员是专门管库房的，管理粮食库存。挖大渠的时候，管理员专门送面啊、送菜啊、送油啊，管理员干这个。会计是管账的，比如这个月发粮，把全队的人整个一算，你占多少，他占多少，就是会计对账。保管员都要出库，你吃超了都在那个地方给你扣下了。库房好几个锁子，几个人同时去才能开开，一个人去开不开。必须三个人到一块儿才能开。队长一个、保管一个、会计一个，少一个人都不行。"但根据村民的叙述，这样的制度仅具有有限的意义，监守自盗的现象时有发生。

村民家里物件

伊犁哈萨克自治州营养调查报告

民族	主粮				副食						
	面粉	大米	杂粮	薯类	浅色蔬菜	深色蔬菜	乳类	蛋类	兽禽类	淀粉糖	动物油	植物油
维吾尔	409	0.3	115.8	30.2	88.5	11.1	131.6	0	28.5	1.6	3.6	14.0
哈萨克	367.3	4.1	2.0	48.2	79.2	40.1	202.9	0.25	21.1	0.3	3.2	11.6
汉	297	37.6	1.8	107.3	171.5	60.5	43.4	1.0	56.6	6.0	0.6	28.0

资料来源：新疆维吾尔自治区1982年营养调查专辑（内部资料）。

套生产队的钱

有研究指出，由于在公社中实行对实物的平均分配，使收入分配与劳动的投入脱节，作为基本口粮的那部分实物来源于向集体提供了劳动的社员劳动成

[①] 据村民苏布汉回忆，生产队时期的生产队干部包括：队长、副队长、生产委员、会计、出纳、管理员、农机保管员、粮食保管员等。

果的积累，平均分配的比例越大，被别人所占有的劳动成果就越多，工分越多意味着提供的公共劳动越多。加之预分和决算的分配体制，实际上使多挣工分而不多得收入的现象更加严重。较少或不向集体提供劳动的社员，通过人均的口粮分配机制得到了实物收入，从而使得用工分折算的现金收入不能抵扣以实物分配所得收入的现金，这一部分社员家庭就成为"超支户"。

而向集体提供了较多劳动的社员，工分多其所折现金总量相应就多，现金扣除所分实物的款项尚有剩余，但由于集体现金收入的有限和超支户的欠款不能兑现，这一部分社员就成了"分空户"。公社所实行的预分和决算分开的分配体制，实际上使公社和生产队并不能对超支户超支欠款实施有效的控制，加重了超支户在分配中向集体收入的"透支"。[①]

在这样的分配体制下，也促生了一些在现在看来"很有意思"的农户经济行为。访谈中，有乡亲讲述了如何通过"假分家"来"套生产队钱"，其本质是利用生产队以户为单位进行的平均主义分配原则，由集体而非家庭承担弱势群体的生活成本，从而获得净现金收入。

乡亲甲：我是1977年结婚的，当时差不多21岁。那会儿我没有分家，弟兄姊妹都小，靠我过日子。我娶媳妇后家里是12口人。我是老三，但是我们的老大，他是残疾人，干不了活儿。我们家老二，在内地伺候我爷爷。你说这一家子人我不管谁管？那就得拼着老命干了，那个时间又没有煤（指还要去找柴火），反正没有休息的时间。

给你说说老实话，也给你讲实话，这不是说是套生产队的，我们家人多没有钱花，我和媳妇来了个假分家，户口分开了，但是人在一块儿吃饭，为啥分开来？家里没钱，最起码我们两个人（算劳动力）弄上两个钱来，剩下一点钱，家里这些人要穿吃呢。

户口分开好处就是我们家有12口人，分了家这边是两口人，因为老婆子也干活，我也干活，我们两个人一天一个人挣9毛钱，就是1块8。1块8除

[①] 梅德平：《60年代调整后农村人民公社个人收入分配制度》，《西南师范大学学报》（人文社会科学版）2005年第1期。

人在边陲

掉我们两个的粮食5毛7，还是剩1块多，这1块多钱要攒出来，第二年决算出来，这个钱我们这一家人还要穿衣、买茶叶，还要花呢。老家里面还有我爷爷，你不给他寄一点？这家里面要开销啊。

分开之后，那边（指另外10口人）没有劳动力了。就我老爹一个人，只能挣10工分。但生产队还得供应他们那些面粉，还得吃，也不能把他饿着[1]。他们是欠着队上的钱，但是不给面粉没有道理。这面粉一定要给，面粉是按人头给的。

如果户口不单分开的话，我和媳妇挣下这些钱，刚够这些人买面粉吃的，没有你花的钱，哪有你花的钱？你想穿个衣服、穿个鞋子、穿个裤子，拿啥买？这两个人单独分开的意思就是，这里挣上一点钱，这一家人都可以穿衣、买茶叶（等）乱七八糟的，经济开销就有了。你要把这个钱全部混到这里面干啥了，经济钱没有了！（如果不分家）我和媳妇两个挣的这一部分钱干啥了？全部到队上一扣、账一算，全部买了面粉了，等于不该（欠）村上的钱，但这些钱也没你花的钱。你没钱花，你想买衣服你哪买去，经济开销没有了。

我们户口分开了，饭还在一块儿吃着，经济也在一块儿搅着。就是为了多拿个一块钱，我和老婆是劳动力，能挣工分。单独分出来，就是两个人，过了一年多我又有了个孩子，三口人。我这孩子让我母亲带着，我们两个还继续干活，给家里面挣钱。就干的这个事。（等于我爸妈）那边吃面粉其实欠着生产队的钱吃的。一年一算账，欠下了放下，补到下一年去。下一年不够再到下一年。老欠着也没事，呵呵。那个时候欠下来的钱，也没人要。反正你欠着也行。

---

[1] 这里体现基本的平均主义按需分配原则。

第六节　分分合合的村庄

这座村子内部几经分合,一个外村嫁来的媳妇戏称这里"分久必合、合久必分"。由于不同历史阶段村子处于不同的分合状况,以至于很多村民在尝试回顾层层叠叠的记忆时,也多有混乱。

1971 年分成三个队

1971 年之前,喀英德阿热勒村为红旗人民公社农业十二队。1971 年,农村进行体制改革,人民公社由原来的"一级核算"体制改为"三级所有,队为基础"的核算、分配形式。① 农业机械开始实行公社、生产大队、生产队三级集体经营管理。之后,农业十二队分为三个小队,也就是一小队、二小队、三小队。"原来是一个大队,大队生产上不去,这样效益不行,又开始分。"

1981 年分成四个队 ②

根据当时的村干部回忆,1981 年,生产队又发生一次裂变,这三个生产队又分成四个队,也就是:二队分成二小队和四小队 ③。据当事人回忆,在 1981 年分队期间,还发生了"抢麦子"事件。

"那时候我还上初中了。我们本来是二队,1981 年又开始分。分的时候是

---

① 村民称之为"体制改革"。
② 有村民认为是 1977 年。但向老村干部确认后,认为是 1981 年。
③ 这就使得二小队和四小队混居现象("插着住")尤为明显。

秋天，我们所有的人去抢麦子。我们二队的人分开，人分开了地没有分开，但是种地的时候是一块种上了。就争论这块地是谁的、那块地是谁的。"

当时的二小队队长回忆："分开以后，他们（指四小队）说地少了。我说那个地不是我们分的，那是人家大队分的。他们把麦子抢着往他们家里拉着。这么弄着才打架。"

四个小队的位置

根据多人的描述，可以描绘出四个小队的大致位置。但由于并非是严格按照区位划分，加之后期村民搬迁频繁，各个小队之间交错居住，难以清晰划分出四个小队的位置。

合成两个村

四个小队的格局，很快又发生了改变。1982年合为两个村：分别为一村喀英达拉村[1]，为之前一队、三队合并；二村喀拉窝提盖村，为二队、四队合并。二村的名字翻译过来就是"老渡口"，挨近从村子去县上的渡口。

2003年喀英达拉村、喀拉窝提盖村两个村合并为喀英德阿热勒村[2]。

记忆拼图：老渡口

每年5—6月是哈巴河涨水季节。喀拉塔斯大桥修好前，村里往返县城需要从老渡口过河。"水小的时候，骑上马或者是牛就过去了。"[3] 1972年喀拉塔斯大桥建成后，村民去县城会绕行这座桥，转到县城要30公里。1989年库勒拜大桥建成通车后，县城到库勒拜乡

---

[1] 有早年媒体报道将其写为"哈英塔拉村"。

[2] 《阿勒泰地区标准地名录》提供了截至2007年的村庄户籍情况：居住159户，785人，以汉族为主，农牧结合，以农为主，耕地4000亩，主要种植打瓜、葵花等，牲畜5200头（只），小学1所。（阿勒泰地区标准地名录编纂委员会：《阿勒泰地区标准地名录》，第95页。）根据村干部提供的数字，截至2021年，八大队村庄有村民307户。

[3] 据县志记载，20世纪50年代前，交通不便，行人靠摆渡或涉水过哈巴河后方能到达县城。

的距离缩短至 7 公里，全部铺设成沥青路面。大概从修了这座桥后，老渡口基本就报废了。据村民回忆："老渡口的船很大，水太大的时候，骑马过不去，就把马也放到船上，有些四个马套的大车，连车带货都放船上拉过去。"

"自愿结合"的分队

根据村民回忆，1971 年分队的时候是自愿结合，而并非根据居住范围，这也得益于当时简易的盖房技术。

村民：分队的时候是自愿结合，选出了三个队长，那么就在这三个人的名头上自愿结合，你想到这个队你就找这个人，你想到那个队就找那个人。住得多远不管。刚体制改革分开以后，自己选自己的地方。你把队选好了，比如你是三小队的，你可以在三小队人多的地方盖房子、搬过去。但是这个队分好、成立了以后，你说我想跑到另外一个队上了，说干了一年多，这个队我不想待了，我想到你这个队上来。那么，这个队领导要考虑了，你想跑到这来，有什么问题？究竟是你不干活，还是队上效益差。反正你这个人得再"测量"一下。你好好干活的，正儿八经有用处的，我就把你收留下来，你来到我这来可以，原来队也同意，这边就可以收。但是你没用处，你想到这来，我还不要你，我要你干啥？像你（这样）随便干活的，我这多得很，我还要你干啥？不要你，你想来人家都不要你。

1971 年形成的三个小队，都有各自的特点，村民们给每个队起了通用的"诨名"。"那个时候（应指 1971—1981 年这一阶段）我们八大队有三个队，都有自己的名称，三小队它的名称是'钢板一块'。为啥叫个钢板一块？他们全部是武威人，都是老乡亲戚，他们一个队，就弄个名字叫'钢板一块'。二队叫'五湖四海队'。为啥叫个'五湖四海'？回族、哈萨克族、山东的、河南的、甘肃的，到处（来的人）都有，所以叫五湖四海队。"①

据村民介绍，这个名副其实的"五湖四海"队，"战斗力"却比较强。

村民： 老回回，个性强得很，我要干啥，我必须要把它干出来，要干好。反正成功不成功我不管，你让我干这个东西，我必须要把它干好。你让我浇水，我连这么一坨水我都不让你剩，我全部浇得光光的。但是有的小队，干活打呼噜，派些人浇水，竟然水放在这里面，都在那睡觉，不去干活。到秋天了，割麦子，他们麦子都叫（被）旱完了，长得不高；我们这些五湖四海队的麦子就是长得高。

分戈壁滩的地

1971年分地的时候，涉及的另一个问题是如何划分位于戈壁滩的飞地。这片地大致分为两部分：一部分是早先开下的"老荒地"，"是绵沙地，基本上不长东西，但面积大"；另一部分是刚开出来的新地，"土多一点，质量好，但面积小，长的东西要比老荒地要好"。

一位二小队村民说："我们就想，你只要给我多就行，不要它好，地是人改造的。人改造地，不是地改造人。地不好没关系，只要多就行。改造是咋改造的？体制改革以后，地开始种苜蓿。种上三年牧草，这地改造过来了。队上不是有牲畜吗？一个队上有几百只羊、几十匹马、上百头牛，靠苜蓿草把这些牛羊喂起来。但是牛羊粪我还可以上到地里面，还可以起到基肥作用。这个地三年以后把它翻了，不比那个地差，它照样产粮食，所以加起来还要高。"

---

① 据一位村干部回忆，二小队回族和汉族比例大体相当。

| 第二章　生产队的记忆 |

第七节　洪水的记忆

哈巴河县位于阿尔泰山南麓，北高南低。山区占全县总面积的36.39%，地形复杂，河流较多，重要的自然沟多达上百条，沟长、积水面积大。冬季山区降雪多，一般年份积雪厚度超过1米，积雪最多的年份超过3米，是形成洪水的重要水源。境内各河流的流量随降水和冰雪消融的速度而变化，3—6月气温猛升，积雪融化叠加较大降水，河水猛涨，形成洪峰。

根据村庄大事记记载，位于哈巴河下游河谷地带的喀英德阿热勒村，曾经发生过3次较大规模的洪水。1969年夏，发生第一次特大洪水，全村整体搬迁，中共中央下达救助命令，派直升机投放救生皮筏艇和生活物资，村子在党中央和各级政府的关心关爱下逐步恢复正常生产生活。2005年，发生第二次特大洪水，时任自治区党委书记王乐泉亲临洪灾现场指挥抗洪，并下达命令修护哈巴河县域内全部河堤河坝，前后历时五年全县内河堤河坝得到整修。2013年11月，发生第三次特大洪水，哈巴河县驻守部队派出200余名官兵和村民一起抗洪，经过三天三夜的奋战终于控制住了肆虐的洪水。[1]

1969年洪水

1969年5月30日，哈巴河发生的特大洪水洪峰达到944立方米/秒，瞬间洪峰超过1000立方米/秒，给人民群众的生产生活造成巨大损失。

村民：当时男的在戈壁滩干活，剩在村里的以妇女孩子居多，那真是"妇

---

[1] 见村委会提供的《喀英德阿热勒村大事记》。

女老少齐上阵"（抗洪）。在戈壁滩干活的男的，也过不来干着急。望过来是一片汪洋，谁知道那房子有没有了。第三天，就派一个会水的村民游过来看，他游过来了一看，放心了，人都还在。当时是土打墙垒的房子，说白了就是半地窝子，土黏性大，不太容易塌。村子东边都给淹掉了。麦子地就剩了后来落飞机的一块没进水。因为边上是自然沟，水从沟里走掉了。

另有村民回忆，发水后全部村民都搬到了临近的塔斯喀拉，"水小了回来，我们自留地的洋芋都叫水给淹掉了"。

一位村民还清晰记得飞机救援的情形："1969年洪水，水主要从东边来。我们咋记得了？那才4岁，我刚刚跑着玩，直升飞机直接落到我们房子前边最大的一块麦子地里，在麦子的中间。我还戴个帽子被风吹跑了。都说那是中央直接派下来的。那是发水第五天，水慢慢下去了，还给了一个皮船。这事情记得特别清楚。第一次见飞机来了。"

1969年大水之后，生产队动员大家在村子周边围了一圈两米高的土坝。这座土坝大致从梁书记房子的东面一直到现在的村委会，从村委会后面再兜回

在村东河畔，现在还能找到这道河坝的遗迹（林带下隐约的白色条带为哈巴河支流）

来一圈，村南当时有个自然沟（已经填平），所以没有堵上。

这场洪水，犹如在各个文化的远古神话中总会现身的大洪水故事一样，让在蛮荒之地建队伊始的村民们印象深刻，久久流传。并且成为一种关于新垦地的重要知识，构成了人们对本地的基本认知，并直接影响了后期村庄扩张乃至房屋选址的基本策略。

观察今天的八大队村庄地图，会发现主体聚居区与东侧哈巴河主河道"敬而远之"地保持着约2公里的距离，60年间再也没有向那个方向扩张，在村庄与河道之间是大块耕地与沿河绵延的林带。

村民：69年发洪水，当时村里都要淹上了呀，房子里面全部都淹完了呀。后来我家80年代重新盖房，搬到（现在住的）这个地方。我们这个地方，当时一家人都没有，就是林子里一个石头滩①。四周都是林带、荆棘、刺条、灌木，没有路，根本进不来人，林子密，从这边看不到那边。当时附近有个泉眼，往外冒水，用石头把它围住，附近村民从这里挑水回家吃。为什么选这里？这里比周边高一些，1969年发洪水只上来一点水，下面都是水。那时候盖房子要找一个高的地方。我老爹当年看到这里发洪水的时候没有上水，所以就选这里盖新房子②。80年代盖房子没有规划，谁想在哪里盖房子就在哪里盖。1984年，我父亲在这里盖房子的时候，用链轨东方红推土机先把这四周推起来一圈土坝。房子一周都是50公分厚的土坝，防止二次发水，去年（2022年）才整掉。新房子盖好之后，挺长时间，就我们一家在这里住。

2005年洪水

2005年5月，阿勒泰地区持续出现低温多雨天气，降水量明显高于往年。5月31日至6月3日，各县（市）普降大到暴雨和冰雹，特别是6月1日的暴雨引发了历史上罕见的特大洪水，使部分农牧业生产、交通、水利、市政等

---

① 这样的石头滩本来是不太被当时村民看上的，因为取土不方便。
② 新房子所在地比老房子向西（也就是远离主河道的方向）迁移了约100米。

基础设施遭受严重损坏，造成直接经济损失4300多万元。灾情发生后，驻地部队、武警官兵、公安干警、机关干部和农牧民迅速投入抗洪抢险，抢救受灾群众。①

5月27日至6月2日，哈巴河县大面积降雨致使河水上涨，冲淹了哈巴河大桥附近的林带及库勒拜乡喀英德阿热勒村部分村民住宅。"发水的时候，在我家老房子旁有个大杨树，在杨树上搭个架子，东西都搬到上边。"

据报道，得知险情后，公安局全体民警分两批迅速赶赴现场，帮助转移被大水围困的群众和财物，加固防洪堤坝200多米。

村民对官兵救援情节记忆尤深：

那真跟电视上一样，确实关键时刻战士冲到第一线。2005年，这个河里满满的，家门口都是水，链轨车也出去不了了，推土也推不了了，拉砂石也拉不过去了，到不了大河跟前去。那些当兵的，一排过去，拿袋子堵住了。后来交通局过来找板子，从我家拿的板子铺上，链轨车才过去。很多老鼠洞一直打到河边，地里就直接从老鼠洞里往外边冒水。

时任自治区党委书记王乐泉亲临洪灾现场指挥抗洪，并下达命令修护哈巴河县域内全部河堤河坝，前后历时五年，全县内河堤河坝得到整修。

---

① 成立新：《加快基础设施建设力促优势资源转换》，《乌鲁木齐晚报》2005年6月10日。

第八节 房子的演变

根据《新疆民居》记载，新疆地区典型的生土建筑可分为洞穴建筑（窑洞和地窖）、夯垒土筑（干垒法、湿垒法）、土坯砌筑等类型。[①] 喀英德阿热勒村的民居，可以说交替演进了上述几种民间建筑样式，村庄早期的房子经历了从地窝子到夯土房，再到土坯房的演变。脱贫攻坚期间，通过安居富民工程，村内基本上所有的住房完成了由土坯房向砖混结构的转变。一位村干部介绍："以前不重视（房屋抗震等标准），脱贫攻坚期间，趁着安居富民工程，把村里所有土坯房都换了，基本都达到了安居标准。"

"地窝子"可以视为更早期的掏挖式地洞的改进，按照《新疆民居》的介绍，这种民居在不以原土层为顶的、开口直掏的坑体上，覆一棚架顶盖，其大小可以根据棚架材料的实际情况适当增减。

"干垒法"是用潮湿的黄土（加水极少，至手捏时有潮感即可），掺以一定比例的沙粒或小石子（直径在1厘米以下），将其铲入按房间尺寸要求在墙体部分预先揽围好的木制夹板槽内，分层夯实，一般每层20—30厘米，每夯实至夹板槽高后（槽深一般在50厘米左右），将夹板提升再填黄土，再夯坚实。不断提升，反复多次，待达到所需高度时便成为一片墙体。

土坯（块）砌筑，制作土坯的方法之一是将生土掺水拌和，并添加适量植物纤维，如麦草，以预先制作的土坯模具为框，将相应大小的土团拓入坯模中，制作成相同体积的土块，晒干后以泥浆为胶逐层砌筑。也有不用泥浆就逐层干码的，然后用草泥抹墙面，干燥后整体性与泥浆砌筑相似，但稳定性较差。土

---

① 陈震东：《新疆民居》，中国建筑工业出版社，2009，第67页。

块尺寸因坯模制作的不同而不一，以 30 厘米 ×15 厘米 ×（8—9）厘米为常见，每块重量为 8—10 千克。土块砌筑的墙体厚度一般为 45 厘米（一顺一顶交叉砌筑）和 60 厘米左右（两顺一顶或两顺一顶与两顶分层交叉砌筑），甚至有以两顶一顺墙厚至 80 厘米以上的。①

地窝子到土坯房

有村民谈及地窝子墙体的一种样式：两层柳条子编好围墙，其间装上草（或牲畜粪便），一圈用土埋起来。里边地面向下挖，并有火塘。《新疆民居》中将之归纳为泥抹笆子墙砌体（红柳等灌木枝条编扎成篱笆），其中砌土块成墙体，外敷草泥。这其实是借用了当地哈萨克族牧民的冬季筑房样式。

对于地窝子内部的取暖，有村民回忆说："地窝子时候的炉子，也是挖深了以后打个火墙垒起来的，中间是空的。而烟道呈折回路径，烟上来、下去再上来、再下去、再上来，最后顺烟囱走了。"

这里说的火墙，在新疆乡村住宅中比较普遍，在其他西北省份乡村住宅中不常见。火墙是利用炉灶的烟气通过空心短墙采暖的设施，空心短墙既可以用立砖砌成，也可以用铁皮制作而成。火墙墙体中空不能承重，与灶炉或铁煤炉相连，灶炉或铁煤炉产生的热空气进入火墙的曲回烟道，最终由烟囱排出室外。热空气在曲回烟道中流动时将热量传递给火墙内表面，火墙墙体将热量传导至火墙外表面，火墙外表面向室内辐射热量，加热室内空气为房间采暖。②

受惠于连绵的林带，初代村民才能在这极寒之地生存下来。一位早期移民回忆冬天取薪的情形："刚来那时候，林子里面密得进不去，现在等于没林子一样。那时候都是林子，你要烧柴火，拿个斧头，高树枝这么粗的多得很，一会儿就绑上一大捆，使个柳条一捆，扛上回来了，烧柴火。小时候烧柴火，从

---

① 陈震东：《新疆民居》，中国建筑工业出版社，2009，第 70 页。
② 李延俊：《西北地区乡村住宅采暖模式研究》，博士学位论文，西安建筑科技大学，2014，第 250 页。

秋天就开始，一冬天要烧的柴火，那要烧老鼻子东西了，没个核数，不够了就套个牛车到树林子里去，砍一些湿的来烧。"

现在已经很难想象第一批移民的艰辛。早于地窝子，1963年首批村民初来时的情形则更是因陋就简。梁书记妈妈抱着襁褓中的大丫头来到这里时，据她回忆，"最开始是住在一个烂羊圈"。

好在村民居住羊圈的时期并不长，"1963年第一年睡地窝子和羊圈，春天时，村民就开始正儿八经盖房子，最早是把库房盖起来，土打墙的房子盖得快，一家给打上两间先住上。"

有村民称，与地窝子同时存在的，还有一种草筏子房子："草筏子垒上的房子，就是用草场里挖下的草皮子。在草场里你铁锹挖上四方块草皮子，20公分、30公分，就这么大，背过来或用马爬犁拉过来，因为草皮子就形成个土块式的了，垒够高了后（成为墙体），砍倒树盖在上面，就是个房子。"事实上，草土坯建筑，仍是生土建筑的一种类型。①

记忆拼图：草筏子房子②

盖房子的材料除了木料、土坯，还有一种就是草筏子。小时候，村子西南挨着第三生产队的地方是一片类似湿地的大草甸子，春夏之季，水草丰沛，鲜花盛开，百鸟鸣唱，南草甸子就成了我们骑马放牛、下夹子打雀儿和挖猪食菜的好地方。秋风吹起的时候，是野草将要枯黄，韧性最好的时候，也是挖草筏子的最佳时节。把湿地中的草皮子戗掉，用直板铁锹挖出大块砖的形状，晾到半湿不干的时候就可以用来盖房子了。这种草筏子是湿地中的淤泥和草根的结合物，经年累月的沉积和生长，草根在湿地中盘根错节，挖出来的草筏子自然格外结实。用草筏子垒的房子夏天透气、冬天保暖。

---

① 金瓯卜：《我国"生土建筑"的过去和现况》，《建筑知识》1982年第1期。
② 《草筏子、拉合辫子与苫房草》，https://www.meipian.cn/1xm56zz6，最后访问日期：2024年1月12日。

人在边陲

村里仅存的夯土墙

一位村里的老木匠回忆了村里住房的变迁：

刚开始从夯土墙发展到以后慢慢开始土坯墙，再之后那就是砖包皮，再之后就是砖墙。现在这队上还有一些房子是土坯墙。妥师傅家那个打铁作坊是村里现在唯一一个夯土墙房子，原来都住那种。原来盖房子都简单得很，打土墙（夯土版筑）房子外墙有一米五那么高，里面向下挖。上边苇帘子①好多不放，条件不好的就拿柳条枝子或树枝子上面一放。檩条是拿桦木、杨木搭上。那个苇帘子，就是芦苇打出来的苇箔子。打下苇子，编成苇箔子。②

苇箔子抽上去以后，用细的铁丝绕在顶篷杆，绕上以后把那钉子砸进去。苇帘子驮住以后，上面和泥巴。泥巴不是从缝子渗出来嘛，下面也抹两次泥巴。

有早期村民回忆，随着移民持续迁入，队上专门成立了一支建筑队："到了1967年队上就开始腾出来一部分人。就是没老婆的单身汉光棍汉，单独盖了一个大房子，光棍汉全部在那房子住着。食堂吃饭，队上干活，夏天就把这

---

① 盖房顶时铺在椽上的芦苇帘子。
② 一般来讲，为了避免墙体开裂，夯素土或混合土时都加筋，以提高抗拉合抗剪应力。筋的品种有苇子、苇席、芦苇席、芨芨草，甚至木材。每隔一定高度加一层筋，每层筋有密有疏。为了提高抗震性能，在夯筑墙的转角处每隔20厘米高放置10余根芦苇拉接。（李群、安达甄、梁梅：《新疆土生民居》，中国建筑工业出版社，2013，第194页。）

一类人拿出来干啥，就是专门盖房子、土打墙①。木头没有，树林子自己砍。"

夯筑实体墙在新疆民间俗称"干打垒"，用湿泥团叠摔而成，也是当地独创的筑墙法。大多数情况下，夯筑采用地下挖掘的原土。夯土墙属于绿色重质墙体，坚固、保温且蓄热性能良好，利于冬季御寒和夏季防暑。②为了应对严寒，早期村中房子建造的核心就是保存热量："那时候人也不会盖高房子，矮矮的。弄个1米的窗户，门也是个小门，门是1米78的门，窄窄的。墙打得厚，大概80公分到1米的墙，热乎吧。"

为保暖性而降低房屋高度，使得在冬天里，由于风吹雪的效果，房屋会被积雪掩埋。这几乎意味着，这林子里人类生存的印记被暂时夷平。"以前冬天早晨起来，这个窗子黑黑的看不到，房子给雪埋住了。门都堵上了，从里边也开不开。一晚上雪是连刮带下，就挡在门前。那时候房子又矮，1米多高，直接被雪刮平了。牛从雪地上可以直直走到房上去。那时候雪大，出门都要穿毡筒。"

哈巴河县部分年份各月降水量表（哈巴河站）

单位：毫米

月份	1	2	3	4	5	6	7	8	9	10	11	12	全年
1963	1.4	6.1	4.6	18.1	12.5	18.0	8.5	6.6	11.4	14.7	18.7	2.5	123.1
1964	0.4	1.4	10.4	13.4	6.6	7.6	11.8	8.2	6.0	16.8	6.1	9.4	98.1
1965	4.6	2.5	0.1	7.7	6.8	6.2	0.3	59.8	7.9	40.2	14.9	10.8	161.S
1966	9.9	18.0	13.3	10.0	29.3	68.7	12.9	17.0	3.6	19.1	24.7	10.1	236.6
1967	1.9	2.4	3.2	0.5	6.1	6.7	36.8	9.1	4.7	13.2	3.7	1.8	90.1
1968	3.8	1.4	23.1	29.3	0.3	3.6	23.6	10.2	26.7	18.8	26.2	6.6	173.6
1969	2.8	4.9	7.8	8.1	43.2	15.4	60.3	7.9	20.5	29.9	14.7	7.0	222.3
1970	3.8	2.5	0.6	19.4	22.4	9.5	34.9	31.1	17.5	15.0	24.3	6.8	187.X
1971	15.1	3.1	22.5	28.8	39.7	13.3	22.5	12.9	11.5	2.9	7.9	10.6	190.8
1972	3.7	1.7	9.9	23.5	44.0	15.6	14.9	8.6	17.1	24.3	6.7	11.7	191.7
1973	1.7	14.1	4.7	26.3	37.1	13.9	11.2	51.1	11.2	5.8	5.7	0.6	183.1

---

① 事实上，当时每个公社都有自己的基建队，以东风公社基建队力量最为雄厚。
② 李群、安达甄、梁梅：《新疆土生民居》，中国建筑工业出版社，2013，第155页。

续表

月份	1	2	3	4	5	6	7	8	9	10	11	12	全年
1974	3.9	9.0	4.8	16.5	0.7	3.3	1.6	4.5	22.8	12.9	19.4	4.3	103.3
1975	4.7	3.0	3.4	32.1	8.0	23.2	10.9	6.7	12.2	2.5	9.9	6.0	122.6
1976	0.4	14.9	5.1	22.7	31.8	55.0	16.6	13.7	30.8	29.4	18.2	5.1	243.7
1977	3.1	8.1	6.1	3.1	31.7	11.9	16.9	20.8	16.2	25.8	7.3	13.9	164.5
1978	4.9	6.4	1.9	26.1	10.4	19.6	17.7	9.6	11.9	14.0	7.5	26.4	156.5
1979	14.6	6.1	18.0	13.5	20.8	5.4	9.4	1.0	20.6	29.0	17.0	6.5	145.7

80年代中期，村庄的住房结构开始了"世代更替"，根据县志记载，自90年代以来，哈巴河县农村住房向砖木或砖混结构住房过渡。一位村民回忆：

1984年，我们盖这个房子的时候，队上住的人家都是土打墙。我家这个房子是我们村第一个土坯房，就是把土打成土块，垒起来的房子。然后梁书记家是85年，是第二家土坯房。墙有80公分厚，冬暖夏凉。当时是雇的人打土坯，打一块两三分钱，当时有专门打这个的。先在老房子的院子打出来晒干，用马车运过来。我打了一个礼拜打不动了，太累了。把土和好，还要放沙子，往模子里边放（有三个的、有两个的），之后再抠出来。泥一下子和不上，要和两次。软了不行，不匀称也不行。土呢，就是我家老房子前边取的土。地没有垫，就是平地起来的，本身这里原来就是石头滩，就没有下地基。当时的顶子就是木头、苇帘子、橡子。

流动的房子

1984年以前，乡镇及村庄建设人为随意性很大，农房建设看好哪里就建哪里，布局凌乱。[①] 由于盖房子相当简单，使得八大队的村民在村里搬来搬去，我们访问的三十余户农户，没有一家自始至终住在一个位置，在村里搬上三四次家都是很稀松平常的事情，"那时候搬家啥东西也没有，就是锅碗瓢盆，随

---

① 哈巴河县方志编纂委员会：《哈巴河县志》，新疆人民出版社，2004，第446页。

便搬家。为什么这边搬家都容易得很？这房子不像老家房子盖起来正儿八经的，就是三根檩条一间房子，一面搭三根檩条，十来个椽子，树林子里边，只要有能力，你就伐去。"

一位70年代迁入村庄的村民回忆："最开始借住人家房子，1979年秋天搬到这边来。那时候生产队统一把土墙打好，队上安排人，把20公分宽、厚5公分的墙板，中间放上土，一层板子一层土。拿大石头，中间钻上眼，木头棒子一楔，捣土。檩条弄好，房顶需要自己盖。当时盖房子简单，三根檩条，弄上椽子，上面压上柳条枝子、放上麦草，再往上边扔土。房子也有两米高了，这种房子粗糙得很，寿命也不长，住不了多长时间，下雨就漏雨。"

薪材需求、房屋建设与更新等都加大了对林木的需求。据县志记载，50年代，人们建房、制作家具和烧柴全部取材于林区。牧民还有就地取材制作全木型房屋（木墙、木顶、木地面）的习惯，每年农牧民私自采伐木材在5000立方米以上。平原林场成立初期经营方式仅为出售原木，每立方米售价100元左右。1983年建立带锯房，加工椽木、板材。1990年平原林场建立木材加工厂，生产各类桌椅门窗。

一位村民讲述了如何储备盖房用的木材：

砍树的时候，有时候是偷着砍，树林子正中午去偷着砍。到下午，我们知道护林员哪个时间来、哪个时间不来。趁着不来的那个时间（运走）。拿长锯把30公分直径的树放倒。我把那个锯一头顶上，我一个人锯。锯倒之后，锯成一个檩条。拿绳子叫牛拉上，一头放在木头上，一头叫牛拉上。从树林拉过来。

国家也管着呢，这里属于平原林场。（盖房的时候）人家要问一下，问一下看你用了几个檩条。那时候一个檩条七八块钱呢。刚搬过来，也没有钱，可以用羊换，一个羊换5—6个檩条、换6个椽子。我就自己去伐木，伐好了，护林员打个号。盖房的木头，有买上的，有羊换上的。

人在边陲

村庄附近风光（由肖杰文提供）

背景链接：河谷森林资源

喀英德阿热勒村周边湿地的桦木属植物在距今约2000年左右出现，约1200年左右开始增加，意味着局地环境均变得较湿润，从而有助湿地的发育和桦木林的生长。桦木属花粉在哈巴河距今约660年出现峰值，实际植被调查中发现小叶桦和垂枝桦在该地均有生长。至近300年来，桦木林都趋向减少，推测近期都是受到人口增加和经济活动的影响。

资料显示，因人口的增加导致对建筑用材和燃料的需求增长，对河谷林进行没有节制的砍伐,哈巴河县在1972—1980年期间,由杨树、柳树和桦树组成的河谷林减少了3.21万亩,损失率高达25.4%。①

  1976年林业科将河谷林分成10个责任区,派专人看护。1981年林业派出所加强对林区的执法力度,打击毁林开荒、乱砍滥伐的事件。1984年实行入林区许可证制度,每年清林2次。县绿化委员会与各乡(场)每年签订林木管护责任状,有效地制止了乱砍滥伐的违法行为,保护了森林资源。1987年起,平原林场依法进行森林采伐,1987—1994年,年平均采伐量为100立方米;1995—1998年,年平均采伐量700立方米;1999—2000年,总采伐量1000立方米。

---

① 周彦宏、张芸、孔昭宸、杨振京、延琪瑶:《新疆哈巴河桦木属湿地3600年以来的植被变化和人类活动》,《生态学报》2023年第2期。

第二章 小学记忆

第一节　最早的校址
第二节　运动的学校
第三节　教学安排
第四节　勤工俭学
第五节　学校变迁
第六节　家教
第七节　改写人生的考试
第八节　桦林里的童年

喀英德阿热勒村相对隔绝的位置，成为在这里较早设立村小的重要原因。"往县城那边走有一条河（哈巴河主河道），即使是出村向西往公社走还是一条河，一到五六月份的时候，西边小河涨水过不去，车都飘着，那时候是马车，马都凫着走。挡着村民出不去。娃娃上学就困难，不能不叫上学啊。"

1965年，哈巴河县的小学发展到20所，在校生总数3508人，其中少数民族2899人、汉族609人。县城有少数民族、汉族合校小学1所。农村各汉族生产队相继办起学校，以复式班教学为主，由大队选出文化水平较高的社员担任教师。

小学几乎是与八大队同时成立的，据自建校起就在学校任教的赵校长回忆，八大队小学建校时间是1963年的6月，"队上现在五六十岁的村民，都是我们的学生，除了老一辈的村民，再下来的都是我们学生。师生的关系还是好着呢，现在见了面就'老师长、老师短'。"

第一节 最早的校址

最早的小学旧址[①]，靠近村庄西南角，如前所述，这里也是村庄发源地。

---

① 事实上，村小学不止一个"旧址"。

赵校长说："最早学校是在土墙搭的马圈里，梁书记房子前那条路，一直走到西面。那时候没有正式的教室，就把马圈当学生的教室。马圈还不是个好房子，四面破墙，房顶也漏着天，就在里面上课。学生没有桌子，就从家里带个小凳子。那个学校可以说是露天，到了6月份就不冷了。"

1963年，村小学就是从这样一个破棚棚里开始的，"房顶都是树枝子，四周是土墙。土墙被牲口给踏烂了，不挡风。（那时）再也没有房子，办个教室都没有房子。四周漏风，牲口调皮得很，过来过去就（把土墙）给踏倒了，就成了那么个棚棚了。我还弄了个木板板，上边刷一下做黑板。粉笔从其他学校要上的。"

1964年，生产队动员社员盖起了土坯房的小学。小学连同旁边的粮食仓库①，成为生产队最早的公共建筑群。一位60年代出生的村民，回忆小学的内部结构："门进去是一个长走廊，一侧都是门，好像有七个门，有教室、两个办公室、老师宿舍。是土坯房，当时最先进的，老百姓家还是土打墙。"

赵校长：刚开始来这边，大都没文化，教学最开始就我一个人，顾不着。到第二年才从队上要上的刘国统②，他是队上的出纳。一开始就是一年级，二年级、三年级没有，后来，慢慢地一年级、二年级有了，三年级也有了，四年级也有了。一年一年升级，升级升到六年级。

笔者：第一年不管这孩子多大都是上一年级？

赵校长：都是一年级，那时候这周边没有学校，到公社才有小学。这孩子最小的有七岁，大的有八九岁，都上一年级。有三四十个孩子，混在一起。后来到第二年就分班了，一年级、二年级就分开了，给这些学生分成两个年级。

分年级的方式，是通过升级考试。

赵校长：第二年就考试，考得好的就分成二年级。二年级后再考试，升成三年级。一直升到六年级。考得不好的，留级还在一年级、还在二年级、还在三年级。到1964年就有两个年级了，当时一年级的大约一半升到二年级。学

---

① 据村民回忆，这个早期的土坯建筑相当结实，"几十年好好的"，直到前几年才被拆掉。
② 刘老师老家是青海，据其女儿说，刘老师也是小学毕业。

习好就升到二年级，同时还有一半的学生继续上一年级。

到后来逐渐有六个班（六个年级）了，我和刘老师两个人，一个人（教）三个班，分别在两个教室。那时候马圈就不要了，我给文教局①打报告，就在马圈旁边就盖了个学校。拨了几千块钱。钱交给队上，队上盖起来。

据赵老师讲，那个时候，村里各个民族的孩子都是混在一起教学，孩子们放学后一起玩耍，语言学习得很快。在我们的调研中，这点也得到证实，村里上了些年纪的汉族受访者，都会说些哈萨克族语。而哈萨克族的老乡，也基本可以用普通话交流。但在其他一些民族构成更加单一的牧业定居村落，较为年长的哈萨克族同胞则大都难以用普通话交谈。

---

① 1951年10月哈巴河县人民政府成立，设文教科。1974年4月设立文教卫生局。1981年7月分设为文教局和卫生局。

第二节　运动的学校

马圈旁边的学校至少使用到70年代中期，这也是老一辈村民印象最深刻的学校所在地。但随着民居的扩张，学校周边变得拥挤起来，"社员盖房子把（学校）地方占掉了，被占的没地方了，没有学生活动的场地"。

"学校当时到处乱搬，没有固定的地方。知青[①]走了以后他们住宿的房子腾出来了。"赵校长说的这片房子位于现村庄南北向主路中段西侧，"这队上盖的土打墙房子，属于村集体的房子，知青就在这片住着，他们走了以后我们就当教室。中间一个小屋子，两边各一个房子，可以当两个教室。有四个这样的房子，六个班就够了。"

学校的搬迁并未就此结束，"最后，这个房子也不行了。用的时间长了，有的房顶不行了，有的墙不行了。"两年之后，学校又搬到进村东西向道路的中段北侧，"过去是队上装机器的房子，他们把机器搬出去，那个地方我们就当教室。从南边一直跑北边来了，后来在这里盖上土木结构的房子。"这第三次的校舍，依旧是"土打墙的房子没有地基"。

1989年，在第三次校址的东侧，申请建设新校舍。新校舍于1990年完工。这也是目前村小所在地。"现在学校的地方原来是一片空地，没人占用。西边是三小队，东边是四小队，中间是这片空地。那个地方东侧有自然沟，盖房子时候地基挖了两三米深，下边水多得很。"

[①] 1970年，阿勒泰地区1966—1968级初高中毕业生响应"知识青年到农村去"的号召，纷纷上山下乡。（阿勒泰地区教育局：《阿勒泰地区教育志》，新疆人民出版社，2003，第18页。）

记忆拼图：70年代的小学记忆

一位1967年出生的村民回忆小学情形："我们上小学时，设施都很简陋。凳子是两个或三个木头，上面钉一块板子。桌子也是两个木头桩子，上面钉上一块板子——板子都是老木匠用手拉的锯子拉开的板子，学生就趴在上面。年纪大一些的年级桌子做得高一点，就那样上学呢。上学就夏天还抓得紧一点，冬天有时候就上一两节课就跑回家了，有时候看今天天气好了上课去，天气不好了，动不动就旷课了。那没办法，天气冻着去不了。老师也没办法，一看没学生了就停课。哪像现在这样正儿八经上学了。"

人在边陲

第三节　教学安排

  1952 年，哈巴河县小学开始使用国家教育部指定的教材，小学设语文、算术、政治、体育、音乐、图画、手工等课程。1978 年秋，教育部颁发《全日制十年制中小学教学计划试行草案》和各种教学大纲，小学开设语文、算术、政治、常识、体育、音乐、美术等课程。

  很长时间里，村小只有两间教室，中间用墙隔着。到了 60 年代末期，学校有了六个年级。说是六个年级，却是分成两个"混成班"来授课。"一、二、三年级一个班，四、五、六年级一个班。两个教室。当时是包班制，那个班（三个年级）的课你全部带，另外一个班（三个年级）的课我教，数学课、语文课都教。三个年级的水平不一样，就兼顾着上课。把各个年级的都讲一些。"

  知识青年的到来[①]，很大程度上缓解了村小教师资源不足的问题，赵校长回忆："70 年代阿勒泰十几个知识青年分到我们八大队，学校里我们两个人还不够，我们就从知识青年里边选拔两个来学校来教学，那时候就四个人教书了，我们就轻松一点了。知青走了之后（大约 1976 年），退伍军人就来了[②]呗（也是从中选老师来代课）。那时候没有固定的地方，哪里有空房子，就凑合用。不能把学生课停了，不能耽误学生，我们是本着这个原则。"

  对于知识青年当老师这件事情，一些受访村民也有印象："最开始，只有

  [①]　对于支边青年，并没有作为访谈重点，但在一些访谈中还是会偶然提及。一位 20 世纪 60 年代初就在村里居住的村民回忆："我记着，知青来了三批，有的看一看就走掉了。有时候冬天来，夏天天气一热就走了。后来来了四个丫头可好了，领上干活去，叫她们唱就唱、跳就跳。休息的时候教（我们）唱歌跳舞，在一起的时候开心得很，舍不得走。最后都走掉了，来到这里不习惯。70 年代也从乌鲁木齐来了工作队，他们后来也回去了。"

  [②]　根据县志记载，1976 年哈巴河县接收安置济南部队退伍战士及家属 231 人。据村干部回忆，分到八大队的退伍军人及家属有八户，后期部分留在村里务农，也有到县上工作的。

. 130 .

赵校长和刘国统老师两个老师,他们也是最稳定的。70年代时,知识青年上山下乡,来了一批城里的初高中毕业生,他们也分到学校当老师。有的知青干两天管不住学生,就再换老师。"[1]

"老师增加到四个人之后,再把课再分一下,你带数学、我带语文。后来有六个年级了,大约有130个学生了,是库勒拜乡最大的一个村级学校了。其他的队没有这么多学生。周边的一些村小,学生最多就是四五十个、五六十个。"据赵校长回忆,随着移民持续迁入,到60年代末期的时候,村庄已经有100多户人家,近1000人的住户规模,成为周边一个比较大的村落。

随着适龄儿童增加,一处教学点显得不够用了,靠近村小的生产队粮食库也曾被征用做教室。一位生于1964年的村民回忆:"我们上的时候,学校里盛不下,到五年级的时候把我们弄到生产队粮食库房里面上去,里面也没有窗户,黑乎乎的。当时一个年级一个班,我们是六年级有11个人,都是男生。"

在村小有了六年级之后,曾经尝试办初中班。[2]"当时,由于六年级毕业后要到公社去上初中,但是上学困难得很,还要蹚水过河很不方便,我们就办了初中班,初中教了一年,最后公社下来通知了,说生产队办初中的条件没有。最后就把初中班撤到公社去了。梁书记他们就是第一批初中(生)。"

对此一些村民也有印象:"1976年,村上还办了一年初中,由分配到队上的复员军人上课,人家教得好。正好我们那届赶上,本来应该去乡上,我们就在村上上了一年初一。"

这所树林环抱的村小,也开展了一些有特色的教育尝试。"因为我们就住在树林子旁边,美术课、地理课,有时候在树林子里上;过六一节的时候会到林子里边搞活动,娃娃高兴得很。每年六一时候,公社小学、哈萨克族民族小学都来我们这学习搞活动。搞些体育比赛、赛跑比赛,还有舞蹈,哈萨克族孩子跳舞特别好。"

---

[1] 1970年4月,从在农村接受贫下中农再教育的大中专毕业生和农村知识青年中抽调一批人充实到师资队伍。(中共哈巴河县委员会史志办:《中国共产党哈巴河县简史》,新疆人民出版社,2008,第140页。)

[2] 这件事情一些村民也有提及,但对于时间点的认识并不统一。

虽然只有几名老师，村小还是尽量开足所有课程。"60年代到70年代，课表上语文、数学、自然、地理、音乐、体育这些都有了，全着呢！都是我们教，就是一包在内。比如说美术课，学生自己画个图形，照着美术课本自己学着画，就那样教着。"

三小队由于住得远，村小在三小队一个闲置的房子单独辟出一个教学点。一位原三小队的村民提供了更多信息："我们那地方（三小队）就一年级、二年级、三年级都是一个老师教着，这节课给我们上，下节课就给另外的年级上。没课上的年级，在旁边做作业，就那一间教室。"

为了计量上下课时间，这位老师还利用了简易"日晷"："我们上学那时候，都不知道什么时候下课上课，我们老师弄个棒子，今天我们上课到这个时候，把棒子钉到地上，看阳光照到棒子投下的影子，影子到这个地方，我们就这个地方下课。"

80年代的代课教师

代课教师[1]是学校为了补充师资不足而聘请的没有教师编制的非正式教师，这里特指义务教育阶段公立中小学中的代课教师。20世纪80年代前后，在民办教师入口收紧、公办教师补充不到位的情况下，农村地区代课教师开始大量涌现。他们为农村义务教育的普及和发展发挥了重要作用。21世纪以来，我国代课教师数量逐步减少。[2]代课教师问题是我国区域发展不均衡，特别是偏远地区相应教育资源缺乏导致的现象。这一群体普遍面临着缺乏规范的编制身份和聘用制度保障、待遇偏低以及与公办教师同工不同酬等问题。

70年代，哈巴河县民办教师（教育局不发工资，由生产队记工分）比例大，文化水平不高，缺乏教学经验，教师进修坚持自学为主、业余培训为辅的原则，充分利用节假日有计划地培训学习。1978年，对哈巴河县民办教师进行文化

---

[1] 20世纪80年代中期之前称为"民办教师"。
[2] 张河森：《代课教师问题研究》，博士学位论文，华中师范大学，2016，第70页。

考核，其中196名教师考试合格被录用。①

在20世纪七八十年代，教师流动频繁一直困扰着村小。

赵校长：我们这个学校，光是老师变动就变动了24个老师。我们吸收上一个老师，别的学校看上了，他非要要，他和文教局说，就调走了。我们人不够就再吸收。就这样来回折腾，24个老师从我们学校出去了。知青的三个老师，那时候教学又不要报酬，他们本身是下来劳动教育，你教书相当于在生产队干活的。后来有代课老师待遇，就给文教局打报告，文教局就给报酬。如果考试考成正式的，文教育就把工资提升了。

收入不高，也是乡村教师流失严重的一个原因。

赵校长：咱们的工资是文教局发的，那时候工资也不高，慢慢才提高。像60年代末期，当时六个年级都有了，一个月工资20多块钱，和在老家（当老师）差不多。刚开始没有编制，经过考试以后，进了编制工资就提高了。我是69年以后进的编制。

在这种情况下，学校聘用了一部分代课教师。我们访问到本村一位代课教师，她自20世纪80年代就在村小工作。

代课教师：1988年我高中毕业，就当上了学校代课老师。一个月68块钱，拿了好多年。1993年到阿勒泰进修两年，获得中专学历。1996年拿的编制，也是要考试、讲课，1997年拿到教师资格，然后自学广播电视大学。

这位老师回忆了80年代时学校的教学情况：

1988年二三十个学生一个班，1989年六年级两个班，其他年级都是一个班。全学校100多个学生。

二年级所有课都是我的。语文、数学、体育、音乐，啥都教。当时一个说法是"上一节课洗一天澡"。有的课比较难，学生理解不了，没办法了就带孩子玩嘛。

---

① 康晓伟、裴丽、刘珊珊：《我国代课教师70年回顾与展望：多重合法身份的代课教师制度构建》，《教师教育研究》2020年第5期。

1981年全日制五年制小学教学计划表

周课时		一年级	二年级	三年级	四年级	五年级	五年总时数	百分比
思想品德		1	1	1	1	1	180	3.9
语文	小计	11	12	11	9	9	1872	40.3
	讲读	10	11	8	6	6	—	—
	作文	—	—	2	2	2	—	—
	写作	1	1	1	1	1	—	—
数学		6	6	6	7	7	1152	24.8
外语		—	—	—	（3）	（3）	（216）	—
自然		—	—	2	2	2	216	4.7
地理		—	—	—	2	—	72	1.6
历史		—	—	—	—	2	72	1.6
体育		2	2	2	2	2	360	7.8
音乐		2	2	2	2	2	360	7.8
美术		2	2	2	1	1	280	6.2
劳动		—	—	—	1	1	72	1.6
共开科目		6	6	7	9	9	—	—
每周总课时		24	25	26	27	27	4644	—
课外活动	自习	2	2	2	2	2		
	科技文娱活动	2	2	2	2	2		
	体育活动	2	2	2	2	2		
	周会班队活动	1	1	1	1	1		
每周在校活动总量		31	32	33	34	34		

资料来源：阿勒泰地区教育局：《阿勒泰地区教育志》，新疆人民出版社，2003，第107页。

家访

作为村庄的重要文化设施，这座与村庄同时诞生的村小，从一开始就融入了村社内部。赵校长回忆，当时除了上课，放学后一项日常工作就是走村串巷的家访。

赵校长： 家访是少不了的，一放学就走家串户的，有的孩子上学时候打架了、吵架了，家里不愿意；有的学习跟不上，要看看家里管着没有；家里没有条件学，要说服家长，让娃娃到学校里好好学习，在学校里不要调皮捣蛋。（我）经常家访，放了学就去，晚上还要批改作业、还要备课。有的老师他不备课、不管学生，也有讲错的。

一般学生都是和蔼可亲的，都是团结的。也有的孩子调皮捣蛋，一会儿闹起来，一会儿他又好了。有时候家长也去问我们怎么回事。我说这位家长："你这些问题你也会考虑，这么多娃娃，我们不能一个娃娃在后面跟上一个老师，他一会儿几个人玩到一块，玩得好得很，那样的碰碰撞撞也有的。你说他家娃娃打了你的娃娃，你要找个原因。这种事情，你作为家长你应该理解。你不能在这个问题上闹矛盾。"这样子的事情也是有。

这时候坐在旁边的赵校长爱人说："那么多作业，还要备课，他晚上经常备课到很晚。"

赵校长： 后来老师多了，我就主课不带了，主要是管理学校。我们队上民族的孩子也都合着一起上学，因为四周有水，孩子们也出不去。当时（指60—70年代）学校里，哈萨克族孩子有七八个，像胡里玛别克家、吾塔尔别克家等，回族的娃娃也有十几个。经常做家访，民族家里都去。基本上哈萨克族同胞汉语都会说一些，有的小孩还给当翻译。我们队上民族孩子后来上大专的、中专的、技校的都有。国家各方面也照顾少数民族学生。

第四节　勤工俭学

翻开《阿勒泰地区教育志》就会发现,"勤工俭学"贯穿了1949年到21世纪初这半个多世纪的教育发展。1958年2月7日,教育部召开了部分省市教育厅、局负责人及部分中学校长参加的勤工俭学座谈会,会议发出了"打破旧框框,开展勤工俭学和半工半学"的号召。

1959年,地区行政公署就勤工俭学收入使用范围做了规定:(1)主要用于扩大再生产;(2)用于弥补学校经费的不足,如购置生产工具,教学、体育、音乐器材;(3)用于学生劳动中服装损失补偿及部分家庭经济困难学生的学费补助;(4)不得充抵学校办公经费。

1973年6月,阿勒泰地区召开教育工作会议,提出了"坚持自力更生、勤俭办学、两条腿走路"的方针。1975年,阿勒泰地区中小学勤工俭学收入118 030元。[①]

1976—1977年全地区普通中小学勤工俭学基本情况表

年份	类别	学校小型企业 || 学校农林场						
		企业（个）	纯收入（元）	农地（亩）	林地（亩）	果园（亩）	牲畜（头）	粮食总产量（公斤）	农副业纯收入（元）
1976	中学	3	5423	3896	73	28	112	207 617	102 324
	小学	—	—	3852	94	57	5	351 485	57 002
1977	中学	—	11 060	4667	60	11	171	266 470	204 488
	小学		3000	3522	22		91	303 962	102 506

资料来源:阿勒泰地区教育局:《阿勒泰地区教育志》,新疆人民出版社,2003,第263页,引入时有删节。

---

① 阿勒泰地区教育局:《阿勒泰地区教育志》,新疆人民出版社,2003,第262页。

赵校长回忆了学校勤工俭学的情形：

队上分给五六亩地种上，再一个我们抽时间，摘点野蔷薇、刺玫花，是做酒的，我们摘上就卖给哈巴河酒厂①，搞点收入。地就在学校跟前，抽空我们就种上些东西。四年级、五年级、六年级（学生）都干。还有在队上收麦子的时候，把学生叫上，捡麦穗儿，就给队上了，但没有收入，属于帮助队上。放了假，有空了，我们就参加队上干活。

这五六亩地种花豆、洋芋，种一下经济作物，就卖掉了。再也没有其他的东西。因为如果种麦子，这一点点地不好种、不好收。经济作物卖掉之后作为学校的收入。如果收入多了，我们还可以把学生的学杂费给免掉，减轻家长负担。以前学生用的课本都是学校出的。勤工俭学主要是抽课外活动、体育课的时间，主课上不能占用，学生劳动主要是除草。

如果教育局有活动的话，老师就集中起来到其他队上去干活去了，帮助人家生产队收庄稼，秋收的时候，学校帮助队上捡麦穗儿。

现有文献中，我们找到了一次这样的动员活动。1978年8月29—31日，中共哈巴河县委召开紧急工作会议，会议部署了当前秋收工作：一是切实搞好夏收，努力提高单产。县委决定9月1日开学后，将所有师生组织起来参加夏收3—7天。二是县直机关组织一批干部及运输工具帮助各社、队拉运余粮，掀起交售公粮高潮。②

一位村民回忆了小学时候勤工俭学的经历："学校运营的费用要挣出来，校长老师领着，到生产队割麦子、拔草，原来不打农药，地里苦豆子、燕麦都多得很，拔苦豆子，要不苦豆子混在面粉里边，做出馍馍是苦的。我们上学的时候还需要交学费、书费，到后面才不要的。"

一位代课教师回忆80年代带着学生们劳动的情况："80年代小学有勤工俭学。秋天带着娃娃，挖个甜菜根、拾个苦豆子啊，可以挣钱。1990年新建

---

① 60年代，县食品加工厂附设食品加工组烧制白酒，1989年建成酒厂。
② 中共哈巴河县党史编纂委员会：《中国共产党哈巴河县历史大事记（一九四九.十一—一九九九.十二）》，2000，第125页。

的学校要平个院子，因为学校刚建的，院子里都是石头，都是我们领着学生干的。"

不仅是学校组织勤工俭学，孩子们回到家里也是不闲着。一位村民说："十一二岁的时候（1976年前后）我就开始干活了。那时候队上就等不到学生放假，小学四五年级的时候，一到秋收，就安排给你干活。反正一人一个牛一个爬犁，那些妇女给你装好，套上爬犁子。我们就骑到牛身上就往场上拉麦子。那时候都喜欢玩，一放假就到牛群里挑牛。冬天也拉爬犁，冬天用雪爬犁从牧业队上往地里拉粪，牧业上粪多得很，一个队要派上几十个爬犁往地里面拉粪。当时去拉粪比较多的是牧业五队，也就是阿克齐村①。"

---

① 位于喀英德阿热勒村南约2公里。

第五节　学校变迁

十余年来，新疆基础教育获得长足进步，仅根据2017年的公开数据，通过国家义务教育基本均衡发展督导检查的14个县（市、区），累计投入91亿元，新建和改、扩建学校2200所，新增校舍面积148.3万平方米，新增实验室、功能教室3300多间，新增7亿元的教学仪器，新购置5万台计算机，新增图书250万册……

乡村学校和城镇学校一样，有了现代化的教学楼、教学设备。此外，城乡捆绑发展，城乡学校之间校长教师轮岗交流、信息化教学、学校特色化发展，呈现出一幅壮丽的教育均衡画卷，公众对教育发展的满意度不断提升。

根据2017年的报道，"哈巴河县库勒拜乡哈英塔拉村教学点有24名学生，这个教学点音乐教室、美术教室、60米的塑胶直跑道一应俱全，教室里用的是触摸一体机'班班通'设备，和县城的学生用的设备一样，这个教学点可以远程同步上县第二小学的优质课。现在我们全县农牧区学校都用上了暖气，这些实实在在的变化让学生和家长赞不绝口，推进教育均衡发展让我们这个边境县的教育发生了改天换地的变化！"[1]

同我国绝大部分农村小学一样，喀英德阿热勒村小，也面临着生源减少、师资外流的困境。"有户口的人越来越多了，住的人越来越少。现在实际住的200多个。很多老人冬天在县城，夏天回到村上来。"

近年来，学校从一个完小到只有三年级，再到只有一年级。2022年，喀英德阿热勒村小正式裁撤。本地小学生需要到镇中心小学就读。

---

[1] https://news.ifeng.com/a/20171030/52850881_0.shtml，最后访问日期：2023年9月12日。

人在边陲

据赵校长回忆，村小学生减少的趋势，从 90 年代中期就出现了，"学生逐渐减少，有升学走的，后期接不上了。我退休前，学生就不多了，也就五六十个学生。学生最多的时候是一百三四十人，也就是 68 年、69 年那个阶段。80 年代中期后，六年级要到公社去上学，学生数量也逐渐减少了。"

一位从 80 年代起就在学校任教的老师说："现在村里年轻的都出去了，娃娃越来越少了，一个学校只有两三个娃娃，怎么上课？我们村里的幼儿园是周边的都在这里。很多村上的幼儿园都拿掉了，没有娃娃啊。"

应该看到，大规模的农村人口外流与村级小学"撤并"是个互为强化的过程，这样的过程从根本上改变了村社作为"生活共同体"的功能，并实质上加速了广大中西部地区村庄失去活力。有研究指出，中国大规模的"撤点并校"实践始于 90 年代末期。教育部网站的统计数据显示，1997 年全国小学总数 62.88 万所，2010 年减少为 28.02 万所，减幅达 55.44%。其中，农村小学数量从 1997 年的 51.30 万所降至 2010 年的 23.42 万所，超过 62% 的农村教学点被撤并，数量从 18.70 万个降至 7.10 万个。"撤点并校"是学校布局调整的主要方式，作为其结果，大量的农村小学和教学点不断消亡。"撤点并校"政策在很大程度上改变了中国农村教育面貌，传统的"一村一校"格局被打破，并逐步朝向"一镇一校"的格局演变，这也使得原有的三位一体（学校教育、家庭教育和社区教育）教育模式难以维系。①

一位本村在县城任教的老师，讲述了目前村里孩子上学的情况：

现在这边一年级的孩子就要去县上或镇上住校，很多村民担心孩子太小住校不适应，只能在县上买房子，或在学校旁边租了个房子。四、五、六年级很早就收上去了。前几年村里小学能到三年级，之后只能一年级了，去年一年级也取消了，只有幼儿园。

有的娃娃小，睡觉都尿到裤子里了。镇上的学校，比如今天考试，这些学生早早地就把行李打包，就等着家长来接。娃娃都不想去上学，有阴影了。当

---

① 单丽卿：《"强制撤并"抑或"自然消亡"？——中西部农村"撤点并校"的政策过程分析》，《河北学刊》2016 年第 1 期。

然你在库勒拜镇上有房子也可以走读。

　　为了照顾孩子学习，村民们想了各种办法，"村里很多是娃娃在县里上学，妈妈在县上找个活儿干上，给孩子做饭。像村里王姐的两个孩子，大孩子在地区上学，小的六年级1300元一个月送到老师家托管，管吃住，老师辅导一下功课。周六周天回来。没有住校，有的从一年级就这样。托管的老师家里也是好几个娃娃。很多在县城小学周边租房的。学校老师也担心啊，怕冬天烧煤，娃娃们都在一起。"

第六节　家教

熊大哥父亲是退伍的志愿兵，祖籍山东德州。家里九个兄弟姐妹，每个都至少是初中毕业，这在改革开放前缺衣少穿的农村是很不寻常的事情。访谈中，1963年出生的熊大哥回忆起父母的家教：

家里九个兄弟姐妹，我们大姐走了，高血压。她也是70年代高中毕业。我们老大是74年的高中毕业生，最后副县级。我妹妹也是高中毕业生。还有个乌鲁木齐一个妹妹也是高中毕业。再其他的都是初中毕业。没有说不上学的，兄弟姊妹九个最差的初中毕业。

父亲是那种老革命的感觉，家规特别严。爸爸不吃饭，谁都别吃饭。

要是说哪个孩子不上学了，就别吃饭了、别回家，回家一顿打。你上学调皮，即使占了便宜，先回来一顿打。小时候，晚上和二哥拿手电筒在刺玫花里（蔷薇果的树）、草垛里掏麻雀窝，回来被老爹拿带刺的条子一顿打。在学校里，两个娃娃打架，比如别人娃娃把我打了，有的家长立即去找，他从来不找。你就挨了打，他还要打你一顿；不管吃亏赚便宜，都是一顿打。

伟大的母亲

熊大哥：老太太厉害，这么多娃娃，干多少活儿，操多少心！而且身体还好，好好的不吃药，就没病。84岁在我们这里去世的。端着饭碗还吃着饭呢，碗也没撂，勺子也没撂，静片子了，就那一瞬间，几秒钟，没受罪。之前她在我妹妹家住呢，最后她非想走，非想回这里来（好像有某种预感），这里是她的老家。就做过一次白内障手术，别的再没做过。

笔者：那您妈妈肯定特别善良。

熊大哥：她厉害，我可佩服她了。那时候条件差，就这个裤子，用补丁补上，都补得整整齐齐的，洗干净穿上，了不得！她不让你烂着洞走。妈妈还爱干净，可是爱干净了，衣服洗得干干净净你穿上。老两口要强得很。

爸爸穿的衣服，都是补丁摞补丁。姊妹都是穿的补丁摞补丁的，大的穿过小的穿。他们厉害，意志也坚强。反正能吃饱，不要穿带洞子的衣服，不要冻着，但是你要上学。那时候上学也不容易，要给学校交面粉。然后给你换成粮票、菜票。在学校是拿票买着馍馍吃。

村里有的家庭上不起学，早就不让你上了。我们家孩子全部至少上到初中，全部给（学校）面粉要比别人多给多少？我记得就是，磨上面，开学的时候给送上去。我和梁书记，小学中学都一起，一届的。

我就佩服我老娘，十几口子人呢，你光做饭都了不得。原来又没吃的，都单一得很。有的家里娃娃多养不活，都给别人家送着呢。那时候就是吃洋芋、南瓜。

伟大的姐姐

熊大哥：我们平时都给家里挣工分。老大（大哥）74年高中毕业，在生产队干了三年，大姐77年毕业的也挣工分了，像我们放暑假也挣。大姐77年毕业参加高考，没考上，之后就在家里干活。她是老大就像妈妈一样的，她帮老太太干得多，我们的鞋就是姐姐做的布鞋，纯手工的，一针一线衲出来的，成（整）晚上、成（整）晚上地做。

我到现在想不明白，她高中学习好得很啊，但是高考没考上。她考的大专，没考中专，她要是考中专就好了。我大哥也是想的说，你（指大姐）是应届毕业生嘛，考大专。姐姐走的时候没多大，51岁，高血压走的。

这时正好在一旁的妹妹说："她（大姐）给我说过，她有自己的想法，那时候家庭条件不好，让大哥先上，如果两个都考上，家里供不起，那时候上中专要钱呢。"

📎 记忆拼图：熊大哥的老家记忆

熊大哥回忆起唯一一次回老家的经历：

我们家老大是抗美援朝时期山东老家生的，老大小名就叫"朝鲜"，在家里就叫"朝鲜"。

80年代的时候，爷爷还在老家，那时这边也有条件，老爹说是把爷爷接回来。接到半路上，（爷爷）就不行了，从乌鲁木齐走了。老爹一直想着一块把爷爷骨灰送回去，但后来他身体也不好（没能实现）。老爹走了以后，我们兄弟姐妹带上老太太回去的，把老爷爷的骨灰送回去，这是老爹的遗愿。在老家埋葬，就当办丧事一样。老家办事，隆重得很啊！就那时候回了一次老家。

山东德州临邑县熊家村，村口碑上把村子的来历写得清清楚楚，我们专门看了，说是当时两个姓氏争这个村子，摆下一溜子好长的火炭，谁要是光脚从火炭上走过去，谁就赢了。老家几年续一次家谱。一辈一辈写在家谱上，我们这一辈在家谱上也有。我丫头还在用家谱起名。那边还有姑姑、姨姨、叔叔。之后再没怎么联系了，现在不知道怎么样了。也再没有和他们讨论过"家谱"这个事情，成了"野人"了。

📎 记忆拼图：村里的医生

1965年，毛泽东主席作出"把医疗卫生工作的重点放到农村去"的重要指示。1969年12月，卫生部、农业部、财政部、国家医药管理总局、全国供销合作社总社联合颁发《农村合作医疗章程（试行草案）》，到1977年底，全国90%的生产大队实行了合作医疗，农村人口覆盖率80%以上。卫生部也加紧对农村适用卫生技术人员的培养。

鼎盛时期，全国有"赤脚医生"（乡村医生）150余万人，生产队的卫生员、接生员390余万人，农村从事医疗卫生工作的（不脱产）人员达500余万人。①

人民公社时期的农村合作医疗，服务上立足本乡本土，巡回诊视，近便省钱；保障重点是常见病、多发病，并与疾病预防相结合，解决了广大农村最急切的问题。世界卫生组织有感于这样的成绩，在1978年召开的著名的阿马阿塔（Alma Ata）会议上，将中国的医疗卫生体制推崇为世界范围内基层卫生推动计划的模范。世界银行1993年度报告指出，中国"一直是低收入发展中国家一个重要的例外"。②

根据县志记载，1964—1966年，全县重点培训乡村医生骨干，累计培训乡村医生78人，其中为乡村培养接生员30人、保健员13人。通过培训，为公社卫生院输送医务人员28人。70年代，根据中央"把卫生工作重点放到农村去"的指示精神，全县推行合作医疗制度。以生产大队为基础，按照公社、大队和个人"三个一"的出资方式，筹措合作医疗费用。1974年，全县65个生产大队中有2个生产大队实行合作医疗制度，并成立3个卫生所，配备赤脚医生20人。1976年，全县65个生产大队中实行合作医疗的达57个，共有赤脚医生119人，便利群众看病就医。80年代初期，合作医疗制度在全县全面推广，各生产队相应建立合作医疗体系，拥有了一支稳定的赤脚医生队伍。③

我没能访谈到村里的早期村医。据村民回忆，六七十年代，村里有位姓向的老大夫（向国均），向大夫老家是四川。一位村干部回忆说："他是中医世家，他为人一辈子好得很，周边对他相信得很，病了都找他，民族（村民）也来找他。谁家娃娃有病，半夜生病，半夜他就去了，从来没说不去了。"

---

① 胡晓义：《新中国社会保障发展史》，中国人力资源和社会保障出版集团，2019，第65页。
② 李珍：《社会保障理论》，中国劳动社会保障出版社，2018，第38页。
③ 哈巴河县方志编纂委员会：《哈巴河县志》，新疆人民出版社，2004，第767页。

另一位村民说:"向大夫治病有一套,人也好;治病也治得好,相当负责。我家孩子多,晚上有个感冒啥的(他)随时到。"

至于向大夫为什么大老远从四川来新疆,村民们已经很难说清,一种说法是"向大夫成分不好,是地主,这种情况在当地就受不了。跑到这边来他从来也没挨过斗"。

"后来,向大夫的儿子考学到了南方,学校老师辞职'下海'领上这几个学生到深圳创业,做电子产品。他儿子在深圳发展得很好,也是大老板。2002年时候,捐了20万给这个村小学,现在学校有一排房子就是人家捐钱盖的。"

向大夫退休后,曾在县上药店坐诊,后来儿子把他接到深圳,他不习惯;又接到老家四川,向大夫还是不习惯。"最后没办法他又回到这来,最后在这里去世的,已经七八年了。"

访谈期间,一位老奶奶向我们讲述了早期在村里生孩子的情景,也让我们窥见20世纪60年代至70年代,农村的医疗卫生条件。

老奶奶:生了九个子女,其中七个是在这边,都是自己生的,有时候叫个人,有时候我一个人就生下了。我这个人从来没有叫个医生。剪脐带的时候,点着煤油灯,用剪子自己剪。危险也没办法。交通不方便,县上才有医院,河上没桥,水大得过不去。以前孩子也生得多,生不成就算了。我也帮别人接生过,就看着生完,把脐带得扎好,布包上,八九天脐带就退掉了。当时遇到一个没有扎脐带的,血都渗透了,我就给扎了。这个地方有个老人会接生,每一次有哪个女人要生孩子,就把她早早请好。后来慢慢就有医生了。要生的时候赶快就把医生叫上去了。

陈医生的故事

对陈医生的访谈,是在村委会门卫室进行的,陈医师那时刚刚从县里参加培训回来。

陈医生：1980年村上推荐到县医院去，培训接生员，给村里妇女生娃娃服务。因为那时候我们村上交通也不便，村上人去县里看病都要过河，或转老大桥（指喀拉塔斯大桥），很不方便。

我在我们县医院学习了几个月。学完以后回来就给村上当接生员。那时候我们就叫赤脚医生。那时候我们接生都是免费的。公家一个月给我们补助15块钱，我们也就一直干着。反正我们接生的那时候各种条件都很匮乏，卫生室是个破破的土房子，啥条件也没有，就有一个产包。产包里面就一个剪刀、一个止血钳、一卷纱布——给娃娃缠脐带，再就配备一点急救药品、止血药。晚上刮大风人家来接我们接生，冬天下大雪，我们骑上马去接生。

八几年那时候雪也大，那时候哪有这样子的路，全是牛羊走的小路。接生人家来接我们，就是骑马来接我们，或者坐爬犁子，雪上面走的爬犁子，就坐上那个去给人家接生去。大冬天坐爬犁子，过个坡子一滑，把我们滑到坑里去，我们还被扣到坑里面，你现在听上都不相信吧？

笔者：确实很有电影画面感。

陈医生：我接生了这么多年，没有出过什么事情，都平安得很。

笔者：接生了多少孩子，记得吗？

陈医生：1980年以后这个队上我接生的多得很。

笔者：真了不起。条件那么艰苦，消毒不到位都很危险。

陈医生：嗯，消毒不到位、大出血、新生儿窒息，你看都是很危险的事情，当时就我一个人。

笔者：接孩子有没有难产？

陈医生：怎么没有难产？有啊。有的先是一个脚出来了，你得处理啊，一个脚出来不行啊，生不下来。我们学习的时候，老医生带我们，你把这一只脚推上去，推上去以后不能叫它再下来，你就在阴道里面找另一只脚，把那一只脚找见以后，两个脚同时往外拽，同时拽的时候，（到胳膊这里）他又会卡住了、出不来了，这里还有一个操作的方法，再把两个胳膊慢慢地、一个一个地拉出来，然后（胳肢窝）这里又可能会卡住了，这里还有一个操作的方法。等这里顺利出来了，脖子又会卡了。那个时候你胆子要大、心要细。你动作慢了就不行，把娃娃卡坏了，要胆大心细。真是不容易！现在的医生全靠仪器，我们那时候孕产妇检查全靠手摸，检查她的胎位。

消毒，我们就是用一个锅蒸。在炉子上边，用这么大的一个铝盒子，盖子扣上，蒸就行了，蒸完了以后晾一晾，晾干以后产包一包就行了。再就是用酒精碘伏消毒。

笔者：碰没碰见过这种大出血或者是比较危急的情况？

陈医生：我看，我接生这么些年可能碰到过一个，是另外一个村的回族家。好像是生这第七胎，过来把我拉上去接生去了，接完生以后，她那个胎盘不出来。胎盘不下来，我是人工给她剥离的胎盘。人工剥离胎盘拿出来，大人有点大出血的现象，我赶快给她用上止血药，止血针打上。我又守着她一直观察，看着危险期过去我才回来的。我接生了几十年就遇到了这么一个最危险的。现在他们家那个娃娃、小伙子都大得很了，也结婚了，还有媳妇有孩子，那是我接生的。

一本1970年发行的《农村手术手册》中，在讲解"胎儿出娩后用手剥离胎盘"手术时，这样写道："当胎儿娩出已一小时，胎盘仍不娩出或经阴道有多量流血，这时候'需要的是热烈而镇定的情绪，紧张而有序的工作'，促使胎盘迅速娩出……如用手逼出胎盘方法无效，可采用用手剥离胎盘术。此时，要果断，要有信心，但不能只看到光明的一面，不看见困难的一面，要做好抗休克和剥离不成功则进行手术的准备。"在其后，"产后大出血的处理"一节，写道："产后大出血的常见原因是子宫收缩乏力。遇到这种出血，我们宁肯把困难想得更多一些，因为情况紧急，要想不付出极大努力，总是一帆风顺，容易得到成功，这种想法，只是幻想……"①

这样紧迫而富有时代特点的文字，不仅深刻诠释了陈医生"胆大心细"这

---

① 吉林医科大学教材编写组：《农村手术手册》（内部试用），1970，第635页。

短短几个字的内涵,也能让人更多体会到,向医生、陈医生等一代赤脚医生,在医疗条件匮乏的情况下,开展基层医疗服务所面临的巨大风险。

访谈中,一位村民也回忆起自己孩子由陈医生接生的往事。

村民:咱 80 年代生孩子都是在村子里生的,我的大丫头 1991 年就是陈医生接生的。儿子是 93 年的,是王医生①接生的。那时候接生就在家里面,你有啥办法了?这些交通不方便。丫头出生是农历的大年三十。正好三十晚上,我们在别人家看电视呢,那时候是柴油机发电。刚好 12 点钟,那个钟铛铛响了。她肚子疼起来了。她就说是自己可能要生,回家吧。我就去跑过去把陈医生叫上,陈医生还没到我房子里,老婆就已经生下来了,陈医生就洗了、包了一家伙。

🔗 新闻链接:村医陈桂花 40 年默默守护村民健康②

阿勒泰新闻网讯:(通讯员 李钰婷)有的职业令人羡慕,有的职业让人禁不住远离。村医,一个崇高而又让人敬而远之的职业,但是有人就特别热爱这份工作,一干就是 40 年,退休后又主动要求返回自己的原岗位,用她自己的话说:"干了大半辈子,离不开了。"她就是哈巴河县库勒拜镇喀英德阿热勒村村医陈桂花。

爱国、敬业、诚信、友善是社会主义核心价值观的集中体现,陈桂花用大半生的经历为我们诠释。

情系村民,无私奉献

喀英德阿热勒村常住人口 800 多,提起今年 63 岁的村医陈桂花,大家都会竖起大拇指,对她的评价很高。

1980 年,陈桂花在家务农,由于村里没有接生员,当时的村支书找

---

① 另外一位村医。

② 李钰婷:《村医陈桂花 40 年默默守护村民健康》,2019 年 12 月 18 日,http://www.altxw.com/sy/syyw/201912/t20191218_10414536.html,最后访问日期:2024 年 1 月 12 日。

到了陈桂花，陈桂花没多想就同意了。去县上医院参加了一个多月的培训，在学习的过程中陈桂花认真地听、看、记，不懂的就多问，随身带个小本子，随时记下重点。

回到村里后，陈桂花在县上医生的指导下开始尝试着为孕妇接生，这以后经她的手接生的没有出过一起事故，产妇和孩子都健健康康。她说村里现在年龄45岁以下的人基本上都是她接生的，记不清从她的双手迎接了多少个新生儿。

村医面向的是村民，对一些家庭困难的村民陈桂花都会先为他们垫付医药费，等到村民能周转开的时候再将欠的药费还清。这些年也记不清自己为多少村民垫付药费了，但是提起这些事的时候，陈桂花都是轻描淡写地说："人嘛，谁还没有个难处，都是一个村里的人，没啥。"

勤奋好学，精益求精

陈医生现在会用电脑打处方单和系统录入了，这是她最近津津乐道、引以为豪的事。

由于不会用电脑，她就去新华书店买回来字母表，每天早早地起来背诵字母表，孙子在键盘上用白色胶布贴上每个字母的发音汉字，这样就好对照着用拼音打字了，经过自己的一番刻苦努力，她终于学会了用电脑打字。

陈桂花正在录入全国"0—3岁儿童国奶扶贫系统"，全村适龄儿童初步统计出来20多个，需要一个个打电话核对信息，然后再用手机导入系统。20多个人的信息录入对一般年轻人来说不算什么，但是对一名花甲之年且刚学会用电脑的老人就显得不是那么容易了，戴着老花镜，一个个核对好信息再用自己的"一指禅"录入电脑，确实很费功夫。为了证明自己很厉害，陈医生当场给我们展示，系统显示录入成功后，她激动地说："你看你看，信息录入成功！"

爱岗敬业，任劳任怨

药房的柜子里整齐地摆放着各种档案，谁家的病例档案陈桂花一清二楚、张口就来。陈桂花会随身提个兜，里面有十几本慢性病患者档案，每天都装着，随时拿出来核对信息。

"自己能干就一直干下去，一直干到干不动为止，为人民服务吧。"陈桂花笑着说。

陈桂花在县上有楼房，但是她很少去楼房里住，因为心里记挂着村里的一些老病号和慢性病患者，害怕去楼房了他们来找不到怎么办。每隔几天都有要去随访的病患，对于他们，陈桂花像家人一样记挂着，不论冬夏，义务为他们量血压、查心率、测血糖、测脉搏，讲康复知识和注意事项。村民哈巴什说："我今年65岁了，高血压、糖尿病都有，陈医生这个老朋友比我家的孩子还操心我的身体，她是个好医生。"

她用心、用行动、用热情履行着自己的职责，守护着村民的健康。办公室里的荣誉证书是对她这些年工作的肯定，村民的赞誉是对她这些年健康守护的认可，陈桂花用无私奉献、无怨无悔在平凡的工作岗位上敲出了最美的音符。

人在边陲

第七节　改写人生的考试

70年代末期，高考是为数不多的改变人生路径的机会之一。1977年，全国恢复高考制度，哈巴河县开展招生工作。这一年，熊大哥的大哥已经高中毕业在生产队务农三年。

"我们家老大74年毕业，他听说要恢复高考，一年没参加工作，在家里复习了一年。当时他学习相当好，在家里干了三年活儿，撂了三年了。他心高，第一志愿上去就报了清华。当时他高中都是拔尖的。结果没考上。第二年立马报了个中专——福海农校，毕业以后回哈巴河，之后一直在县政府职能部门工作。"

考试作废

1980年中考，都是因为家里孩子多而留级了一年的梁书记和熊大哥，一起走进考场。这场考试，由于一次莫名其妙的意外，改变了两个人的人生。

梁书记：我上边也有个姐姐，家里人口多没有劳力，留了一级，在家里帮忙干活。初中毕业考试那年，我报考中专，我考了个全县第二，但是最后通知我们第三考场是全部无效。就是教我们的老师进到考场里转了转，结果让人家举报掉了。一个考场白白就废了。我那时也不重视，反正家里没人干活了（就回家务农了）。我学习一直好得很。数学家庭作业我不拿回来做。老师在黑板上写，我在下边做，他写完我就做完了。[①]

[①] 访谈中，有多位村民提及梁书记数学方面超常的禀赋。

80年代初，在家里干了几年活儿，梁书记又想再考考试试，这次他考上了当时新成立的一所农校，"半脱产性质，但由于家里干活缺人手，还是没坚持下去。结果人家上出来的，那时候全部国家承认学历给工作。没上出来可惜了，就上了一个月。"

熊大哥： 那时候家里孩子多，都赶着上学，那个时候是复式班①，一年级也教，二年级也教。我们家里孩子都赶在一起了。就让大的先上吧，小的留一年。我初一留了一级，本来我应该79届初中毕业。赶了80年中考，全部作废了。梁书记也赶上了，我们都学习好得很，那时候中专就相当于大学，所以人生都改掉了。

那就没办法，干活吧。干到秋天，老师打电话非让我和梁大军复课去。他知道我们成绩好。我干了半年活儿，就不想去了，（在老师劝说下）又复读了半年。1981年又加了个提前预考，预选上才能正考。预考倒没发怵，很顺利就过了。到了正式考场，一看卷子，我们傻眼了。你想，在生产队干了半年活儿又不抓书，全忘了。两个人考完，结束了，回家吧。

如果考试不作废，那时候我们中专随便走了。我们考得还好，我考了230多分。1979届是150分。我们直接考的中专，没考高中。当时学校多得很。我们公社考出去好多79届的。之前乡里当书记的一个也是我同学，我们初一和他们上过一个学期，我留了一年，他们不是79年中考就走了吗，他上的是中专英语班。他之前还经常到我家房子来，他们那届分数线是150分。我们开玩笑，我说你吹啥吹。他说我运气好怎么了？他就是运气好，他就考走了，学习还比我们差。把我气的，就这命。

梁书记学习好，脑子相当好用，他记数字特别清楚。他也是家庭人口多，没劳力。我们家老大说，大的先上去吧，留一级留一级吧。结果就在家干活呗，家里又缺劳力。（在村里干上活儿）拖拉机一买你开上，还干啥去呢？就把你拴死了。

---

① 指将不同年级学生编成一班授课。

人在边陲

读书在当时确实可以改变命运。那时候也没这个意识。有这个意识的话,其实自费学校多得很啊。福海农机校,自费也没多少钱,毕业还给分配了。那时候一干活再不想这些了。这就是命!(熊大哥又重复了一遍,比上次语气更重些。)

当时家里条件差,家庭困难,人口多、缺劳力,说高中就算了,别考了。直接考中专,来得快,毕业就能拿工资嘛。当时想的这个。谁想到,啪,作废了!

第八节　桦林里的童年

喀英德阿热勒村位于阿尔泰山南麓哈巴河河谷与额尔齐斯河交汇处冲积平原的白桦林带中。哈巴河出山后，数条支流纵横于下游平原漫滩，白桦林湿地就沿河两岸分布，这片被称为我国西北最大的天然白桦林带，在县城以西 4 千米，白桦林绵延长约 28 千米，宽约 1.5 千米，其主要树种为垂枝桦和小叶桦，林间分布有大量灌木植物[1]。可以说，这里是一座天然的自然博物馆，也是几代村民儿时的乐园。

一位 60 年代出生的村民描述小时候日常的森林活动，并对现在的孩子整天抱着手机很不以为然：

我上小学时候随便爬个树上去了，掏乌鸦蛋。我们在林子里边，啥不干啊，掏老鸹、掏鸭蛋。现在孩子的童年用手机过了，身体软软兮兮的。

放学之后，就有个规律，拿一个馍馍、带一个绳子，家里边要烧柴火做饭，四五个一群，吃着馍馍就走了到树林子。那时候没有很粗的柴火，全都是细细的，原来谁家都烧，树林子哪有柴火。捡上一块柴火，绳子一绑，背上就回来了。你不干活，家里就打你。

那时候养猪嘛，去草场里拔那个曲曲菜，喂猪。拿个筐子或袋子，那时候一个大猪才几十块钱。那时候的农民也不考虑很多，（生活）简单，就是吃饱、吃饱了干活。

那时候大的（孩子）带小的，就掰一块馍馍给他，肚子吃饱就行，还皮实

---

[1] 主要植物种类，包括柳属，林下生长着沼泽蕨、芦苇、苔草属、木贼属、问荆、鬼针草、蓼属、千屈菜、柳叶菜、伞形科、唇形科、茜草科、菊科等植物，周围有甘草、盐生车前、补血草和禾本科等植物。

得很。现在孩子养的……我的老天爷啊……（一个劲儿咂舌头。）

孩子们放学干活，当然也是贴补家用的重要内容，家长的视角是这样的："我们的娃娃们，一放学扒猪菜、拾柴火。娃娃还要上学、还要生活，没来路（来）钱嘛，就是卖上猪、卖上几个钱，（好让）娃娃们上学。没有喂猪的（饲料），就扒上猪菜，养上秋天卖掉。"

另一位70年代出生的村民这样说：

现在天热得很，不像以前。以前零下40度很正常。小时候冬天哈巴河里的冰，最少有一米厚，穿过林子的路，全是漫冰水，车都过不来，河冻住以后，水就从冰上边走，一层层冻住。

十一二岁的时候，村里十多个孩子，天天就在地里边打雪洞，可以打两公里长，人可以从里边走。

那时候（约指80年代初期）孩子也多，比我大一两岁或小一两岁的，在村上找二三十个容易得很。我们上小学的时候，一个班上50个学生，一个小桌子坐三个人。所以村子人最多的就是我们这个年龄段的同龄人。

小时候吃水，都要去熊大哥家那个地方，有个泉。那个泉冬天冻不住，就去挑水。挑水回来上边就一层薄冰，我们就敲那个冰吃。

沿着村口的小河，好多泉眼，以前都是大家修那个泉眼，现在都不用了。泉水夏天温度和冬天一个样，冬天再冷天冻不了，夏天泉水冷得冻手。

以前自己家做的羊皮手套、皮帽子。妇女们冬天到一块就是做衣服、做手套，不然没得干呗。现在手机弄得都相互不来往了，有个手机一天啥都不用干。以前关系多亲！十几岁的时候，赶着马车就是走亲戚，也不用事先联系，还住在亲戚家，现在多少年都不去了。

髀石

2023年4月，我们访谈了一位1967年出生的村民永哥，他向我们详细讲述了20世纪70年代村里孩子们的各种乐趣。

永哥：70年代，小时候，我们用纸折出方包，打着玩，那是小时候经常玩的东西。再就是老鹰抓小鸡、腿抱起来斗鸡。还有一种用羊腿上的"阿斯克"，我们叫作羊髀石，那个打着玩。立起来就说你就是优先了，跌倒了就是失败了。

这位村民说的是一种至少有着一千多年历史的游戏——髀石。髀石是人们对羊、牛或其他相似动物的两个后腿膝关节上的一块较为规则小骨的俗称，从解剖学角度来说，它是一个滑车关节的连接骨。就是这么一块不起眼的骨头，对于我国北方许多民族，如满族、蒙古族、达斡尔族、锡伯族、鄂温克族、汉族、维吾尔族、哈萨克族、柯尔克孜族、塔吉克族、乌孜别克族、塔塔尔族等来说，曾经是他们休闲生活中不可或缺的一项游戏内容。

在《辽史·游幸表》《元史·太祖记》《元朝秘史》等历史文献中都有对髀石游戏的记载。主要玩法为：弹击法、抓玩法、撞击法。其中撞击法主要形式就是用自己的髀石撞击其他人的髀石，符合某种规则后，即为获胜的一种玩法。[①]

游泳

笔者：去河里抓鱼？

永哥：嘿，河里抓鱼那是夏天正常现象，有时候我们中午都到东边哈巴河大河边去洗澡。玩着玩着就看那个水浅的地方有个小鱼，我和伙伴衣服一脱，就捞小鱼去了，我们一般玩都是那种水浅的地方，水湾的地方、水深的地方不敢去。

然而，小时候河里捞鱼的经历，因为一次意外，被改变了。

永哥：那时候我们18岁了，从小在水里玩大的人，见了水就不在乎啊，感觉胆大，我在大河里面凫水，有一个地方随便天天就从那里过着呢，看着也没事，我凫水到中间，一个漩涡打下来，一头把我打到漩涡下面去了。这给我印象最深。

---

① 扬涛、陆淳：《民间髀石游戏研究》，《体育文化导刊》2010年第5期。

人在边陲

我同伴们一看见我下水了，他们也不知道救我，他们都胆小呗，都跑了。最后我从水里面好不容易自己爬出来了。（肚子里）一腔子水，那会儿就趴在石头滩上倒扣着吐水，吐了好一阵子，才清醒过来。

刚好第三天，和我一块玩的同伴小伙子，也从那个地方游泳过去，被大河水冲走了……本来我们一般过去只穿个裤衩子，光光的，他那天穿的裤子，水的阻力大得很，直接把他冲走了。他不是我们村的，比我们小一点，我们带上他天天玩，就这样不在了。

从那次以后，水一到我的胸脯上，就自然而然心慌，再不敢进水了。根本不敢凫水了，见了水脑袋里头就针扎的一样，人就晕乎乎的，脑袋就好像不是自己的。后面，我们一块玩的时候，我和他们说我不会水，他们不相信，说我们从河边上长大的小伙子怎么不会不水。他们直接把我扔到水里面去，但在水里凫水的感觉就没有了，从那次之后再见到水，人的心里就有阴影了。

记忆拼图：额河捕鱼

一个村民回忆去额尔齐斯河边[1]捕鱼的情形："我们精神大不大！夏天三点半起床，跑到额河边，就赶早，一个多小时，跑到河边天也亮了，找鱼坑子，开始下杆。杆插那地方就等着呗，等着铃铛响。有时候第二天回来。夏天就干这个，6月中旬到8月份，隔三岔五就走了，三四个人。每年都去，晚上就露天睡，衣服一穿。临到天黑时候蚊子多，就河边捡点湿柴火、牛粪，熏蚊子。河边上还不让生火。"

乌鸦楼

对于孩子们，森林里宛如秘境一般。

---

[1] 河道位于村南约20公里。

永哥： 当时一天到晚就是到处跑，到树林子里边掏鸟蛋，就干这个活儿。以前我们上学的时候，这个桦林里边的上上下下，没有说我们不去的地方。上面有个地方叫"乌鸦楼"。

实际上就是林带那个地方，树多得很，树上的树枝子多了，乌鸦一个树上就十几个窝，所以我们叫乌鸦楼。那个地方一进去里面光线昏暗，树木密得很，风景也很好，我们经常爬树爬上去，把乌鸦窝一个一个全部捣掉，把老鸹蛋全装到书包里——书包里不装书，把书包里的书一掏，往教室抽屉里一放，背上空书包去（树林），回来时候背上一书包老鸹蛋。还有黄鸭蛋，比鸡蛋还大呢，皮是白色的。水鸭子蛋和鸡蛋一样大。水鸭蛋皮子颜色是紫青色。现在黄鸭蛋我们掏不上了，上年纪了，树爬不上去了。4月份树林里边，就可以找到水鸭子蛋。

掏老鸹蛋、掏黄鸭子蛋、水鸭子蛋，林子里多得很。水鸭子蛋在树窟窿里边，有些刺玫墩里也有，也是为了隐蔽，因为树林里狐狸多。

在这片林带靠近大河边的位置，有一棵松树，是这附近林子里唯一一棵松树。以前林带里头一共有三棵松树，后来据说被人偷着伐了两棵。这棵松树是整个白桦林里头的一个标志。那个松树下边枝子都是我们小的时候弄掉的。没事在树林里边待一天，在那棵松树上来回爬。那棵松树我小的时候就这么粗，现在看还是这么粗。

我们小时候父母管不了我。父母一天一见到我们，就抓着我们训一顿，说大河里面别去，去大河里面危险。教训我们好好学习、别贪玩，再就不管了。前面教训完，后面我们就跑掉了。上学时候时家务活还是哥哥姐姐干得多，老父亲不让我干活，就撵着我学习，一不让干活，我就屁股一拍，什么学习，屁股一拍玩去了，出去找几个朋友一块。也没办法，朋友们多，有时候就偷偷叫我来了，然后就爬到树上等着。要在树底下等不行啊，过来个人看到回家告状啊，所以就趴在树上等着。

从树林里掏回来这些蛋，小伙伴们从家里偷个茶壶，茶壶里面就装上，就在外边煮熟了吃。有时吃不完，就把蛋皮剥了，偷着回来给弟弟妹妹吃。我们小时候没有像现在这么多吃的，家里有个好一点的吃的，父母都藏起来了，害怕我偷偷地给别人吃掉。

抓蛇

永哥：我们小时候专门找蛇，林带里我从小一共发现三种蛇。一种蛇，以前老人叫作土布蛇，土布蛇的颜色和土的颜色很像；还有一种蛇的头是平行四边形，两个拐角有两个黄点点；第三种蛇，也就和那种土布蛇的颜色差不多，不过体型小。

这里的蛇没毒、没牙齿，一般我们不用担心。但是我们抓的蛇，还是把蛇信子，就是舌头抽掉，舌头一抽掉，你随便抓上玩没事。我们发现这边蛇基本上都不大，最长的时候发现过一米长的蛇，再没发现更大的蛇。

我小的时候，就比赛看谁能找到更多的蛇，专门找蛇玩。最好玩的一次，我把蛇追的没地方去了，蛇最后爬到西红柿杆子上，盘到一个大西红柿上面，我找了半天找不到这个蛇了，最后在西红柿上面盘着呢，我抓着蛇拽出来了。

怎么找到蛇？都是碰的，我们就满树林到处跑着玩呗，不一定哪个地方就碰到了。一般它都怕人，就是靠着水边、大刺玫花墩里头多一点。隐蔽的地方多一点，蛇藏在那里等着抓着吃麻雀，河边上它抓着吃小鱼。

我最多的一次发现了10条蛇。有一天早晨，也就四五月份的样子，我们就在林子走着，早起太阳出来照过来，我拿着个棒子去把一个大刺玫墩挑起来，好家伙，底下一排蛇头，蛇头它全部朝着太阳出来的方向，正在晒太阳呢。每一条蛇的蛇头，对得齐齐的一排子。我数了一下10条蛇，我吓坏了，一条两条，我随便不在乎。10条蛇，我们当时就两个人，我说这要是追开人了，怎么办。我为啥胆小？那些老年人说蛇要报复呢，传说蛇有报复心的，所以那次没敢动。

当时结交了好多哈萨克族的朋友，我们几个汉族小伙伴也都会说哈萨克语。也没有说去刻意学，小时候一起玩基本上都是说哈萨克语。一般接触都是哈萨克族小伙伴，一般他们不说汉族话，我们就去说哈萨克话，他们说话时候

八大队附近的哈巴河

肢体语言多得很，就说一句话，他都要手比画一下。你根据他的手势动作，你就可以大致理解他的意思，就记下了。

前几年我们不是去喀纳斯景区了，那里有神仙湾、月亮湾，我说我们白桦林里边这样神仙湾的地方不多得很，还要我跑到这个地方玩？我们小时候玩的，比喀纳斯景区好玩多了。

大河和树林，从小这么长大的地方，哪个地方有一些什么风景，我大脑都清楚得很，我去年还开上车去林带里转了一趟，找到小时候玩的地方，现在是挺回忆的。

记忆拼图：林子里的野生动物

哈巴河县有各种兽类 30 多种。属于珍稀兽类的主要有马鹿、驼鹿、紫貂、雪貂、水獭、水貂、河狸、雪兔、赤狐、沙狐、棕熊、石貂、伶鼬、扫雪鼬、高鼻羚羊、鹅喉羚羊、大头羊等。

有村民称，60 年代，在林子里还见过狼。"那时树林子密得很，狼是跟着羊群，下山回来了，树林子里藏下，谁家的羊圈不好啊，可以逮一个羊来。在羊圈里咬死，吃完了就走了。狼到八几年就不见了。现在林子里还有黄羊①，你偶尔到树林子里去转一圈能碰到。捡蘑菇的时候，经常见到狍子。野猪年年夏天多得很。现在这个苞米一种上以后，它顺着播下的行，一直给你拱着，就吃掉了。"

最近一次关于村民救护野生动物的报道发生在2022年3月②。喀英德阿热勒村村民姜宝在家后院发现一只类似鹿的野生动物后腿受伤，需要救助。当地民警立即和相关部门单位联系后到达现场，经县林业局工作人员确定这只野生动物为国家二级保护动物狍子③。

---

① 鹅喉羚。

② 别克扎提汗·热马赞：《哈巴河县警民联手救助国家二级保护动物》，2022年3月20日，哈巴河县零距离：http://hbh.gov.cn/xwdt/002012/20220321/adc043fe-3dbc-4a95-b6b3-d83023fded3f.html，最后访问日期：2023年9月12日。

③ 狍子是鹿科狍属动物的一种，体长约1.2米，有着细长颈部及大眼睛、大耳朵，无獠牙，后肢略长于前肢，尾短，雄狍有角，雌狍则无角。

第四章

分地以后的村庄

第一节　刚分地的情形
第二节　油葵、食葵和洋芋
第三节　浇地制度
第四节　从条田化到高标准农田

第四章 分地以后的村庄

党的十一届三中全会以来，哈巴河县深化改革，不断完善各种形式的生产责任制。农业生产责任制从1979年的定额管理逐步过渡到"五定一奖"（定任务、定工分、定劳力、定产量、定投产，超产奖励）和实行专业承包，包产到组、户，为家庭联产承包责任制的推行积累了一定经验。

1981年，中共哈巴河县委和县人民政府组成工作组深入各社（场）队帮助落实、健全各种形式的生产责任制。1983年，县委决定在全县推行与完善家庭联产承包责任制（大包干）。98个生产队分别实行不同形式的生产责任制，其中实行统一经营、联产到劳的1个队，统一经营、联产到组的59个队，定额管理、评工记分的4个队，包产到户的3个队，大包干的2个队。生产责任制的落实，激发了社员的生产积极性，生产得到迅速恢复和发展，社员的收入大幅度提高。1983年，全县农业生产总收入1120.2万元，比1982年净增265.5万元，增长31%，[①]社员人均收入超过200元。

1984年1月24日，县委制定下发《中共哈巴河县委关于进一步完善家庭联产承包责任制的意见》，对土地承包问题做了如下规定：（1）社员承包土地一般按人劳两个比例为宜，人七劳三或人六劳四都可，具体比例各社场队自定。（2）划分承包土地要尽量做到合理，一般可采取好坏搭配，各户一至二块为好，最多不超过三块，以有利生产、便于管理、方便群众、利于机耕为原则。（3）承包土地期限一般应在15年以上。（4）允许有技术专长或从事其他副业的社员只包口粮田或不承包土地。（5）可划给社员适量的坡地、荒地种树、种草。

[①] 中共哈巴河县委员会史志办：《中国共产党哈巴河县简史》，新疆人民出版社，2008，第209页。

（6）各队应留10%—15%的机动地。①

1984年全面完成推行家庭联产承包责任制工作，承包期为3—5年，后延长到15年，发放了土地承包使用权证。当年，全县粮食总产达到1611万千克，比1977年的1250万千克增长28.88%；油料总产65万千克，比1977年的15万千克增长3.33倍；社员人均收入达到254元，比1977年的109元增长1.33倍。②

20世纪80年代至90年代，旧的结构已经坍塌，新的结构尚未构型，因而是一个解放的年代，或者说"狂飙突进"的年代、"万类霜天竞自由"的年代，失去庇护后的兴奋与惶恐，勇立潮头者与默不作声者，得意者与失意者。这个边疆村落也进入了一个大分化的时期，基于社区情结的互助网络宿命般地让位于市场逻辑与商业逻辑，改革初期的制度性缺失，使得在这个时期的后半段，"三农"问题日益凸显。

第一节　刚分地的情形

一位在80年代初任职的小队长回忆了分队的情况：

1983年底分地的时候，村上152户，共有775口人。1982年我们队上几个负责人分的地。分戈壁滩那个地的时候，把人（老百姓）叫不上去，那时候老百姓不在乎。很多老百姓那时候都还不愿意大包干。戈壁滩那个地因为太远，谁都不愿意去种。我们四个人，包括队长、会计、小组长等，就在每家地界上给垒个石头。

---

① 《中共哈巴河县委关于进一步完善家庭联产承包责任制的意见》（1984年1月24日）。
② 哈巴河县方志编纂委员会：《哈巴河县志》，新疆人民出版社，2004，第617页。

| 第四章　分地以后的村庄 |

哈巴河县农业局局长①，天天都做工作。其实，我那会儿当队长我也想不通。我害怕（粮食）种不到地里面咋弄、老百姓种不好咋办？以前都是一起弄。最后农业局局长说，保证国家、留够集体的，剩下都是你自己的。给老百姓做工作之后，我们就按照政策走，一开始想不开，大锅饭吃惯了。

河坝里面的地还可以，戈壁滩的地谁都不在乎。开始的时候，那边就没人去。戈壁滩就没人去种，给不给都无所谓，都没在乎。因为戈壁滩那会儿没有科学种田，一年一亩都打不上100公斤粮食。一亩地打个四五十公斤。戈壁滩除了种麦子，再就种点胡麻②也是几十公斤，产量低得很。到了1984年就开始，谁家种谁家去了。

一位参与当时分地的村干部，提到当时每户上报的亩数其实并不准确：

1982年分地的时候，比如写的是一亩半，可能后来慢慢自己又扩出来（实际耕种的会比这个亩数多）。1982年分地还存在一个问题，都说是自家地少写一点，交农业税交得少，其实都和实际面积不符。你家本来50亩地写上个20亩30亩算了，都犯这个病，真正准的就是现在确了权的亩数。

有村干部回忆：

在大包干之前的一年，在一些队，还搞了一个"中锅饭"，就是把几户人分到一个组里面，小组可能还合着干了一阵，反正不过时间不长，有这么个名头。但也就这么一说，也并没有实际实施，还是谁干谁的。说起来是一个组，实际上各干各的。这个组的目的就是为了互相帮助一下，你干不过来，大家给你帮一帮，其实也没有事情，都是谁干谁的了。③

对这个"中锅饭"，其他村民也有些印象：

我们这里是1983年分地的。83年开始还有互助组，一个组四五个人在一

---

① 1981年9月，哈巴河县农林局分为林业局和农业局。

② 20世纪80年代，哈巴河县胡麻种植面积0.23万亩，亩产73千克。90年代，种植面积0.18万亩，亩产106千克。

③ 根据《中国农业全书·新疆卷》，1981年底，全疆农村基本核算单位中，实行联产计酬责任制的87.6%，其中联产到组的14.4%，联产到劳的22.8%，口粮田加责任田的17.8%，包产到户的14.4%，包干到户的15.4%，实行不联产到户的小段包工、定额管理的12.4%。经过不断的实践和比较，家庭联产承包制的优越性逐步为广大干部群众所接受，从1982年开始，逐步由南疆向北疆各地发展。到1984年底，全疆基本都实行了家庭经营为主的联产承包责任制，占基本核算单位的98.9%。

块儿干。到了两年之后自动就分开了。内部产生一些矛盾，一起干活，你家干得不好、他家干得不好，就出现一点矛盾。自己就把地分开，你种这片，我种那片。

最开始的撂荒

对于八大队的村民来讲，自建村以来，还没有自己种地的经验。分地初期，乡亲们也经历了一段心理调适期。而此时的生产模式，快速地从均一化的温饱型向能力导向的市场型转变。

据村干部回忆：

刚开始分地的时候，老百姓分的地自己的地是种半个和撂半个。自己分的地那时候还种不完，反正是今年种这块地，明年种那块地，刚开始有一半地荒掉了。那时候，老百姓他们也不愿意种，怕种上赔钱。（集体的时候）都是大家一起干的活，感觉能干完。现在分给自己，感觉自己干不过来。种多了，都害怕管不过来。那会儿还不怎么会科学种田啊，所以把肚子吃饱就行了。

《中共哈巴河县委关于进一步完善家庭联产承包责任制的意见》（1984年1月24日）指出，根据我县灌溉农业和以机械作业为主的特点，应统一的内容大体是：（1）统一农业生产计划和作物布局。（2）统一管水用水。（3）统一提留，包括公积金、公益金、管理费、干部补贴费等。（4）统一推行关键性的农业技术措施和植物保护措施。（5）统一规划和实施农村五好建设，包括渠道、道路、条田、林带、居民点。（6）统一牧放和管理集体耕役畜和社员自留畜，乘役畜可以实行铁畜制包给牧工使用管理，自留畜按规定计收代牧费。

"公粮、村上的提留，那些交完剩下的（是）你自己的。[①]交得不多，大概十多公斤一亩地。没种的地也交，不管你种没有，撂荒是你自己的事，你不

[①] 1980—1984年自治区规定农业税实行起征点的办法。起征点为人均口粮170千克，收入45元以下者免征。1985年国家对粮食实行合同收购制度，农业税由征收实物改为征收代金。1986—1987年仍按"一定五年"不变的农业税任务征收。1988年实行农业税定额税率，小麦计征价格每千克平均0.46元。1993年实行"实物征收、货币结算"的办法。1994年农业税税率标准调高，征收额不断上升。

种是你的事。地是集体的分给你了。你不种，公粮得交。"

据村干部回忆：

刚分地的时候，各家大都没有马的。牧业队上有，（各家）找着买了，我们家就买了一个。没有马不行，一个马拉一个转头犁就犁地去了。反正那时候基本上每家都是配个马。没有马就用牛犁地，二牛抬杠。二牛抬杠都嫌慢，最后都是马了。河坝的地都是马犁的。那时候哪有拖拉机，一家人几亩地，慢慢犁呗。

一位40年代出生的村民回忆刚分地时的劳动情形。

村民：那个时候开始自己种，种不起，杠杠上有个绳子，人拉铧犁。有的家有牲畜，有的家没有牲畜。开始的时候，机械全部都没有。和共产党到南泥湾那个人拉铧犁一样的。铧犁也是有的人家有，有的人家还没有，只能是你家用了我家用。有的人家还买不起。有的是在木头上按个铁头头。你家有个毛驴、我家有个毛驴，你家的地犁了犁我家的，我家的地犁了犁你家的。当时用转头犁，可以转动角度。

姜叔：我春天犁地、秋天拉磨用的绳子都是自己合的绳子，有时候是用从废品收货站找来的铁丝做成铁链子套在牛头上。到外边买就买不起。绳子供销社也有卖，一公斤是3.5元。

到了大包干以后，我就养了两个大犍牛，拉着转头犁，自己犁地。小块块的自己犁地，老婆拉牛我犁地。拖拉机犁不上的地方，牛来犁地。你别看一块地一块地放着，不犁地，种不上地。她拉绳子，我把牛铧扶上犁地，能犁二十七八公分到三十公分深呢。有个大犍牛就能犁这么深，一般犁不了这么深。老百姓就是"深犁浅种，薄地里上粪"，薄地就是没有劲儿的地，上农家肥。

这时候在旁边听着的姜叔老婆插嘴："你说这些娃娃都不懂，现在年轻人都不知道。"

一位村民描述了分地前后农户生产方式的巨大转变：

生产队（时候）就是种自己家一两亩自留地。一分地以后分上几十亩地，说这地怎么种？真害怕，种不过来。种不过来的地，就打草喂牲畜。我们也撂过，这片不好，今年不种，光种那片。

麦子就是往粮食局交。① 当时分地到户，国家也有规定，要交提留、交公粮、水费。后来慢慢就好了，人的意识也在转变，就想着多投入能多挣钱。

分地初期，乡亲们仍然以温饱为导向并根据既有经验，主要种植麦子，一位村民说："老百姓从1983年大包干，我们家那时候分了40来亩地，九口人，五九四十五亩地。种了一半，扔着一半，刚开始就种点麦子，其他啥也不种。"

很快，村里开始有人种植第一批经济作物："1985年好像就开始有那种打瓜了。那时候是打瓜一块多钱一公斤。哪有机器啊，手工挖，手工掏籽。好一点的，下边放一个大锅，上面放木头板子把打瓜压碎、刮籽。那时候主要还是种种油葵麦子。"

此时，村里第一批个体农机手已经跃跃欲试。

梁书记回忆说："到了80年代中期，村里有两家买了拖拉机，我的28和老崔的55两个人犁着。人都不愿意犁，小小的地，马犁一下。大一点的地就要拖拉机犁了。那时候老百姓几块钱犁一亩地很多都掏不起啊。就自己拉马犁了。"另一位村民回忆说："我1987年跟上梁大军拖拉机干了一年，从春天干到秋天给1000块钱。那时候1000块钱高兴得很。"

一位当时的村干部说：

大包干以后肚子首先吃饱了。温饱问题解决了，原来肚子吃不饱。1982年以前都吃不饱，一个月就给你分这几公斤粮食，全靠洋芋、南瓜、苞谷面。一年干的，打不上多少粮食。一亩地打几十公斤粮食，老百姓都不够吃。很多地连化肥啥也没有，就那样种上了。每一家只有洋芋。自己分的自留地有呗，打上个两吨洋芋、三吨洋芋。一冬天就吃洋芋。我们冬天就是要吃洋芋、南瓜——南瓜那个东西它好种，你撒上它就长得好。还有两年，大概1973年、74年吧②，吃棒子面窝窝头。哎呀，那两年吃窝窝头，吃了两年，我们吃疾了。

---

① 1984年农村全面实行家庭联产承包责任制。国家调整粮油购销政策，生产单位和个人在完成国家下达的征购计划后，自由处理多余的粮油，允许粮食部门以外的国营、合作商贸企业、国营农牧场和个体户自由经销粮油。

② 县志记载，1974年大旱，粮食作物损失面积13.71万亩，失收率达52.65%，余粮县变为缺粮县。

那时候可难受。那会儿的人都把苦受了。

另一位村民回忆：

我记得生产队最后一年，核算出来干一天活儿倒贴2毛钱，还赔着呢。8月份收麦子，我们7月份基本上就没有面粉吃了。那时候就一天吃一顿面，再就是吃洋芋。土豆变着花样吃，连着吃了七八天，吃的人都软了，没劲儿了，去人家找（粮）去，谁家都缺粮。一大包干开始，自己一种开之后就好了，自己种上多少是自己的，就不饿肚子了。

1980—2000年哈巴河县农业劳动生产率统计表

单位：人、万元、元

年份	农业劳动力	农业总产值		农业总收入	
		总产值	劳均产值	总产值	劳均产值
1980	8 058	585.71	727	574.81	713
1981	8 903	660.78	742	540.50	607
1982	8 281	725.97	877	589.63	712
1983	8 421	793.85	943	790.02	938
1984	1 764	847.35	1 091	809.52	1 043
1985	7 524	944.25	1 255	1 222.28	1 625
1986	6 575	862.34	1 312	982.19	1 494
1987	6 884	1 011.46	1 469	1 268.89	1 843
1988	7 397	1 121.44	1 516	1 418.29	1 917
1989	6 998	1 171.79	1 674	1 668.06	2 384
1990	6 776	2 387.62	3 524	2 377.77	3 509
1991	7 273	2 689.47	3 698	2 794.76	3 843
1992	7 323	2 916.94	3 983	3 109.47	4 246
1993	7 460	3 246.76	4 352	3 259.68	4 370
1994	7 476	3 414.91	4 568	4 047.30	5 414
1995	7 619	3 519.68	4 620	5 386.00	7 069
1996	7 801	3 848.80	4 934	6 256.00	8 019
1997	7 888	4 461.25	5 656	7 138.00	9 049
1998	7 981	5 337.13	6 687	8 153.00	10 216
1999	8 047	6 248.62	7 765	8 710.00	10 824
2000	8 326	5 930.30	7 123	8 742.00	10 500

注：农业总产值为1990年不变价，农业总收入为现价。

分集体资产

根据《中共哈巴河县委关于进一步完善家庭联产承包责任制的意见》，对于集体财产的处理和保留问题，低值易耗品（如套具、绳索、麻袋、锨）原则上应作价处理给社员。固定资产中的大中型农机具，可以作价售给或承包给专人经营，队部房产原则上应留队管理、由队使用。多余的其他房、圈参照处理社员现仍住着的集体房屋处理办法一次性作价售给社员，但处理的价款可以归还旧欠。

村干部回忆：

80年代分地之前，队上有四五十匹耕牛耕马、三百多只羊了。那时候马用得多，马干个啥快。由队上哈萨克族同胞专门放马，白天干一天活儿，晚上就放去了，早上上班时候赶上来。

1983年分地的时候，队上的马、耕牛、犁铧都通过抓阄分掉。抓上啥是啥，谁也别说啥。都作价到账上，谁知道后面老百姓给钱了没给。反正那时候集体资产流失得也厉害。说实话，那样一弄，谁知道你给钱了没有，关系好的我不给了算了。我们家抓了个马犁子。

当初也有干部主张说集体要留一些，但那时候政策不让你留，所有的这些要分下去。就是按政策走呗，那时候上面有政策全分了，啥都分掉了，集体就啥都没留了。

不断扩大的耕地面积

80年代，改革开放政策激发了农民的生产积极性，不少农民自筹资金开荒扩大耕地面积。10年累计开荒17.58万亩，年均开荒1.76万亩。[①]

[①] 哈巴河县方志编纂委员会：《哈巴河县志》，新疆人民出版社，2004，第221页。

第四章 分地以后的村庄

生产队时期，主要依靠"公家"开地，不论是树林里的河坝地还是戈壁滩的地，扩张速度都不快。或者说，特定制度下产生的"惰性"以及生产力手段的落后，使得村庄耕地拓展的速度是有限的。

而随着土地承包到户以及由市场挂钩的产出激励，村庄耕地的拓展速度大大加快了。

一位70年代出生的村民说：

戈壁滩的地，也是生产队开的，生产队种的时候都是挑好点的，当时也不用化肥啥的。能种庄稼地、土质好一点的、好浇水的地就一坨坨地种上。然后分给个人以后，孩子长大了，都结婚了，地太少也不行，旁边的地开一开，推土机推一下啊，就那样满满开大了。1998年第二轮分地之后，就都弄成条田了。

现在基本上开得就没什么了，以前上戈壁滩的时候，牛车上去，中午不回来，棚棚一放，人在里边休息，牛在一边吃草，那时候戈壁滩还有牛吃草的地方。现在哪有？

我们小的时候，戈壁滩那个地方，空地也多，鸟也多，小动物也多得很。我记得我小时候去那里，满戈壁滩就是鸟叫声，草也多得很。现在哪有鸟了？

林子的河坝地也是，之前种的地少的时候，周边草场也大得很。当时还是各家的集中，奶牛收到一块儿，弄个奶牛圈，专门有人放，给各家喝奶用。种地多了以后，很多人就顾不上那些了，奶牛场就不养了。

此外，一个不容忽视的原因就是人口扩张。一户村民举出了周边几家农户人口情况：

A家5个丫头3个儿子，B家2个儿子5个丫头，C家4个儿子4个丫头，D家有6个儿子2个丫头。

当时为啥生那么多孩子？他也不顾虑，只要能生就生。也不说你家娃娃上学怎么弄呢，穿衣怎么弄呢？他们不考虑这个。只要生下来就行了，娃娃看娃娃。劳动力多的工分就多，口粮钱还能分上。弟兄多的人，土地就多啊。一个人5亩土地！另外，十个人就50亩土地。你像我现在这四个人，20亩土地。你现在人家要是八九口、十口子，那分多少土地，生得多有多的好处。

第二节 油葵、食葵和洋芋

20世纪70年代末期到80年代初期,中央书记处农村政策研究室农村调查领导小组办公室在全国范围内开展了"全国农村社会经济典型调查"。调查发现,随着农牧区生产责任制的不断落实,扩大了农牧民经营自主权,促进了农牧业发展,一部分劳力强、初始资源好、善经营、懂技术的农牧民首先富起来了。

随着家庭联产承包责任制的进一步落实,群众的生产积极性、创造性得到充分发挥。1983年,全县涌现145户万斤产量户,粮食种植面积305.6公顷,占全县粮食播种面积的2%,总产量达114万千克,占全县总产量的7.6%,向国家交售粮食76.1万千克,占全县征购粮的12.1%,商品化率平均达到66.5%。粮食平均单产达到3745.5千克/公顷,最高达4950千克/公顷。

这样的现象在喀英德阿热勒村也很明显。事实上,在我们访谈的村民中,有些种植大户,在1985年,就已经在戈壁滩大范围开垦沙包地种植主粮,"一年打了25吨麦子,卖了1万多块钱"①。随着经济作物的引入和大面积种植,第一批农业大户涌现出来。

第一批种油葵的人

哈巴河县60年代中期开始引进试种油葵。70年代,年均种植面积0.13万亩,亩产49千克。1979年全县油葵种植面积0.38万亩,亩产55千克,总产

---

① 麦子一公斤价格当时是5毛8分1厘。

22.4万千克。80年代，引进推广油葵新品种——"先进工作者"（派列夺维克），年均种植0.99万亩，亩产120.5千克，总产达到238.4万千克，占这一时期油料总产量的75.65%。90年代，年均种植面积2.35万亩，亩产185千克，总产435.6万千克。2000年，种植6.24万亩，亩产151千克，总产944.8万千克。

梁书记回忆村里油葵的种植历史：

村里种油葵种得早了，油葵是80年代就种了。我们家82年是大包干以后，可能85年、86年那时候就开始种了。刚分地头两年也是光（种）麦子。我和祥子叔还有一家，三家种的油葵，那一年种的油葵。我们是第一批，祥子叔种了之后，我也种了。那会儿国家不是提倡种油葵吗？原来都不敢种，我说实验实验呗，反正种得也不多。印象中是外国的品种。

1982年、83年就种了两三年胡麻，是每家都种。胡麻产量很低的，一亩地打个六七十公斤；再一个价格也不行，粮食局要收，收胡麻它产量太低了，最后就没意思。

1986年，祥子叔和梁书记家开始种油葵，梁书记家种了27亩，祥子叔家种了31亩，更多的百姓则是观望。"就是我们少数几个人种，别人不敢。不敢种，从来没有种过，不熟悉。"早期的尝试者，面对陌生的技术路径，总是机遇与风险并存，"也有别的农户种，后面（种）毁掉了。"

村民：戈壁滩地里草拿不掉，草长得和油葵一样高，那个那时候哪有药（除草剂），全靠人工除草。油葵拉回来拿棒棒敲。说实话，后期油葵种得还可以，还比这种小麦要利润高一点。油葵开始8毛多钱，后面是涨到2块8毛钱。我们拉到哈巴河粮食局还排队着收，当时粮食局收油料作物。

我记得有一年我们的油葵长得可好了。一个葵花，一个人在旁边用铁锹挖个坑，一个人在坑里面撒上一把化肥，第三个人再去把那个坑埋上，就那样上肥。辛苦得很，那时候种地确实全靠人，没有机子嘛。除草是人，埋化肥是人，浇水是人，最后割葵花还是人，那时候收割机没有。还要捡着往回拉，拉回去还要拿棒棒敲。葵花头，砍了以后拉回家，做一个晒场，把它晒完再轧麦子轧场那样轧。晒干还要扬，清粮机也没有，等老天刮风靠风扬。都是自己家人干，哪有雇人的钱。

谁家的活儿谁家都自己干，最多有时候叫个人帮忙，那时候关系好，都帮忙。你的活儿没干完，我去给你帮忙。都是不挣钱的事，那时候人都不知道挣钱的事。那会儿人思想好，你家这割不完了，你一叫，就来帮忙。也不要钱，白白帮忙，当时要钱还不好意思呢。现在你说帮忙，都是要钱。

反正也费劲儿，但种成了，产量也挺不错。因为这地方每年种麦子不行，产量上不去。所以我们试着种葵花，结果葵花就是一亩地打100多公斤。从那时候起，村里就开始种开油葵。再一个，以前没有葵花油，都吃胡麻油，胡麻油它有个味，大家一吃葵花油，多好。

一个村民这样回忆油葵种植的扩散："有能人，跟着人家就学着呢。一看人家种上，卖着挣上钱了。所以慢慢种的（人）多了。从那时候起，村里种油葵多得很，麦子就不种了。分了地之后没几年就不种麦子了。"①

梁书记：80年代收的人多得很，只要有就有人来收。特别是北屯的，北屯它有油脂厂。当时油葵是两块八一公斤。大概就那个价格。

笔者：你算下来，比如说头几年种，一年能纯挣多少钱？

梁书记：也挺好的，各种种地成本低，那时候犁地才6块钱，一桶柴油几十块钱，一个犁铲才8块钱，所以说那时候各项成本都低，你打一二百公斤利润就相当不错了。所以，那几年都挣钱，种油葵的都挣钱，你现在种不好就不行。

这个时期，农户也改变了广种薄收的耕作习惯，农家肥和化肥的施用面积迅速扩大。以粮油作物来看，80年代亩均施化肥7.7千克（其中尿素5.3千克），比70年代增长3.61倍。90年代时化肥施用量加速，粮油作物亩均施化肥22.7

---

① 全疆范围来看，这个时期主粮作物种植比重下降，是农户成本收益比较的必然结果。小麦亩均利润在1979年的11.88元的基础上，1984年达到36.03元，到1991年降到15.72元，1993年恢复到38.23元，1993年又下降到31.9元。价低本高的结果，使粮效益比较效益差距进一步拉大，1993年小麦利润只相当于油料的58.07%、大豆的32.57%、打瓜的23.95%、棉花的17.75%、罐用番茄的7.55%，全区30%以上的县市小麦已呈亏损状态。此后，国家和自治区都采取了一系列措施，扭转粮食作物亏损局面。（《中国农业全书·新疆卷》编辑委员会编：《中国农业全书·新疆卷》，中国农业出版社，1999，第261页。）

千克（其中尿素 15.51 千克）。

梁书记：一亩地算下来，86 年、87 年种的油葵一亩地，一亩就卖 160 块钱。化肥等一些农资开支也就是个六七十块钱。那时候犁地就是几块钱。差不多一亩地纯挣 100 块钱，你 30 亩地 3000 块钱。那时候 3000 块钱管用的，3000 块钱一年花不完。

不过，根据村内一些种植大户的回忆，从 80 年代中期开始，农业生产成本逐年上升。"开始每一年任何东西都开始慢慢有点膨胀了，刚开始还是便宜，到后期越来越涨价，啥都涨。柴油刚开始是 70 多块钱一桶，最后涨到 140、360，慢慢就涨起来了。去年（2022 年）涨得特别高，最明显的就这么一个柴油、一个化肥，农用物资，你看犁铲你就知道，一犁铲开始 80 年代早期 5 块钱。我 1985 年开（东方红）28（拖拉机）那时候，才涨到 8 块，现在五六十，你通过这些生产物资的上涨，你就知道了。"

葵花和自行车

在姜叔家访谈时，他给我们展示了好几本荣誉证书和奖章，包括一枚 1987 年由哈巴河县农业局授予的"为四化立功"奖章。

人在边陲

姜叔：那时候我在全县农业、牧业上都是数一数二。80年代初，这个地方老百姓的经济作物就是洋芋。之后开始种小葵花，就是在戈壁滩上种榨油。那时候一公斤葵花才2块多钱。有一年，我种30多亩地，打了5吨。一吨本地卖掉了，剩下的拉到布尔津去。还有我们队一个一起上去的。

我们一个礼拜全部榨成油，一公斤葵花油是8块，我过了称，叫他卖去。榨上的油渣，把加工费顶掉。赚的钱我还买了个永久车子。永久自行车当时也几百块钱呢。当时，红旗车子168块钱，永久车子200多。

坐在旁边的阿姨说："他买了个自行车好像坐了个飞机一样。"

姜叔：刚刚大包干，很多人家买不起自行车。骑上自行车，那个时候就像开上小车子一样。到晚上，骑着车还去哈巴河县上看电影，你想精神有多大。

夏天在戈壁滩干活，晚上骑车回来吃饭，大早上又骑车过去，有人还没起来呢。自行车就这么快，不是这样，你跑着去能行吗？当时冬天河里冻上冰了，也可以骑过去。就在冰上骑上去、骑下来。那是相当的技术，没有技术在冰上稍微一拐，就摔掉了。车子甩出好远。

记忆拼图

一位60年代后期出生的村民，回忆了交通方式的变化，"80年代，有赶马车去戈壁滩的，那在当时是条件好的。我们那时候是赶个牛车，看到人家赶马车，就想要是赶上马车就特别好了。后来想出行交通工具有一辆自行车就好得很了。再后来，我们家从最开始牛车变的马车，马车变成小四轮（拖拉机），后面买了个摩托车，现在又开着小轿车。以前乡里面培训我们开小轿车执照的时候，我们还想我这一辈子就开不上车吧。有个小四轮也就到终点了。"

热气腾腾的丰收

在物质利益的刺激下,生产热情被激发出来,20世纪80年代到90年代,种植大户之间、亲属之间自发形成联合,寻求耕种更多土地。90年代末期,王大哥兄弟几个从开发公司包了300亩荒地。

王大哥:结婚之后,我们弟兄几个种了好几百亩地,那时候在全县出名得很,真是出名得很。(因为挣了钱)我们弟兄五个也全部都找上了媳妇。

反正有赚的时间,也有赔的时间。第一年大面积种葵花就挣了,那时候种了300亩地,三四十吨葵花,来了两个大车拉走了,高兴坏了,村里人都羡慕得很啊。那时候,我们带着几家子(一起干),都是亲戚,我姐夫、我们姨家的儿子,种了三年,98、99、2000年,我赔了一年,平一年。到2000年产量就不行了,因为是刚开的地,还不熟。

第一年他们还种得少,我种得多,那时候荒地刚刚开发,包地要的钱少。有说碱大得很,好多人不敢种,油葵不害怕碱。那年也是运气好,种成了。

那块地是条田,水渠配套,600米宽一个条田,有水泥斗渠,但条田里那个渠沟——毛渠你得自己弄。因为浇水地不平整,我们经常种地的(人)知道,要根据地形开渠,根据你的经验,你眼光看了以后,从这个地方的高度,到那边有个大高坡,你要把水引到上面去怎么引,根据地形看那个地方能不能上去。几个人一看之后,说能上去,画上个印子,用拖拉机开出来,犁铧放开一个渠道,高地方就不管了,低的地方还要人工搞起来。那时候浇水全凭借眼光,那真正是经验,要不然的话,水也过去不了。

反正是累,累成啥程度?我带着我们全家浇地,一天到晚在地里,站在那里可以睡着觉。那个大馒头,早上饭吃完以后,到下午我能吃12个。

那时候干得也厉害啊。想起来现在都害怕。我们家你看,我结婚了,我们家老二结婚了,我们两个人,老二家两个,老三、老四,还有我妹妹,都跟着干,七个人300来亩地,真叫累!

人在边陲

当时这片地一个条田是 180 亩地，他规划可能是 200 亩地，除去沟渠和林带是 180 亩地，我们从一条田到五条田都种着。这中间还有大沙包，总共有七八百亩地。其中油葵种 300 亩，一亩地收的没到 200 公斤，100 多公斤。那时候就好得很了，两块零几分卖掉的。

由自治区颁发的"优秀农民经纪人"证书

那个地方也没有场，不像现在收下了不接触土地面，那时候收下来就倒到那个地里，在土地上随便压吧压吧。现在都是清扬机，那时都是人工扬，沙子多得很①，是人工扬、靠风吹。

有个晚上我一个人把 9 吨扬出来了，一木锨、一木锨一晚上不睡觉。人一丰收了以后，精神大得很，干起活儿停不下来。那时候大概两块零两分一公斤，一亩地收入个两三百块钱，就高兴得很。那时候该账（欠账）也大，年轻能挣该账也不害怕，我们队上有个拖拉机，专门给我们去犁地种地。

我们弟兄名声也好得很，找个媳妇都说我们弟兄团结得很。第一年种挣了钱，老二就说媳妇，第二年他就结婚了。老三结婚也简单，也没花多少钱。我们自己盖房子，也花不了多少钱。结婚的彩礼都从这（赚的钱里）出来的，自己挣出来的。

记忆拼图：食葵的种植

自 80 年代起，食葵、油葵一直是哈巴河县主要经济农作物，

---

① 《油葵高产栽培技术》，2019 年 12 月 10 日，哈巴河党建网：http://www.hbhxdj.cn/P/C/82965.htm，最后访问日期：2024 年 1 月 12 日。

2023年全县种植向日葵6万亩。① 村里一位早期食葵种植户这样讲述："当时，我一个朋友是北屯的，他们北屯种得早，他说这个食葵好。我问这家伙咋收，他说咋弄咋弄的。后来他也来县上包地了，我帮他把地包上，我也包了200亩地跟他学呗。他们北屯种得早啊，种上结果效益也好，后面反正慢慢都种开了。这是2010年、11年的事情，乡上老早第一个种食葵的还是我。一开始我们不知道这个咋样晒，最后是把那个向日葵头砍了，插到那个杆子上晒。都是北屯人想出的办法。要不那个头湿着呢你咋弄？"

一位村民回忆90年代种地的情形："那时候种的（种类）多了，油葵、黄豆、花豆，只要能卖钱都种。河坝地块小，这里10亩、那里5亩。种这些小地，干活多。从6月份开始一直到9月份，一直在忙，几乎就没有歇息时间。特别是（田间）管理，都是有季节性的，春播的时候想办法要播进去，地要整好，地膜要铺好，时间不长，苗一出，间苗、定苗，草开始就来了。要抓紧时间锄草，草影响苗起，等草搞完了，该施肥、浇水了。"

洋芋卖不出去了

在热气腾腾、一路狂飙的20世纪80年代到90年代，一边是少部分抓住先机的农民很快成为"万元户""老板"；另一边是微小农户面对市场，缺乏足够话语权和议价权。家庭联产承包责任制，承包足矣，联产，或者说面向市场的生产服务型组织，则迟迟未能发展。伴随市场波动的农产品卖难问题，已经有所显现。

90年代，八大队因出产的洋芋品质优良，与疆内一个单位签订了长期洋芋订购协议。那几年，村里几乎家家户户都种洋芋。一位村民回忆："我那时

---

① 马晓琴、靳冰：《美翻！哈巴河县6万亩向日葵花开成海》，2023年7月26日，哈巴河县零距离：https://hbh.gov.cn/xwdt/002011/20230727/534db10a-2eed-488c-950f-0ad92921bb1b.html，最后访问日期：2024年1月12日。

有 20 亩地，全部种的是洋芋。就我们老两口还有两头牛，犁、种、收。几十吨洋芋，装汽车要装五六车。1公斤洋芋老百姓能落下8分钱。装上一车5吨洋芋，才400块钱。"

然而，好景不长，订购协议因种种原因不再执行。"哎呀，把我害坏了，最后那一年，我那个二十亩地里的洋芋，二三十吨洋芋怎么卖呢？我找了个拖拉机，一次拉两吨、三吨，拉了好多趟，按照1毛钱1公斤，打个条子，全部赊给牧民。到第三年牲畜卖掉，才还我呢。不赊怎么办呢？一个冬天过去，保管不好，全部冻掉。"

另一位村民也说起这段往事："那一年土豆不好卖啊，还要送羊，我给你羊，才来拉我的土豆。老百姓难得很。我们种了十几亩地，树林里边的地全部是土豆。（着急要卖出去）一过十月一，土豆在地里埋着，牛一放就给你吃光了。所以卖不掉就赶紧送羊，不给羊就靠边站。路边堆着都是土豆。那时候是几分钱一公斤，那跟白送似的。"

记忆拼图：通电与看电视

村民记忆中，村里通电是 1999 年，那时开始村里有了常明电。"最早家里用马灯、煤油灯"，从 80 年代中期开始，村里有几户人家用私人柴油机给村里发电，但供电并不稳定："一会儿坏了，一会儿停电了，反正柴油机发电用了很长时间，大概 1984 年到 1999 年，私人的发电机用了十多年。"

从这一时期开始，先富起来的村民开始购置电器，这其中最重要的就是电视了。一位村里早期的经营大户，谈起八九十年代家里电视机的变迁："80 年代电视少得很，村里也就两三家有，后来慢慢多了。我家分地之后头两年没有电视，到了 1986 年，买了个小小的黑白电视，之后又弄了一个 17 寸的大一点的黑白，1989 年买了一个 14（寸）的二手彩电，1995 年前后又买了一个 21 寸的大彩电，3600 多块钱。

那时候再也没啥娱乐活动，就是看个电视。不管每家别的（家具）要不要，电视得买。"

一些条件好些的农户，为了看电视甚至自己添置了发电机，"我们自己买了柴油机，自己发电，就是为了看电视，柴油机坏了的时候，没电生气得很。"

根据县志记载，1999年前，县农村电网比较薄弱，供电质量差。1999年4月，按照自治区计委及自治区电力公司的统一部署，实施农网建设改造项目。截至2000年底，全县农网建设和改造总投资达2359.2万元。建成10千伏线路401.96千米、4千伏线路203.15千米，安装变压器181台，35千伏变电站4座，变压器5台，变电容量9550千伏安。

另一位村民这样回忆当时看电视的经历："以前我们看电视，下边有一户，他买了一个柴油发电机，晚上8点钟柴油机摇起来发电，12点钟停电，只要是柴油机不坏，那就准时得很。那时候到人家去看电视去，一毛钱看四个小时。90年代一毛钱也值钱呢。那时候，有钱的买得起电视，没钱的买不起电视。到了时间，你电视完不完，柴油机都停了。那时候正好演的《西游记》，之后演《还珠格格》，哪一个人不看？连晚饭都不吃，跑着去看那个。"

一位乡水管站工作的老职工，很清楚记得第一次看到电视的时间："第一次看到电视是1983年，83年我们修塔斯喀拉渠，当时哈巴河县委书记，专门拿着一个放映的电视，放到库勒拜乡政府的院子里，叫我们看电视。这个一直没有忘掉。"

对农服务协会

作为我党最资深的农村问题专家，被誉为"中国农村改革之父"的杜润生老先生早在20世纪90年代就曾指出："联合起来，共同利用服务业、加工业，加强市场竞争地位，降低交易费用，将成为在家庭经营基础上实行制度创新、组织创新的新发展。引导农民打破小农经济的封闭性，在自愿的基础上，以合作组织或股份制公司等形式建立服务共同体。这种联合或合作是自由农民的联合和合作。农民受自身利益驱动，既需要独立又需要整合，既要拥有个人财产也愿意发展集体资产和公共产品。沿着这个趋势加以引导，将找到适合中国农村经济发展特性的整合形式，实现第二次飞跃。"

然而，时至今日，上述农业农村领域的"第二次飞跃"仍然未能完全实现。正如温铁军教授指出的，在惠农政策执行、农牧业社会化服务、农村资源资产价值实现等领域切实发挥作用，吸纳区域绝大多数农牧民为会员的"县—乡—村"多层级综合性合作经济组织依旧缺位。[①]而在21世纪初期的八大队，回应现实需求，由村两委带头、为农户提供综合性生产—生活服务的举措正方兴未艾。这些尝试的产生有着特定的时代背景。

80年代中期以来，随着农业生产资料价格上涨，农业效益进入起伏波动时期。1985—1995年，种植业生产费用逐年上涨。11种作物亩均肥料费已由1985年的不足10元上升到1995年的40多元，在物质费用中占第一位。机械作业的迅猛发展和部分用油价格由平价变为议价的变化，致使一个标准亩机耕费由1985年的1元左右迅速上升到1995年的8元，11种作物亩均机械作业费用已超过20元，占物质费用的第二位，比1985年增长了3倍多。种子、农用电价的上涨和水费上调，促使种子费和排灌作业费占到物质费用的第三和第四位，比1985年增长3倍。11种作物4项直接费用占物质开支的比重已接近70%，物质费用占亩成本比重由1985年的43.15%，上升到1995年的55.19%，种一亩地的物质开支由1985年的不足40元，猛增到1995年的近170元，增加了3.25倍。[②]

这样的趋势一直延续到21世纪，根据《2004年新疆农村调研报告》，

---

① 吕程平、温铁军、王少锐等：《深度贫困地区农村改革探索：大宁实践》，社会科学文献出版社，2020，第168页。
② 《中国农业全书·新疆卷》编辑委员会：《中国农业全书·新疆卷》，中国农业出版社，2000，第260页。

2004年上半年新疆农用生产资料价格均不同程度上涨,其中每公斤化肥价格平均涨幅9.6%,种子涨幅22.2%。据测算,2004年,新疆农民种一亩小麦,总的消耗为292.26元。其中,物质消耗229.65元,其中种子39.76元,肥料144.2元,水费27.73元,电费6.5元;加上生产服务支出62.6元,税金15元,合计成本是307.26元。而小麦亩产为349.9公斤,调查时小麦价格为1.29元/公斤,349.9公斤小麦能卖到451.37元。减去支出,获利144.11元(这里没有扣除外雇用工成本)。[①]

正是在这样的时代背景下,2004年,八大队村在乡政府的支持下,成立"对农服务协会",通过直接对接厂商,绕开中间环节,降低农资成本,提升了农产品收购价格。

一位当时的村干部回忆:

2004年,在乡里支持下,我们搞了一个对农服务协会,用的支部加协会形式。刚开始注册的时候,县上都不知道属于哪个部门管,工商说不归他们管,最后是在民政局注册的。

2005年,我们就是和北屯收储公司签好订单,领上老百姓,拉葵花过去。原来都是二道贩子来村里收。到了厂子,开始老百姓还不相信厂家的电子大泵,要先在村子里称好,放上车,几个家子凑一车,拉到那里去。统一过泵,有的还(比村里称的)多出来了。慢慢才接受。都是我们签上收购1000吨,最后实际没完成这么多。我们每公斤葵花的收购价格高于市场价两毛钱。

和北屯签订单,人家就要求油葵必须过清粮机。那时候副乡长他经济头脑好,他在信用社给我贷的款,3万块钱买了一个二手的。那个效益确实好,白天晚上24小时不停。贷款我们第二年就还掉了。那时候哈巴河没有第二台清粮机。一袋子收两块钱,说起来也挣钱了,这是贷款买下的。

2005年春天来回去跑订单,一出去一个多月,天天在北屯。最后收储公司和协会统一结账,分两次结账的。第一次和收储公司董事长结账,就给上我

[①] 余晓明:《2004年新疆农村调研报告》,中国统计出版社,2005,第3页。

们100万元。我们就给老百姓发去。第二次要结账时候，老板说因为市场变化，他今年赔了不少，说你们都挡一点。我说，如果之前我们商量，为了长期合作，我们挡上一点也可以。但现在多数钱都发掉了，后边少发人家愿意吗？你让我们赔，我们哪来的钱赔啊，我们也不挣钱。最后还是把剩下的钱批掉了。

当时，我们协会，种子是低于市场价从种子公司采购的。化肥也是统一采购，一袋子比市场便宜一块钱。拉回来老百姓自己卸。当时因为化肥采购归供销社，他们还把工商局的找来，不让卸，说我们没有资格。

我说，我们协会给老百姓谋福利，我们自己也不挣钱，便宜你供销社一块钱，我们又没有违法。化肥是真的假的？真的。真的为啥不让我们弄。他们也理亏啊，我们又不是经销商，就是统一给老百姓服务的、给老百姓省钱着呢，到哪里我都不害怕。再后来也不管我们了。其实，那个时候也有卖农资的老板，偷着卖着呢。

这个模式我们搞了两年，辐射了外边两个村。后来油葵市场也不好了，再也没搞。后来到2008年，我不干村干部了，协会就注销掉了。

在这期间，村委会还尝试发挥自身对乡亲们比较了解的优势，与信用社合作向农户发放贷款。"当时信用社连贷款都收不上，你老百姓贷不上款。我们那时候做了个啥，统一贷款。我们当时和信用社关系相当可以，我说这钱由我来给你发，我们从信用社把款贷了。当时，100多万提回来，就在我们家发。村子里边谁家怎么样我们清楚得很，谁家盖房子、谁是个什么样子人、家庭状况什么样，谁赖谁不赖，我们都了解得很清楚。因为村干部必须入户，必须要走门串户，你哪家有点什么事情，你必须心中要有数，要都知道才行。"

村干部在这里起到的作用，是解决信用社与农户之间的信息不对称。当时一份反映当地农户贷款情况的报道写道："一些农牧民在贷款时往往是能多贷就多贷，需用5000元却要贷1万元，多贷的也没有用来发展生产。到秋季，挣来的钱都用来还贷了，第二年备耕还要依赖贷款。有的为了及时还贷，农产品等不到好的价格就出手，还有个别农户去借民间的高利贷。原本为了帮助农牧民发展生产的贷款，反倒因为贷款过度成了个别农牧民致贫的因素之一。"

时任村干部：当时信用社贷不了那么多钱，不给贷，我们一些大户，人家确实想种地的、钱不够的。我们就拿着和收储公司定下来的合同，由他们做担保，争取信用社贷款。

纵观世界范围各国农业现代化图谱，没有一个国家的现代农业生产格局是以小规模农业生产者直接面对跨地域的巨型市场。各种形式的兼具发展性与保护性的中层机制设计，对上起到提供农业产业化所必需的规模经济与资源优化配置的稳态基础的作用，对下发挥为大量不同规模农业生产者增强市场对话能力、缓冲农业固有风险特征的作用。八大队在"三农"问题日益严峻之时开展的为期不长的组织化对接外部市场主体的实践，虽然现在看起来也许是粗糙的，却代表了基层干部群众面对农牧业发展现实需求的探索精神。即使在若干年后，农业服务体系不完善，农户与外部市场主体普遍未形成协作互利机制，各类产前、产中、产后生产性服务组织不发达，仍是制约当地农业发展的突出因素。[1]

---

[1] 张利军：《浅析哈巴河县农业产业化发展的对策》，《中共伊犁州委党校学报》2014年第2期。

第三节 浇地制度

20世纪70年代中期以前，哈巴河农田灌溉采用大水漫灌的办法，即在一块地里开几个口子（地势较高的一边）将渠道的水引到地里，直到水流到地头。也有的将上块地的余水浇到下一块地里，直到下一块地浇完（串浇）。每亩用水量2000立方米左右，水的利用率低。破坏了土壤结构，使土壤中含水量过大，透气差，土壤中的水溶性养分随水渗入地下或随水流失，影响农作物生长。70年代中期之后采取的小畦灌溉技术、90年代中期推广的地膜覆盖技术，都发挥了节约灌溉用水的作用。

分水制度方面，新中国成立后，实行水的合理管理和公平的分水制度。60年代中期后，实行"以水定地，按亩分水"，全年固定，长计划短安排的分水制度。公社管水人员分水到生产大队，生产大队再将水调整安排到生产队，大力提倡计划用水、节约归队，促使生产队昼夜浇水，扩大灌溉面积。这种分水制度被当作基本制度沿袭下来。

80年代初推行农业生产责任制后，实行"五定一奖"浇水责任制，即定人员、定面积、定水量、定质量、定报酬，节约用水受奖，超额用水受罚。

1984年实行家庭联产承包责任制后，浇水由原来的生产队（组）转变成各承包户自行浇水。乡水管站（所）把水分配到村后，由村长负责协调，安排本村的浇水工作，一般实行轮浇，由于水量大小不稳定及其他种种原因，村民们常常在浇水中发生矛盾。

在一些村庄，也发展出更为精细化的用水制度。库勒拜乡阿克加尔村实行"计时排队浇水"的办法，根据每户耕地的多少、作物的种类、距离的远近、时间的昼夜不同等项，计算出每户需浇水时间（以分钟计算），再排列每户浇水的顺序和起止时间，给每户发一个通知单，各户按通知单上的时间浇水，村长随时检查，如果大渠停水或水量很小，村长出面进行调节，并实行节约归己、不够不补的方法。虽然这个村用水很紧张，但从未因浇水问题而引起村民纠纷。①

戈壁滩上的水渠维护

21世纪初，各乡水管所负责干、支渠的运行，由村里负责戈壁滩农渠维护管理。一位村干部回忆当时渠道清淤："那时候渠小得很，每年渠道都要清理，清完以后才能放水。清理需要村民过来，但人叫不齐。最后定下一个制度，不来的人定下要交多少钱，谁不来又不交钱，就不给你水。"

渠道维护制度虽然定下来，但谁去执行这个要"撕破脸皮"的制度显得更加关键。当时的水管员是明叔。

村民：这个人脾气有些怪，但他能管住人，也很公正。戈壁滩上的水泵，让他管理。谁想多浇地，他浇不上。你几个小时浇够了，也不让你多浇。

没参加清理渠道义务工的，要交钱。要不就不给你浇水。在明叔这里卡住，水管员有这权力，排到你了——都有核数，比如每家八个小时、十个小时，不让你浇。那时，明叔在村里也是出了名的，村民也不敢惹明叔。他不交钱，自己也理亏，也不敢闹。

后来到2005年时，开社员会，大家都说修渠。修的方案就是大家都出义务工，拉石头，大家都同意。那时候人都比较自觉。2005年的时候，我们开始修戈壁滩浇水的渠。县上先期给了100吨水泥。我们把老板找上，老百姓出义务工、拉石头，一家几方石头拉过来，渠底是用石头砌的。看到我们干起来之后，县里又给了100吨水泥。老板打水泥板，修了两公里半的渠，那个渠造价22万多。最后县上分批把剩下的钱给掉了。

---

① 哈巴河县方志编纂委员会：《哈巴河县志》，新疆人民出版社，2004，第312页。

耿直的水管员

我们访谈到了这位村干部描述的脾气有些怪的"水管员"。

明叔：我这个人脾气糟糕得很，（有一阵子）我们村上的卫生搞不好，村里叫我搞卫生，我就把村上的卫生抓起来。后来，戈壁滩上的浇水的电费收不上来，村上也把我弄上，让我给看着。在戈壁滩上，八大队全队的灌溉水，我管着。

当时有的人，和看泵房的关系好。看泵房的人把别人的钱，给他浇水。我就是公事公办。社员大会上给你定的浇水时间五个小时，你就是五个小时，多十分钟都不行啊。（该轮到）下一个人去啊。下一个人之后再下一个人去。

不能说定的五个小时，我和你关系好，我让你浇水八个小时，这三个小时的钱谁掏的？是不是这个道理？那一年我们水费全乡第一名，我们喀英德阿热勒村民全部就交完了。

有一次，9月份放水，我还有一个水呢，上边不给我放水了，老百姓给我打电话，我才知道的。我就骑摩托车顺着水渠沿子上去看，原来水给到别的村了。

我直接就去乡水管站，都坐着开会呢，我一把抓住（负责人的）脖领子，你为啥停我水呢！他们又打电话又跑道，赶紧给我把水放了。他们以为我们队上水浇完了。

我们还组织老百姓清理渠道。那时候，草和泥巴把水渠堵上了，水放不下来。我就挨家去通知，第二天，水渠上，一户一个人，满满的，把渠道里面的脏东西全部拿铁锨清掉。以前我们村上的一个老水管员，他说我干水管员干了多少年，叫人就没人听，这个水渠就没人清理。你看今天这个人多少啊，他们都惊了，把乡里面的人都下来了看。

老百姓是以理服人，只要你做事情做得细、做公平，基层工作没有做不好的。你把社员会上召集起来，把这个事情给社员讲明白，社员都支持，杠杠地，干什么活？齐心得很。

> **背景资料：水费征收方式的变化**
>
> 水费标准方面，60年代征收水费，每亩粮食作物收小麦1千克。70年代每亩粮食作物收水费1元。80年代粮食作物每亩收水费2元。90年代水费调整较频繁。1993年粮食作物每亩水费4元，油料作物8.4元，苜蓿1元。1996年各种作物平均每亩收水费5.7元。2000年农作物（不含牧区粮油作物）每亩收水费19元，苜蓿9元。
>
> 征收办法方面，人民公社时期，水费按亩计算，由生产队交纳，社场统交，水管站管理。县乡水管站（所）成立后，由水管站（所）负责收缴。实行家庭联产承包责任制后，水费以户为单位交纳，年终乡水管所（站）会同各村到户收取，交水电部门管理。
>
> 一位水管员回忆了税费征缴方式的变化："80年代，是先供水后收钱。拖欠的也多的。那时候收水费，是按亩数摊到每个村，比如一个村上你是几百亩地，就那个样子分下的。然后就分着每个人的头上了。"

农田水利设施的改善

90年代以来，新疆水利基础设施建设对经济增长和减缓贫困均发挥了巨大作用。据测算，在短期内有效灌溉面积每增加1%，农林牧渔业总产值增加约1.5%；水利基础设施建设投入每增加1%，农林牧渔业总产值增加约0.24%，加强水利基础设施建设有助于实现全疆农业经济的持续稳定增长。同时，有效灌溉面积的增加能极大提高灌溉作物的产值，大幅度提高农民纯收入水平。在短期内有效灌溉面积每增加1%，农村居民人均纯收入增加约2.0%；水利基础设施建设投入每增加1%，农村居民人均纯收入增加约0.23%。[1]

---

[1] 余国新、张建宏：《水利基础设施建设与农业经济增长——基于新疆的实证分析》，《乡镇经济》2008年第6期。

谈起近年来水利设施的巨大变化，一位老水管员也深有感触："现在你水利设施好得很。那时候的水利设施不好，都是土渠，那个地方（水位不够），拖拉机开上去堵一下。有时候，7月份浇水，河里水位下降了，水上不来，我们还要组织队上的人，往大河下石头笼子。现在水闸、水坝、水渠都修得好好的。"

近年来，当地政府加大了对农牧业水利设施的投入力度。2009年，哈巴河县投入6000万元修筑防渗渠221公里，并对四大灌区的主干渠系进行了全防渗，同时，出台"地下部分财政全额负担、地上部分财政负担一半、水费两年内减半征收"等优惠政策，全年完成10万亩节水灌溉任务。①2010年，哈巴河县投资6120万元完成膜下滴灌12万亩，逐步实现定额配水、按方收费、以水养水。②2016年，哈巴河县在实施村级惠民生水利项目中，投资900万元实施自治区村级惠民生水利项目18项，共完成斗农渠建设47公里，新建桥涵闸790座，安装闸门启闭机644台。在项目的建设过程中，基本实现了当年开工当年建成的目标。解决了18个农牧村2.8万亩农田、草场"最后一公里"的灌溉用水问题。其中一项投资50万元的水利项目，新建5条防渗农渠4.17公里，斗农渠节制分水闸33座，农渠涵管桥12座，安装闸门、启闭机72台（套）。不同于普通渠道，防渗渠能减少渗漏损失，有效节水，而且水流速度快，方便农牧民灌溉。由此增加灌溉面积为500—600亩。③

节水灌溉的好处

据报道，为保证全县丰富的水土资源得到高效利用，从2009年开始，哈巴河县委、县政府连续7年出台了对实施高效节水灌溉的农牧户每亩除自筹200元外，其余所需电力等设备及安装费由县财政补助的优惠政策。截至2015年底，全县实施膜下滴灌35万亩，占耕地总面积的55%，其中2015年投资

---

① 刘新海、刘婷：《哈巴河掷巨资兴水利》，《阿勒泰日报》2009年11月4日。
② 韦伟：《丰水大县滴水贵如油》，《阿勒泰日报》2010年12月7日。
③ 范金凤：《新疆哈巴河县惠民生水利项目助农增收》，2017年8月17日，天山网：https://m.huanqiu.com/article/9CaKrnK4K7W，最后访问日期：2024年1月12日。

5212万元实施节水5.2万亩。工程的实施，使水资源得到合理调节和利用，耕地亩均用水量由1000立方米降至400—500立方米，不仅实现了"节水、节肥、节约劳动力和增产"的目标，而且使以往上游大水漫灌、土地盐碱下潮，下游缺水、亩产效益不高的问题得到了有效缓解。

哈巴河县"十二五"期间投资9.8亿元兴修水利，进一步夯实了水利基础设施，提高了抵御风险能力，为农牧业增产、农牧民增收奠定了良好的基础。"十二五"期间，哈巴河县突出抓好基础设施建设，先后开工建设了总库容6.4亿立方米的吉勒布拉克、喀拉托别、加那尕什、东塔勒德、巴斯布滚勒5个控制性水利工程。开挖干支排436公里，防渗干支斗渠873公里，实现全县干支渠系全防渗。①

一位水管员对节水灌溉的好处深有体会：

节水滴灌好得很，减少了用水量，如果没有节水滴灌，像原来漫灌的话，遇到干旱天气，直接旱掉，没有庄稼。节水灌溉都滴到根里边去了，对施肥也好。我们收水费按方算，总量下来，一亩地是600方水左右（不管种什么，都够了），原来漫灌的话就了不得了。作物灌溉有个周期，第一个水到第二个水有十天到半个月。一亩地算下来是50块钱左右，一方水是8—9厘。

现在节水滴灌特别好，把人力省下了，现在一个老板雇上几个人，可以种上几千亩地。水管员配合好，把水正常放就行了。不像之前，一天一个人，十亩地也是一天浇水，二十亩地也是一天浇。全部上去扒水，谁也浇不好。现在可能有90%的都是滴灌。又能提高产量，又能节省水，结果相当好。现在浇地也有安排，滴灌你滴多少个小时，然后下一个就接上。

应该看到，随着节水灌溉、地膜覆盖技术的广泛应用，在带来经济效益的同时，也产生了大量"塑料污染"，这也是全疆范围耕地保护中面临的一项艰巨课题。

---

① 魏紫芸：《"十二五"哈巴河县投资9.8亿兴修水利》，2016年2月26日，天山网：http://jiangsu.china.com.cn/html/2016/xjnews_0226/4362419.html，最后访问日期：2024年1月12日。

浇地记忆

一位水管员回忆80年代灌溉情况：

80年代的时候就是盲灌，浇水的时候把水放在地里浇开，一直就是不停，这水放上。这块浇上，浇那块地。白天晚上就浇。我也浇、你也浇，就那么多水，谁都要浇，矛盾多得很。还有很多因为用水打架的。

另一个村民回忆：

那时候是人工浇水，不是滴灌，都是土渠，渗走的也多。上到戈壁滩一个礼拜家都回不来，吃住就在上边。水紧张的时候，你也浇、我也浇，就在那里耗，一耗就是一个礼拜。特别是水管理得不好的时候，你扒一点、我扒一点，谁都浇不好地。本来一个小时（能）浇完的，最后一天谁都没浇完。

刚开始都乱得很，也不怎么管理。然后相互之间就问一下，今天谁浇地、明天谁浇地。但到了忙的时候，也不管了，都上，全部在那浇水。大家当时也没有那个意识，如果排出顺序来，全部一家浇，很快就浇完了。后期，规定哪家浇哪个时间，下一个时间谁浇。知道这个时间谁浇，就不用在那里耗着了。

到农忙时节，就一个浇水和除草，把人往死里累着。毛渠往地里灌，地高低不平，还要在地里打坝。从早上起来往天黑，就在地里挖开渠，哪个地方高，要垒个土坝，开渠让水到那里。那时候也没有铲车。现在你看哪个地方不平，拿铲车推平。现在说农户想买个铲车，就买回来了，那时候敢想吗！

哈巴河县主要作物农事活动时间表

作物\旬	3月上	3月中	3月下	4月上	4月中	4月下	5月上	5月中	5月下	6月上	6月中	6月下	7月上	7月中	7月下	8月上	8月中	8月下	9月上	9月中	9月下
小麦					播种		浇头水			追肥	浇水	追肥	浇水	喷叶肥		浇水			收获		
油葵					播种		查苗	中耕、锄草		间定苗	浇头水		中耕、追肥			浇水			作晒场	收获	

续表

旬 作物	3月上	3月中	3月下	4月上	4月中	4月下	5月上	5月中	5月下	6月上	6月中	6月下	7月上	7月中	7月下	8月上	8月中	8月下	9月上	9月中	9月下
玉米				播种、查苗补种、中耕			除草、浇头水、开沟		间定苗	追肥、浇水、去蘖			浇水	防病治虫		浇水		作晒场	收获		
黄豆				播种	查苗补种		中耕			浇水、追肥			浇水			作晒场	收获				
花豆				播种、查苗、补种、中耕、除草、开沟						防病、浇水追肥	开沟	浇水	叶面追肥		浇水	作晒场	收获				

义务工修渠

八九十年代，农村积累工、义务工在巩固和加强农田水利基本建设方面发挥了巨大作用。

1991年12月7日，中华人民共和国国务院令第92号发布的《农民承担费用和劳务管理条例》第十条规定，农村义务工，主要用于植树造林、防汛、公路建勤、修缮校舍等。按标准工日计算，每个农村劳动力每年承担五至十个农村义务工。第十一条规定，劳动积累工，主要用于农田水利基本建设和植树造林。按标准工日计算，每个农村劳动力每年承担十至二十个劳动积累工。有条件的地方，经县级以上人民政府批准，可以适当增加。劳动积累工应当主要在农闲期间使用。①

根据江苏省1999年开展的调研，仅1998—1999年两年，江苏省劳动积累工、义务工累计投入总量为90 603万工日，平均每个劳动力每年投入17.16个工日。从投入方向看，1998—1999年全省累计投入劳动积累工66 909.08万工日，其中投入农田水利52 827.57万工日，占79%。义务工，两年投入

---

① 国家法律法规数据库：https://flk.npc.gov.cn/detail2.html?ZmY4MDgwODE2ZjNjYmIzYzAxNmY0MGRjNmI3YjA3ZTA。

23 694.84万工日，投入方向依次为防汛、公路建设、植树造林、校舍及其他。①

一位70年代迁入村庄的村民回忆：

"大包干"以后，从80年代到90年代，印象最深的就是四五年每年都修渠。

修大渠，戈壁滩渠道都是我们修的。挖大渠、铺预制板。一户修十几米，拉上一车预制板，自己找人装过去，再往渠上倒。90年代年年修大渠，我们在这里真是出力了。新疆种地不像口内能靠天吃饭，水浇不上就不长。那时候是土渠，土渠渗水厉害得很，铺上预制板是为了防止渗水嘛。离戈壁滩远，要背上馍馍、带上茶壶，一去就是一天，去铺预制板。

一个村分上一两公里，一户分个好几十米。哪个村用水，哪个村修。我们几个村就把十几公里的渠分下去了。

哪有机器，都是人工搬。渠挖之后，拉上线，一层拉一根线。预制板是40公分乘50公分的，一层层摆好以后，每层有缝子用水泥抹起来，渠底有的是铺石子抹水泥，有的是铺上预制板。我们修的渠是6层预制板。一块预制板可能有三四十公斤重，四公分厚。就一个人搬，那个时候年轻有劲儿。村里劳动力都去，因为在戈壁滩都有地。

2000年2月18日，中央政治局会议讨论通过了《中共中央国务院关于进行农村税费改革试点工作的通知》（以下简称《通知》），《通知》要求，取消统一规定的劳动积累工和义务工。为了减轻农民的劳务负担，防止强行以资代劳，农村税费改革后取消统一规定的劳动积累工和义务工。村内进行农田水利基本建设、修建村级道路、植树造林等集体生产公益事业所需劳务，实行一事一议，由村民大会民主讨论决定。村内用工实行上限控制。除遇到特大防洪、抢险、抗旱等紧急任务，经县级以上政府批准可临时动用农村劳动力外，任何地方和部门均不得无偿动用农村劳动力。试点地区取消统一规定的劳动积累工和义务工的具体步骤由当地党委、政府根据实际情况决定，可以一步到位，也可以逐步取消。

---

① 蔡勇、葛书龙、樊峻江：《农村劳动积累工义务工投入使用情况调查及分析》，《中国水利》1999年第11期。

2005年，中央财政开始建立小型农田水利工程建设专项补助资金，完善"民办公助""一事一议"筹资筹劳政策，有效遏止了各地小型农田水利建设滑坡势头，同时也为之后农村小型农田水利建设的发展指明了方向。①

记忆拼图：可怕的"小咬"

哈巴河人俗称"小咬"的小飞虫学名叫"蠓"，成虫约1至4毫米长，每年7—8月是其活动高峰期。蠓类以刺食人、畜和禽鸟血为生，借此传播疾病，并给人、畜带来严重骚扰。②哈巴河境内北湾地区，被称为世界四大蚊虫王国之一③，而八大队周边水草丰茂，易于蚊虫滋生。根据村民的回忆，"小咬"在90年代初期骤然增加。县志记载，1993年6月，县境内蚊虫成灾，农牧民无法正常生产，7月16日新疆通用公司派飞机撒药灭虫。

一位村民回忆当时的情形："1993年第一年开始（多起来），人在地里干活，围着个纱巾，啥都看不见，都是这个东西（小咬）。你如果是顺风站着，气都喘不上来，就往里钻。手一拍，黑黑的。牲畜都咬死了。

我当时在山上干活，山上也有这个东西，但要少一些，我一抓一看是小咬。过了两天，听说哈巴河县红纱巾卖疯了（蒙脸用），小咬出来了。在戈壁滩开拖拉机干活，那么热的天，胳膊晒爆皮，不敢开驾驶室的门。电风扇都不敢开，（小咬）从电风扇飞进来。宁热死也不能让它咬死。那个东西真是佩服，都干不了活儿了。它（往）鼻子里、眼睛里到处钻，在人周围飞，让人暴躁得很。

咬了还会中毒，小咬咬上一个月都不会好。特别是沙漠地带，如

---

① 谢春芳：《新疆小型农田水利建设存在问题与发展对策》，《水利科技》2014年第21期。
② 马德新等：《新疆蠓类调查研究》，《地方病通报》1994年2月。
③ 新疆阿勒泰：《行走在"蚊虫王国"的移民管理警察》，2022年7月6日，兵团在线：https://www.btzx.com.cn/web/2022/7/6/ARTI1657079542043509.html，最后访问日期：2024年1月12日。

果又有水，就最多。人都不敢出门。狗也都不出来，天黑才出来转转，天亮不见了，趴在窝里走都不走。有人把牛粪点着，熏那个东西就管点用。"

另一位村民回忆说蚊虫肆虐改变了农户作息时间，"80年代也有，少得很，而且就几天时间。到90年代开始多起来。到什么程度了，人在脸上抹上柴油（防虫），熏得都头疼。啥办法都想了，蚊子药根本不管用。只要太阳一出来，就是它的天下；一落太阳，蚊子又来了，是接班的。我们那时候干活儿，早上4点钟起来，12点钟回家。"

第四节 从条田化到高标准农田

2015年,有研究测量了哈巴河县土地整理潜力值,将县域耕地划分为高、中、一般、低四个土地整理潜力区。土地整理的中高潜力区,集中分布在县中南部,多相连并呈现环状分布。中高潜力区所在村域耕地面积较大,水资源丰富,但田坎系数较高,耕地集约利用程度较低;中低产田比重较大,其中水利配套设施匮乏、土地不平整是造成低产田的主要原因。研究认为,对于土地整理潜力较大地区,宜作为土地整理的重点区域,适当安排高标准农田建设工程,加大农田水利工程的建设力度,加强农田防护,推进机械化耕作,提升耕地质量。[1]

其实,早在十多年前,八大队就已经开始推进以条田化为主要内容[2]的标准化农田建设。其重要契机是1998年开展的土地承包期延长工作。

推行条田化

1997年底,哈巴河县开始延长土地承包期工作,根据《哈巴河县人民政府关于做好延长土地承包期工作的实施办法》,土地续包工作的基本原则是:"大稳定、小调整",坚决禁止采取大幅度、大范围、打乱重分的办法来调整土地。哈巴河县人均占有耕地多,有的村曾根据大稳定、小调整的原则对土地做

---

[1] 胡晓宇:《哈巴河县土地整治潜力评价及分区研究》,硕士研究生论文,北京林业大学,2015。

[2] 条田工程是农田基本建设规划的重要内容,有利于提高机械化作业和土地利用效率,也是实施节水灌溉的基础。(阚兴华:《条田规划设计中应该注意的几个问题》,《水利科技与经济》2006年第7期。)

过几次小调整，土地分配是基本合理的。群众基本满意，要尽量保持原承包土地不变，只办理签订续包合同手续；但有的村，自1984年以来，土地未做小调整，由于人口变化、耕地增减等，出现土地严重不合理现象，一部分农民无地可种，又无其他生活来源，意见较大，经村民代表会议或村民大会同意，可对土地做小调整后再办理延长土地承包期合同的手续。

梁书记：我当时是二村村长，二村是原来两个队（二队+四队）合并的。这个二村的地都相对均衡一些，基本是河湾地两亩半，戈壁滩八亩地。二轮土地承包的时候，戈壁滩这一块给打乱了。一村是由一队和三队合并的，三小队的地要少一些，所以一小队的就不愿意搞到一块儿。当时一开会吵架，一队的人跳起来说，我们地多，我们不一块儿弄。

本来计划是将地打乱之后推进条田化，但这个计划在1998年只实现了一半。我把二村的地全部打乱，打乱以后条田化。如果不打乱，就没法实现条田化，因为有些二队的地在四队里边。但是一村的就按原来那个样子，因为推不下去。82年分地的时候，现在二村是按照两个队分的，亩数有些差异。1998年的时候，我就做原来这两个队的动员工作，把地全部打乱，统一下来一家多少地，推行条田化。那时候做工作，天天吵架、开会，反正我说我们看远一点，已经测量过了（两个队的土地）都差不多，就那样子弄下来，我心里有数。最后有个别的，说不行不合、这个那个，会给他单独调。这样弄下来，现在原来二队、四队生产队的亩数都是一样的。而且，这样一弄，整个总面积增加了。还有就是说，谁碰上不好的，我不给你算地方。

沙包地的处理

梁书记：当时划条田化的时候，有些地块中间有一个沙包，我提前就说了，如果抓阄挨到了，这个地不给你算地，算你的补偿，有本事以后开发掉，之后包出去是你的收入；要是不开发，你撂着去，这样人都没意见了。所以能把地分下去了，要不然谁都要调好地，不好地就没人要了。

有些人自己投资把高沙包平一平、弄一弄，多出来的地方是那样多出来的。

但是土地确权的时候，上面要说你这样的地是属于集体的，要能拿过来，但人家在里面花了本了、投资了。

那时候我的原则是每家一块地再不给你分等级，一分等级就乱套。管理不好管理，这块浇完水浇那一块地很乱的，最后都同意一家一块地，但是碰到一等地的，你实打实的多少就是多少。你这个三等级的地方，它肯定就是沙包地多，其中耕地给算多少是多少，但是里面那个荒地，我也给你加到里面还算10亩地，等于是13亩地一样。

现在当然都是良田了，所以有的人家地多。我说这是有原因的，最后全部把它确权进去了，等于折合亩嘛。最后农业局也同意这样。要不咋办？你不是正儿八经都是一样的耕地的话好说，当初我们那个地都不连片，这个地方一片地，中间有沙包、那个地方有一片地，是那样的情况。

你现在看当然全是地。那是有投入费用了，自己找推土机推。有一年在旁边修公路，有村民还过去跟人家说，用刮路机给我们刮一下，一个小时是180。

所以现在正儿八经当时都是好地的人，他多不出来地，就这个原因。好地的实打实多少就多少。有一个刚结婚的两口子，有60多亩地。但是没办法，那个地方其实中间有10来亩地是两边沙包，那块地大家都不愿意要。我说这个你记好了，这个你有本事你把它改良掉，你没本事你也不吃亏，你那10来亩地给你分上了，和大家一样。那时候一刮大风就卷着沙子打苗，都不愿意要。最后他就花代价就整掉沙包。现在人家60多亩地，你咋说这个事，是不是？你刚开始地不好，人家收入也不行，慢慢改良出来的。多就多了，都当是折合亩。本来（文件）说分一等二等三等地，我们不说那个了。有的村是按等级分的，导致啥结果，一家有些有5块地。

再比如有一块地，冬天这片地会漫冰水，地上漫上一层冰，别的地方能种了，他那个地方种不成，可能有400多亩地，要到6月份才能种。我说我们先说好到那个地方，一亩给你一亩半，谁抓到那谁也一样。但是还是那个地方，你不要乱调。

所以说最先说好才分的地。这400亩漫冰水的地，那几家都是一口人十几亩地，他要比别的地方要多，但是这是个实际情况，多就多，要不谁也不愿意要那个地方。

高标准农田建设

近年来，新疆维吾尔自治区积极推进中低产田改造，推进以土地平整、集中连片、配套设施完善、抗灾能力强等为特征[1]的高标准农田建设，2020年，新疆维吾尔自治区制定了《新疆维吾尔自治区农田建设项目管理实施办法》，贯彻落实"藏粮于地、藏粮于技"战略，推进高标准农田建设项目，确保粮食安全和重要农产品有效供给。

截至2022年底，新疆已累计建设高标准农田3600余万亩，占新疆耕地面积的40%以上。依托高标准农田，新疆粮食产能可提高5%—20%，农业适度规模经营比重可增加30%—50%，农民种植环节亩均收益可提高100—200元。[2]

访谈时，村干部介绍前几年在村庄中存在的可以称为一种土地流转"低水平垄断市场"的情况。

村干部：2017年村里很多地包不出去的，因没人种撂荒的地有1400亩。因为就我们村上这几个人包地，如果流转费太高，人家就不要这地，就在那里撂荒。当时包地的都是村内的包，没有外包的，相当于把价格垄断了。100一亩，你给不给？不给，好，我不要，也没人（外来老板）要。

我说这不行，因为外边老板来，首先一个条件要上滴灌，水浇地人家不要，怕费劲儿。当时一位乡里干部刚好挂（职）在我们村，这位干部是之前财政局出来的，他说正好有个节水滴灌项目。

但是这个农田改造的项目首先要求土地要整合，不整合这个项目落不了

---

[1] 中华人民共和国国土资源部：《中华人民共和国农业部·高标准农田建设通则：GB/T 30600—2014》，中国标准出版社，2014。

[2] 李忠峰：《新疆高标准农田占耕地面积四成以上》，《中国财经报》2023年2月25日。

地。上面来调研来的也说，土地整合不了，这项目也别弄了。当时一村（1998年）没有条田化，它存在一个问题就是浇水不好浇，你一家子有些有4块地5块地就那样子。到农忙时候，活儿忙不过来，最后种地的人都明白了，这个事不好管理，浪费时间、增加投入。那时候的情况是，比如一村，每家都好几块地，一整块地的都没有。一等地的一点，二等地有一点，三等地的还有一点。一村的2017年才彻底解决（土地零散化的问题）。

17年的时候，我借着这个高标准农田项目，把戈壁滩的地整合了，搞成条田化。当时我想了个办法，我说行了，首先这个地整合是势在必行。我先弄一个量地小组，让农户自己跟上，比如你家有5块地，加总起来多少地，（有一个总数，）你承认了之后签字。比方说，5块地总共35亩地，你签字这35亩。所有的农户都记完。之后，整个开始铲车该弄平的弄平，全部打乱了，把它条田化。条田化之后分下去，也是抓阄。先说好先从哪个地方开始，一号在哪，完了以后，怎么个顺序走。都说好后开始抓阄。各家保持你原有的亩数，你10亩地我还给你10亩地。虽然位置上已经不是原来的地。

反正你多少地给你按亩数分掉，你也不吃亏。就那样才整合好的。老百姓的工作真不好干，中间也吵、闹。到最后弄完了以后，高标准农田做好之后都不吭气了，都好了，反正地整合到一块儿好管理，最后把泵房也弄上了，节水滴灌了，地会有些高低，但是改成滴灌了，也无所谓，都不吭气了。这都属于高标准农田项目。那是2017年土地整合，2018年我们高标准农田就落地。现在6000多亩地全是高标准农田了。

戈壁滩6500亩土地整合为高标准农田后，于2020年通过公开竞标，从以前每亩承包费100余元，到整合流转后每亩600元集中对外承包，使每户增收近1万元。[①]

其实，在八大队发生的事情并不新鲜。在同属库勒拜镇的阿克加尔村，实行第二轮土地联产承包责任制时，全村3000余亩耕地按照土壤质地、灌溉条

[①]《喀英德阿热勒村五年工作总结》。

件、开发程度等划分成三六九等，而后分割成小块分给村民，结果造成每户村民名下的责任田少则七八块，多则十来块，给田间管理和作物收获带来很大不便。2009年，哈巴河县在各乡（镇）大力推行膜下滴灌技术，阿克加尔村率先成为全县首个膜下滴灌整村推进村。经过土地整合，阿克加尔村每户农民承包的土地由过去的七八块以上减少到一两块。该村将所有土地以每亩500元的高价承包给外地老板种植食葵，不仅降低了劳动强度，还解放了全村一大批劳动力。[1]

新的包地外部市场形成

梁书记： 我们村的地实施高标准农田之后，（质量）都一样了，这样就很方便成片承包。比方说你10家我不种地了，弄到一块儿，就很好承包出去，以前（分散的时候）100块钱没人要。整合掉以后这市场价格就上去了。

中间我们花了一些代价把有些老渠、一些沙包地该平的平掉，都是正规的条田了，以前这一家是这样种的，那一家是那样种的，你就没办法弄。老板一来你就没办法种。滴灌你也没办法安，滴灌直管的是一条直线，不能接下七六拐弯。17年我们搞的事情，18年就落地了，从这往后你看地价马上上去了。今年包地到800多了。2017年戈壁滩的地荒了1400亩地没人种。

以前村里有一半人不种地，一半种。比如我不种地，我邻居要种地，问我这地100块钱给不给。由于没有达到高标准农田，这个地外边人包就不划算，最后只能是100块给他种。现在可能80%的人不种地了，你只要不管的话，那村里20%种地的人，就把地价全部压下去了。通过土地整合，首先地价增值，收入提高了。我们明年（2023年）开始公开竞价，反正就那一块地交通、泵、水都好好的。（本村人）没有本事，就老板种。老百姓是再不能单干种，这一点意思都没有。

现在村里也有人想单干种，你有本事可以。明年优先我们村的人，我把这

---

[1] 张赟：《一个人管理一百亩地，哈巴河县库勒拜乡阿克加尔村率先实行土地整合》，《阿勒泰日报》2010年8月23日。

个价公开竞标，定完价之后，你有本事种你先来；你没有本事，对不起，我要为老百姓（着想），收入越多越好，不能为了你种地，把价格弄低。（如果你说）这个价格他们种不了，那就只能去别的地方种去，这个地方你就不要种。一旦地不连成片，就没有竞争力了。（村里住的）老百姓好多现在老了，没有劳动能力的，说白了他就靠地租的收入。有些老汉，孩子都出去打工了，他就靠这些地养活自己。而且，地中间的那些老渠老路现在都正规了，就这样村集体多出来了 76 亩地，本来村里一亩地都没有。

对农业市场变化的讨论

笔者：2018 年还有多少（人）自己种地？

梁书记：18 年的种地还不少，80% 还在种。那时候已经做完高标准农田了，但是包地价钱还是上不去，因为还有不少人种地，所以不连片，那时候一亩地 150 块钱，更多是村内承包。之后这几年，种地的人慢慢地少了。2020 年的时候，种地的就少了，有可能百分之六七十地就不种了。我说这咋办不行，我们弄到一块儿，开始公开招标，统一每家签字，反正这个价格起来以后，你本村的你要有本事种，你就这个价种，你没有本事种就让人家外面人种。

笔者：其实弄完高标准农田之后不种地的更多了。

梁书记：你看 2020 年包地是 600 元每亩，你自己种上的利润才多少？干脆我 600 包出去好了，再说都是些老龄的、身体不太好的老人，家孩子都在外面，所以就不种了，慢慢不种的越来越多。有些种地种上一年挣不了钱，白劳动那样的也很多。自己种，种好了也能挣点钱；种不好，要是行情把握不住，你也不知道秋天哪个值钱、销路好。那时候村里农户全种食葵，老板来就是买方市场，人家说了算，如果你的货量太小，价格就上不去。再有就是你如果就十几亩地，收不够一车，得好几家的货凑一车，这一凑人家想要也不想要你的。比方人家一车是 30 吨，内地的老板凑不够一车，他不要。他们喜欢一次把 30 吨车装满了，宁可高上几毛钱也不愿意到处乱凑。比如四川的老板过来收瓜子，种的地多、货多了，只要他看好的，高一点也可以收，车一来一调就走。要是每家凑，他烦得很，质量不一样，还操心，本来看着这家好好的，下一家装上货又不好了，他回去也不好弄，他都不喜欢"钓货"。

笔者：钓货？

梁书记：钓鱼的钓，钓货。他有些是五六家凑那一车货，所以说这也是那时候很大的一个短板。

梁书记又以在库勒拜镇周边自发形成的农产品收购集散点举例，讲述节约交易成本对于外来采购老板的重要性。

梁书记：你看现在库勒拜那个地方，为啥把所有的货都拉那个地方去，一到秋天那个位置集中，他无形的最少一公斤贵个四五毛钱。但它方便，敞开的都在一块了，你来个老板反正不用再找了，我多给几毛钱，人家装上走了，省得麻烦。

食葵价格过山车一样，我们2017年、2018年自己也种食葵了，比如你今年你种的品种363，价格好得很。第二年大家呼呼啦啦都种食葵品种363。等你种上了，品种361价格好了，所以说把握不住。那年最后才卖了6块钱（一公斤），这利润就不大了。你现在只要一土地整合了。外面来的老板他不种这些经济作物，因为啥？人工太多，他就种玉米，玉米也要不了几个人。滴灌的话，你看我们那几千亩地人家4个人完事了，都是机械化，利润低一点，亩数有量在那里。

然而，新的承包市场形成，事实上在一定程度上将本地种植大户排除在外。在调研中，一位张姓村民谈了如下情况："我属于本村的大户，之前一直流转本村土地，今年塔城老板过来，全村3000亩地，竞价840元每亩拿下。"

像张大哥这样本地的大户根本无力竞价。他算了一下，一亩地如果自己种植玉米，不算流转费用，净收益560元。外来的老板，有自己的烘干厂，又能从化肥厂直接进货，能够全产业链压低成本。而这些投资和规模是像张大哥这样的本村大户难以负担的。

面对全产业链整合、高度机械化运作的大老板，本地中小农业经营主体开始寻找差异化的生存空间。"外来包地的全种玉米。食葵种得相对来说少了，这两年价格起来了，你差不多就是十三四块钱，2017年、18年六七块钱，翻了一番。所以说现在种食葵的都可以挣钱。所以说这两年，虽然我们村上的地包出去了，有些自己喜欢种地的，他从别的村小块地包上种食葵，收入也可以。"

值得注意的是另一种情形，据一位种粮大户估算，目前每亩地单化肥投入要250元，随着化肥用量和品种越来越多，"土地越来越板结。化肥袋子堆放在泵站，无人回收，第二年新的承包老板烧掉。几十年的塑料薄膜卷在地里。之前老品种的西红柿、西瓜都口感好、产量低，现在都是外来公司的种子，无法留种。"

目前研究普遍认为化肥施用过量会影响土壤理化性质[1]，增加温室气体及有害气体的排放量，污染地表及地下水，使得粮食作物生产的环境风险及环境成本上升[2]。

根据一项基于中国三大粮食作物化肥施用强度及配方肥用量数据的报告，小麦种植氮肥施用过量程度较高的省份有内蒙古、云南、新疆、江苏、河北，钾肥施用过量较为严重的省份有山西、新疆、宁夏、山东、河南、河北、陕西、内蒙古、黑龙江和江苏等。内蒙古、新疆和江苏的小麦种植以及内蒙古、甘肃和湖北等地的玉米种植化肥施用环境风险达到了中度或重度风险等级。

记忆拼图：一位村民记忆中的出行变化

> 根据政务公开数据，截至2019年底，哈巴河县公路总里程为1401.664千米，其中国道公路388.18千米：G219线县城—白哈巴—吉木乃210千米（县境内164千米），G331线哈巴河—布尔津—185团178.18千米，重点农村公路改建工程159.22千米（库勒拜—萨尔布拉克乡29千米、县城—加依勒玛乡4.7千米、S227线岔口—萨尔

---

[1] 周晓阳、周世伟、徐明岗等：《中国南方水稻土酸化演变特征及影响因素》，《中国农业科学》2015年第23期，第4811—4817页。

[2] 刘钦普：《江苏氮磷钾化肥使用地域分异及环境风险评价》，《应用生态学报》2015年第5期，第1477—1483页。

人在边陲

塔木乡 5.12 千米、黑流滩机场 41.8 千米、玉什库木村—S229 线岔口 14.6 千米、阿黑吐别克口岸公路 34 千米、沿河公路 64 千米）；一般农村公路 845.834 千米，其中通达 176.5 千米，通油 669.334 千米。哈巴河县交通运输局解决全县 117 个行政村道路通畅率达 100%，通达率达 100%。①

一位村民讲述交通出行的巨大变化：

大体来说，现在比 80 年代，翻了几番，就是这十年变化最大，自从咱们国家各个优惠政策和项目出来，就好起来了。以前路就不行，村里就算有个小车子都开不进来。到春天那个水，小车子就开不过来了。到春天那个泥巴啊，有 35 公分厚，都是树林子里流出来的。就得马车子走啊，如果家里没有马车子，你有个拖拉机也闹得出不去啊！

现在春天雪化了你到道上走，现在你看柏油路、桥，就好得太多了！以前哪有？老百姓出个门，难得很！以前，80 年代冬天，我们走个哈巴河就等于走乌鲁木齐一样。以前我们过冬，要把一个冬天的面粉、清油储存好。实在是没办法情况下才能出来。出来你还要穿戴好狗皮的帽子、皮裤子、毡筒，还要一个好马，才能走县城。你没有这一套东西，县城就去不了。

你骑马，马的眼睛、鼻子全部这么长的冰棒子。身上就白白的，本身一个红马，骑上过去就成白的了，都是冰！零下 40 度，开玩笑！马一出汗，热气一出来就是冰了。那个时间人从门里出去尿尿了，落到地上就冻成冰了。

那个时间冬天人出门，走到我这门上来了，你说今天肚子没有吃饭，都晚上了，我随时给你做饭，晚上住下。那个雪开玩笑的，下个一米多厚，随随便便晚上出去根本不行，风一起来就把人埋掉了。

---

① 交通设施，2020 年 5 月 27 日，哈巴河县人民政府网站：https://www.hbh.gov.cn/govxxgk/001011/2020-05-27/3f6ee2a2-360b-403b-b3b9-31500f802979.html，最后访问日期：2024 年 1 月 15 日。

现在小车也走了、摩托也走了、电动车也走了，以前哪里有这个？那个雪说个啥子话，雪一米多厚，人在雪上走。有点房子你都看不见，风一起来，吹到房子跟前就把这个房子埋掉了。这个门都出不去，那个时候的人，铁锹都在房子里放着，然后拿上就掏洞，从那个雪洞出去。

春天雪化的时候，用拖拉机，装上雪拉出去赶快倒，要不拉出去的话完了，房子塌了。前些年，村里有一家，雪把他们房子埋掉了啊，春天的时间，一暖和我们给帮忙挖雪，拖拉机拉上，你不拉走，雪化的时间，墙就倒了啊。

我1982年进疆的时候，这个地方没路，人就在雪上走，坐爬犁子。哈萨克族家庭没有草了，寻思买个草，就把爬犁子套上，两米多长的爬犁子，一个马拉上四五个人。马车子千万不敢拉，马车拉就完了。雪厚，马车子就拉不出来了。这几年爬犁子、旱爬犁都烧球了。

大桥没有建起来的时候①，到春天的时候，净出危险。因为人骑马从冰上走，冰化的时候，一不注意，那个马和人一起掉进河里，两边都是冰，马也上不去，人、马都完了。

2022年起来的新桥（指2022年竣工的哈巴河东大桥、西大桥老旧桥改造工程②）咱们政府加固得有多好。现在我们去县城，我们愿意从乡里面绕也可以。要是不绕，我们就在咱们老村委会办公室前边的路——那是以前我们走哈巴河的老道，穿白桦林景区过去也可以。

记忆拼图：修桥的回忆

很多村民谈到，在出村桥修好之前，一到春天水大时候出村的

---

① 1989年9月，全长228.08米、宽8.8米的库勒拜大桥建成通车，县城至库勒拜乡的距离由原来的30千米缩短为7千米。

② 侯新娟：《哈巴河东大桥、西大桥老旧桥改造工程完工通车》，2022年6月2日，中国公路网：https://www.chinahighway.com/locality/article/373184.html，最后访问日期：2024年1月15日。

"惊险"过程。

村民：我们的地在戈壁滩上了，那时候我们从村里去到戈壁滩上种地，早上去晚上回。那时候没有桥，马车子、牛车子都到水里头过，河水大的时候很危险。有一次有两口子坐马车去戈壁滩，老婆子掉到水里头去，男的会水，把她救出去了，要是不会水，那回就出事情了。

马车过河的地方——就是现在出村桥的位置，是一个路口，地势稍微平一点，铁牛55、东方红28拖拉机才能过去，小四轮根本过不去。那时也没有康拜因（联合收割机），要把戈壁滩庄稼拉回来、打场，牛或者马拉石磙子压场。

水大的时候，人站在马车上，马车就顺水漂上，马车就那样飘飘荡荡过河，看的人都害怕。以前村里最早买小四轮的一户人，小四轮一到夏天就出不去，最后没有办法，就把小四轮卖掉了。"

当时主持工作的村干部回忆：

那时候没有办法，我们飞地——戈壁滩上的地，要拉东西。特别到5月中旬发水的时候，出不去进不来。有一年早春，有外边收购牛的车，走冰上，车掉到水里面，淹死了好几个牛。最后我们说，修！

1998年，村委会召集全村老百姓，决定修个石桥。当时村上各家各户共集资了5万块钱，有的拿不上钱给的麦子、油葵，反正啥都有。石料也要自己准备，一家分了大概两方石头，老百姓家家用马车拉石头到跟前，村委会负责监督拉到位。找的包工老板，老板出人工给你修好。修好以后这个路直接通出村。政府那时候也没有相应资金，全是靠老百姓一家一家出工出力。当时，平原林场批了多少方木材（支持建桥），由乡里把木材给到一个工程换成钱，才买上修桥的水泥，就这样折腾，那时候指着乡里出钱，真没钱。

这位村干部感叹："村上干个事情真是不容易，就那个桥，到现在有些钱还没有收回来。"

就这样修好了小河上第一座石拱桥。这座村民自建桥走了十余年，最后由国家出资扒掉，重新修了新桥。"2011 年建的新桥。其实那个石拱桥好好的，但是因为当时没有钱，只修了一个车道，窄窄的。"

虽然修桥过程，村干部只是说了三言两语，由村民自发建的桥也在十余年后完成了历史使命。但这座由农民出资出料建的石拱桥，从根本上改变了当时村民出行的面貌。

新的一代

如果说第一代移民和他们的后代（移民二代），生活范围主要是村域或县域的话，在 20 世纪 80 年代乃至 90 年代出生的移民三代，随着考学和工作的机缘，则越走越远。

一位村民说起自己孩子目前的情况："我老家张掖的，就在这里出生的，一直没回过张掖。60 年代先是我父亲和我奶奶过来的，后来叔叔和爷爷他们过来了。我爷爷奶奶都埋到这里了。我两个孩子呢，他们两个一块儿考上大学了，大的 16 年大学毕业，现在在县上做物流。老二在广东读研究生。儿媳妇家是贵州的，在北京读的博士，现在两人在贵阳工作。我的两个孩子，地里面就没让去过，现在让他们种地他们也不会种。我们下一代哪个会种地，都出去工作走了。下一代再不种了。"

另一位村民，说起一直以来自己坚持的想法："1995 年的时候，那时年轻不到 30，家里养了 100 只羊，正好两个娃娃都在上学。我们也想着去尽量给他们创造一个好一点的条件，我们这辈上学时候是玩出来的，我们想他们农田地里尽量再不要干了，想办法再怎么样，离开农田地，农田地太苦了。我们当时就在农田地上干，感觉特别苦，就是抱着这么一个态度。"

第五章 致富能手们

第一节　80年代的拖拉机手
第二节　两代生意人
第三节　养殖专业户

| 第五章　致富能手们 |

所谓解放生产力，对于农业经营主体来讲，一方面是让具有差异化能力禀赋和社会资源的个体，能够各显其能、"万类霜天竞自由"；另一方面，则可以称之为"资产效应"，基于社区身份的长期稳定预期的耕地承包权成为农户的最大资产项，如迈克尔·谢若登所言，拥有资产能够产生许多积极的影响，包括更明确的未来观、更多的人力资本投资、更妥善的财产管理等。[①] 在土地承包经营后的80年代，既往束缚已然打破，新的结构尚未固化，第一批种植专业户、农机手、农业经纪人迅速成长起来。

第一节　80年代的拖拉机手

1985年，哈巴河县对集体所有、承包经营的农机具均实行折价归户。农牧民更新农机具和新购农机具的积极性越来越高。全县各种农机具大量增加。大中型拖拉机达到313台，其中个体282台，占90.1%；小型拖拉机79台，其中个体61台，占96.2%；联合收割机75台，其中个体61台，占81%；牧草收割机63台，其中个体61台，占96.8%。[②]

根据村民回忆，在分地之后的80年代前期，戈壁滩上的地已经开始雇用

---

① 迈克尔·谢若登：《资产与穷人》，商务印书馆，2007，第5页。
② 中共哈巴河县委员会史志办：《中国共产党哈巴河县简史》，新疆人民出版社，2008，第210页。

私人拖拉机犁地作业。此时，拖拉机在县里还是比较稀缺的工具，不仅是对农户，对一些单位也是如此："1985年的时候我们家买了个二手推土机，一套是3万块钱，东方红60，我和一个亲戚干了三年，他们不愿意干了以后，这个推土机要准备卖掉。水管站要这个推土机，买去了以后他们没有驾驶员，我就一块进去了水管站工作了。"

梁书记：1984年，我买了个28马力的拖拉机。那时候种油葵全靠这28。那时候种地找拖拉机找不上，满公社的只有几台拖拉机。这个拖拉机是大包干时分给一个周边牧业村的村民，我花了8500买的。当时8000块钱，感觉要还半辈子。娃娃上学，压力也大。

那时候100多块钱一桶柴油，开支小，油便宜。我们戈壁滩的地废犁铲得很，一个犁铲犁上300亩地，你就得换，现在一块犁铲50块钱，那时候犁铲才七八块钱。1983年的时候，拖拉机犁一亩地才几块钱。

80年代一亩地种油葵，能纯挣个300块钱是随便，那时候300块钱值钱呢，够你买两桶油了。你现在一亩地利润，买不上一桶柴油。现在柴油是1500块钱200升的。[1] 那时候你的利润两桶柴油随便买了。1984年买了这个拖拉机，我自己可以犁地，型号是老千里马拖拉机两铧犁28马力，朝鲜制造的。那个拖拉机设计得好啊！

我从那时候就一直玩拖拉机，那时候拖拉机比现在的小车还吃香。那时候哈巴河还没大桥，去县城要转喀拉塔斯大桥，到县上去要30公里路。我免费带着乡亲去县城，那时候还不知道挣钱，也不好意思收费。乡亲打听你要到县上去一趟，人就来了，你不拉还不好意思，一个队上的就那样。等我一到县上去拉东西，几十个人趴斗子上，就到县上去一趟，反正就免费带上去。当时队上还有一个家的铁牛55的拖拉机，一共就这两个拖拉机。

---

[1] 从新疆90年代以来工农商品价格"剪刀差"的变动情况看，1990—1992年"剪刀差"呈急剧扩大之势；1993—1995年，国家大幅度提高农副产品收购价格，农村工业品价格涨幅通过治理通货膨胀得到有效遏制，"剪刀差"扩大趋势得到迅速扭转，出现了缩小趋势；1996—1997年，农副产品收购价格提高幅度较小甚至出现了下降，"剪刀差"又出现了扩大趋势。（热孜万·阿吾提：《对近两年来新疆工农业商品价格剪刀差扩大状况的分析》，《新疆财经》1999年第1期。）

反正犁地就这两个车,他是三铧犁我是两铧犁。各家犁地请咱们过去。收上一亩地6块钱。

这个28型拖拉机,一直开了好多年了,那时候拖拉机也少。也干运输,拉砖拉石头。当时县上在建好多大路,现在一些老路都是我们作的贡献,拉建材送过去。说起来,我们是改革开放之后第一批有拖拉机的。

这样一直干到1995年,我才买的推土机。当时农机局也要改革,推土机要卖掉,其实就用了一两年,要58 000,人家说你58 000拿来,车拿走。我手里也没这么多钱,就去借钱,那时候村民都有点存款,我一天出去就借了5万块钱。农机局让我两天把钱交上,我出去一天借钱就借出来了。买回来犁地,周边别的队没有,就那一个。再往后又买的两个大马力,那时候直接播种机啥都有了。

笔者:那时候这应该很有钱了。

梁书记:那时候你看我姊妹上学全靠我,我挣的钱都是供他们上学,我所有弟弟妹妹全是学生,我跟他们说了,该上学得上。如果说你们哪一个想在家的话,我出去上学去了。反正这些弟弟妹妹都学了一样。男孩里我是老大,老爹身体不行,年轻时候干活背煤,弄的矽肺。发起病来,气都上不来。

那时候家里四个上学的。我有个弟弟,他那时候考学没考上,最后我把他弄到重庆有个电子学校,那时候是无线电吃香嘛,就过去培训,培训回来在电视台修无线电,现在跑到四川成都。他一直做无线电的,刚开始修电视、修个收音机,后面和海尔联盟专卖电视、卖电器,钱也挣够了。反正在成都买个房子在那待着,海南也有房子的,这都成人了呗!还有个弟弟,刚开始在伊犁卫校上学,上出来觉得中专不行,他又要到医学院进修三年,也上出来了,现在可以了,是县医院副院长了。都供出来了,都出来了,反正都比我强。

分地之后,依据能力、资产乃至机遇等因素,农户家的收入情况也逐渐分化,一位生产队的老拖拉机手这样回忆:

1974年,我开始在队上开链轨拖拉机,拖拉机手工分还高,12分。那个时候家里娃娃多，上学没有工分，所以混了几年，没有上学就到队上干活。大包干之后，我就给人家打工，人家有拖拉机没有技术，把我喊去。1982年以后就是一天挣六七块钱，那就很高了。后来10多块钱、20多块钱，都干过。慢慢随着涨（价）的。搞农机搞了40年。给人家扛长工一样，给梁书记还干过七八年呢。也想过自己买（拖拉机），家里穷，人家贷款都不给贷，贷不下款来。

随着家庭承包责任制的推进，到1984年底，全疆大中型拖拉机中，集体经营的占35.8%，农户个体、联户经营的占64.2%；小型拖拉机中，集体经营的只占26.1%，农户经营的占73.9%。对集体所有的农机具普遍实行了包机到组或包机到人的"定奖罚"责任制。到1993年底，全疆大中型和小型拖拉机由农户个体或联户经营的分别占到80%和95%以上。①

> **资料链接：80年代几款主打拖拉机的适应性评价**②
>
> **东方红75地区适应性评价**
>
> 该机马力大，附着力强，基本上能完成各项作业，增设了油压装置，便于综合利用。但该机太笨重，质量差，耗油高，经济性差，即使是新机也往往冒黑烟，烧机油马力不足，牵引力达不到应有功率，启动困难，底盘出、漏油，机手操作劳动强度太大，驾驶室不封闭，机手作业太辛苦。
>
> **东方红60地区适应性评价**
>
> 该机具有较多优点，一机多用，群众评价好，但在我区马力尚感不

---

① 《中国农业全书·新疆卷》编辑委员会：《中国农业全书·新疆卷》，中国农业出版社，1999，第326页。

② 哈巴河县农业区划委员会：《哈巴河县农业区划》，1984，第138页。

足，驾驶室不封闭，操作劳动强度大，机手易劳累。

铁牛 55 地区适应性评价

该机牵引力大，爬坡滚沙丘能力强，较受群众欢迎。但经济性差，底盘质量差，零配件供应不足，噪音大，操纵较费力，驾驶室不密封，机手易劳累。

东方红 28 地区适应性评价

该机底盘重，附着力强，耗油少，经济性强，很受生产队欢迎，地隙高，适用于中耕除草。但马力小，操作不灵活，震动太大，易疲劳。

90 年代农机市场变化

90 年代中期，梁书记与人合伙，搞起了一个农机服务队，配置了大马力推土机、播种机。

梁书记：不折腾咋办？你光种地也不行。当时我和另外一个人合伙，雇了 4 个人，给他们开工资。主要还是犁地。那时候我们整个队上连周边好几个村，都是我们弄，一年要犁四五千亩地。还在牧业队上给人家平草场，90 年代我就干了些活儿。

从 1999 年到 2004 年吃香得很，说白了那几年可以。从 2004 年往后，市场到处都是这个东西了，就没意思了。之后，干到可能 2012 年、2013 年，买的人更多了，到处都是这个东西，那个市场就没意思了，恶性竞争，你便宜点、他也便宜点，就挣不上钱了。2004 年往后还有很多欠账的，反正你不干有人干。最后我就不干了，这几年就没再动，推土机在别的村子放着，全部成废铁了。一直扔着也舍不得卖，越往后摆，铁东西越摆越不值钱，最后就卖掉了。

梁书记提到的这个时间节点，正是新疆农机增长轨迹的重要时间点，各级财政加大了对农机购置的支持力度。2005—2009 年，中央财政共安排新疆农机购置补贴资金 7.9 亿元，自治区及各地县也合计安排财政资金 1.3 亿多元，吸引农民 26 亿元投入，购置农业机械装备 13 万台架，近 10 万农户和农机经营服务组织享受到了农机购置补贴。到 2008 年，全疆农机总动力 1056.49 万千瓦，比 1978 年增长 5.34 倍；拖拉机拥有量 48.49 万台，比 1978 年增长 23.12 倍，其中大中型拖拉机 14.79 万台；各种配套农具 76.86 万台，比 1978 年增长 36.31 倍。畜牧机具达 8.55 万台，林果业机具 5055 台，特色农业机械 6458 台。①

农资成本膨胀

根据既有的研究，与 1978 年相比，2010 年农资价格上涨大约 600%。从定基指数增长率的变化轨迹来看，中国农资价格变化出现四个明显阶段：1978—1989 年期间平缓增长；1990—1996 年期间迅速增长；1997—2003 年期间增长出现下降趋势；2004—2010 年期间，增长出现急速上升的变化趋势。②80 年代后期，化肥、柴油、农膜、农药等销售价格快速上涨，农业生产成本大幅度提升，再度扩大了工农产品价格剪刀差。③"春江水暖鸭先知"，第一批农业大户对此的感受是深切的。

梁书记：2014 年、2015 年的时候包地种，感觉就不行了，投资大、开销大，动不动就没有利润，主要是化肥价格等各类农资价格都上去了。如果再加上这个农产品市场不好，种了两年就没意思了。80 年代，小麦是 5 毛多一公斤，麦子一直就涨不高，小麦大前年都还是 2 块多（一公斤）。2 块 4、2 块 5，去年涨到 3 块，麦子多少年了就一直 2 块多。

现在一袋子化肥涨到 125 了。刚开始化肥一袋子才三四十块钱。80 年代初，一桶油是几十块钱，1985 年一桶油 140 块钱 200 升，之后 140 涨了，涨

---

① 王晓文、巴拉提·阿斯木、孙桂荣、鲁东、张友腾、伊文、吉芸：《60 年发展新疆农机化风生水起》，《农民日报》2009 年 9 月 25 日。
② 黄文彪：《中国农资价格变化成因与波及效应研究》，博士学位论文，福建农林大学，2012。
③ 线国正、张效仁：《深化新疆农村改革的途径》，《新疆社会科学》1989 年第 2 期。

到 300 多，涨到 700 多、800 多，现在一桶 200 升就涨到 1900，现在我就一直算这个账，柴油花费翻了多少番？农药也贵的，一亩地农药也要几十块钱。现在水费，一亩地合同内 50 多，有合同以外①的地一亩地 100 多②。你就玩不动。

---

① 合同内土地是指：二轮承包地、牧民定居饲草料地。具体以具有法律效力的土地确权证和草原证为依据。合同外土地是指：除合同内土地外的其他耕地。

② 根据《哈巴河县农业生产取水水费征收管理办法（暂行）》，常规灌溉（定额 600 立方米/亩）收费标准：合同内土地 0.0891 元×600 亩=53.46 元/亩，合同外土地 0.1782 元×600 亩=106.92 元/亩。高效节水灌溉（定额 500 立方米/亩）收费标准：合同内土地 0.0891 元×500 亩=44.55 元/亩；合同外土地 0.1782 元×500 亩×2 倍=89.1 元/亩。

第二节　两代生意人

马大叔人生经历异常丰富，访谈时一个串门的亲戚说"他自己（的故事）就可以写一本书"。我们花了几个上午的时间，来翻开这本书。

爷爷时候就做"投机倒把"

笔者：咱家祖上您爷爷是做生意的？

马大叔：我们是回族。做生意，有些东西都（被）逼的，不做生意他没钱花，不搞些投机倒把，他吃啥喝啥？人被逼到一定时候，实际上有三种人。我反正穷成这样了，该咋着就咋着，反正我躺着睡着，能吃就吃一点，吃不上拉倒，这是有一种人。还有一种人呢，我何必在这等着饿死干啥？外面出去拿着5块钱东西搞一点投机倒把，我在那里弄上5块钱，在这里卖上6块钱，我挣1块钱。最起码还能买上一个疙瘩馍馍嘛、面粉嘛，一家人可以吃一下。但是还有一种人，人家咋想？我今天挣了10块，我明天还挣20块，我要多弄钱。人就这么三种，还有啥？

解放后，爷爷做生意那个时间是1965年前后那几年，那时候我也是刚记事。主要是倒倒羊皮、牛皮的小生意，搞那些东西。就跑到张掖、武威，那边人比我们临夏这边人还穷。他那边一个羊皮子也就几毛钱，拉到我们临夏，那个时候可以卖到个一块多钱，搞这些东西，赚差价。张掖那边缺布、茶叶、服装。从我们这边倒过去，那边卖掉，那边的货再拿回来，反正来去倒呗，搞些投机倒把。所以我们家经济条件稍微可以点。六几年的人生活比59年到61年稍微好一点，但是还是紧张。但那时候不让做生意，做生意就是投机倒把啊。

你种地就是种地的，不能搞别的事。人家搞商业，就有供销社。那是供销社搞的，和你没关系。

倒羊皮

马大叔：1982年分地后，种了两年地我就开始去外面了。种地，我觉得不太怎么样，我就开始做生意了，反正是比种地强一点。啥都干过，就除了这个白粉没有倒过，只要能挣钱的我都干。最开始没办法，就这里收两个羊皮子拉到乌鲁木齐卖掉。

笔者：还是爷爷做的事情。

马大叔：羊皮，这个地方那个时候收是七八毛钱。卖到乌鲁木齐也就是2块多钱、3块钱一张。所以到乌鲁木齐卖掉一张皮子就挣个一块多钱、两块钱。一回拉个200来张、300张。夏天除掉住宿、吃饭、车票，也就剩个200来块钱。跟你说个老实话，那时候又穷嘛，我这个人性格又强得很，不愿意在家待。再一个，一大包干以后，就下定决心不让娃娃们在农村待了，不让我的儿女在农村待。我下了个决心，你只要能上学，我砸锅卖钱，我把你学给供上，你能上到哪我供到哪。你要供学生最终你要有资金，你没有资金怎么弄？所以就搞点投机倒把、弄点牛羊，干这个事。

笔者：当时也允许吧？

马大叔：后边允许了。刚开始大包干时候还不允许。当时有个专门收牛羊皮的公司，每个县都有一个。还到处设卡子，抓你，抓住就把你羊皮给你没收了。

笔者：你怎么没被抓？

马大叔：我想办法找外面的大车，哈巴河的木头不是往内地调，往乌鲁木齐调，（我）和那些驾驶员商量好，把羊皮拉过去，垫到车底下，把木头放在上边。

笔者：怪不得昨天那亲戚说你都是故事，确实挺有意思。

马大叔：人，逼到头上，他哪样事都能干出来。就为了那几个碎银子，他不干没办法，那个时候我家已经五口人了，仨孩子了。你说我不干能行？1989 年我和乌鲁木齐市外贸接上头了。接上头以后，就搞花芸豆。

怎么认识的外贸的？我 80 年代搞肠衣的。就把羊肠子这样刮，刮完刮成中间薄皮皮，叫肠衣，我是搞肠衣的。肠衣从哪来？我们这个牧区羊肠子特别多，每家每户一个冬天宰七八个羊，反正我把价格撒出去，下面有给我收肠子的一帮人。你肠子收过来，长的一个肠子 5 块钱给你，短的一个肠子 3 块钱给你。我收肠子，就把老家的二哥喊过来，就在这和我加工肠衣，卖到乌鲁木齐市外贸。通过做肠衣认识的外贸，建的联系，然后开始做花芸豆。

花芸豆

哈巴河出产的花芸豆品质优良，其中又以八大队最为出名。90 年代初期，由于花芸豆的销路看好，县域种植规模连年扩大，年均达到 1.1 万亩，亩产 167 千克，总产 184 万千克。90 年代中期，县委、县政府提出建立花芸豆生产基地的设想。到 1999 年种植面积 4.2 万亩，亩产 180 千克，总产 756 万千克。这个时期也出现了一批花芸豆经纪人，马大叔就是其中之一。

马大叔：1989 年，开始做花芸豆。这边的花芸豆最开始就是我倒的，没有第二个人。和外贸公司联系上以后，他们就给我提供种子、化肥。磷肥、种子拉到我这来卸下，提供给老百姓。到秋天的豆子收完，你拿的是多少种子、多少化肥，我把我的扣完，剩下的钱你都拿走。

第一年收花芸豆。从老百姓（那）收是 1 公斤 1 块 2。卖给外贸公司也是 1 公斤是 1 块 2，加上一公斤 5 分钱的（居间费），包括运费，运费除完，我也就挣个每公斤 2 分 5。我这个人从来从老百姓那不抽钱，我拿那个单位的钱，老百姓的钱我不拿。给他还这 1 块 2，一年也就收个几百吨的样子。能挣个 1 万块钱，行了。我一个小伙子一两个月你挣 1 万来块钱行了，你还想干啥！

那时候国家干部才能挣多少钱？或者一个工人一个月就是几十块钱的工

资，八几年、九几年也就是200来块钱、300块钱，还不到500块钱工资。我比他们挣的多得多。

那时间我就是万元户，我刚和我老爹分开家，我们家穷啥都没有，我弟弟娶媳妇，还该（欠）了人家外面1000多块钱。最后分家，我老姐把这笔钱分给我，说给你弟弟娶媳妇的钱，你还去。我说行，我还就我还。

我跑了三个月，我就把这账还清了。那三个月真好，三四个月挣了1万来块钱。跑出去就三折腾两折腾，不知道稀里糊涂地就折腾了1万多块钱了。回来就开始买牛买羊，光那几天我买了10来头牛、40多个羊。

反正我这个人是没有文化，头脑跟你说个老实话也真够用，要不然（还是）种地，到现在那些娃娃还在地里面趴着。1982年我就下定决心，不让一个娃娃种地，都给我往出走。现在还都在外边。反正孩子们都好了，现在是害了我老子了呗。人家都在大城市待着，我还在这村里。

1993年到95年，我在克拉玛依混了三年。我和我们村另外一个人，把克拉玛依钻井处整个处级单位的冷库肉都给承包下来了。三年给这个冷库搞了300吨肉，你说我们两个胆子大不大？

羊肉是200吨，牛肉是100吨，（共）300吨。一个羊最多宰25公斤肉，你说200吨能宰多少只羊？哈哈，把哈巴河、布尔津、福海，这几个地区的羊叫我们拉完了。那边宰的人宰，这边拉的人拉，那边宰的有十来个人，我们这边收羊的有六七个人，收的收、拉的拉。在那宰的宰，（从）晚上到白天宰，反正那边七八个车不停。

当时克拉玛依钻井处那下不了十几万职工，要供应所有的井队，几乎都要全靠冷库供应的。村里的羊、牛都是我收，他只要卖，就是我的，别人拿不了。我们是怎么弄？反正我只要稍微挣一点钱我就拿，我是"多种取利"，所有开支完，一公斤肉挣上两毛钱我们都干。

在农牧产品市场远不规范、市场结构尚未固化的年代，即使是普通农户也有市场风浪里博一下的"孔隙"，然而诱人机遇常与暗礁险滩相伴随。访谈中，遇到另一户在同时期做牛羊贩卖生意的人家。"当时我们家在村上收上牛羊，卖到外边公司。谁想到那个公司在秤上坑了我们，结果我们赔了几十万，那时候的人跟傻子一样。我们两口子就趴到地里面号啕大哭。我们还雇了小工干了活儿的，不能亏待人家。我们后来就卖农产品、做生意慢慢还账。"

第三节　养殖专业户

80年代初期，随着社员限养、禁养畜禽的规定被取消，集市贸易和牲畜交易市场得以恢复，全国范围内农户牲畜饲养得到较快发展，社员家庭养猪，1978年占到全国养猪头数的80%，1980年占91%；社员家庭养羊比重，从1978年的33%增长到1980年的46%；社员家庭养牛比重，占到12%。已经实行包产到户的地方，农户争相购买耕畜。① 也正是在这个时期，一批牲畜饲养重点户涌现，牧区、半牧区社员自留畜已占到牲畜总数的20%。

哈巴河县平原区生产条件好，农田周围有大片夹荒地，有丰富的作物秸秆，适宜发展农区畜牧业，农民也有养畜习惯。1985年，农区牲畜最高饲养量为8.15万头（只），占当年全县牲畜最高饲养量的23.61%，农区牲畜年末存栏6.16万头（只），占当年全县牲畜年末存栏量的24.30%。

姜叔：我1970年结婚。冬天，舅哥过来给我买了一个牛。那时候，一个山羊娃仔5块钱，一个山羊10块钱。我就买回来，养上去，一直养着。我一结婚，两三年之后牛羊都有了，牛是不宰着吃的，羊肉可以正常吃。鸡、鸭、鹅可以自己养。像我养得多的，可以自己宰着吃，或卖给别人，还有个零花钱。那时候，有的人连吃的都不够，哪还有钱呢？那段时间没有限制自己养，之后又开始限制了，说一家养几头牛、多少只羊，也就那么说呢。说了一年两年，再也不管了。

从80年代后期到90年代，我家养的羊就多了，就有上百只，我就放开养了。那个时候，就是谁有本事、谁有能力把财富创造出来，就和搞商业的一个

---

① 祁果：《当前我国畜牧业发展形势和方针任务》，《饲料研究》1982年第1期。

人在边陲

样子。[1]牛有十几二十头，两三匹马。在这个队上，养牲畜种地，跟你自豪地说，我是数一数二的。70年代生产队时候，队里也给你一两个草，不多。但是如果收拾不好草（原话：你懒的人收拾不下草），一个冬天六个月180天，你过不去。

人家牧业队把草打完，自然沟里、流动滩上，人家不打那个，我就上去打。集体下班了，我把牛套上，像原始社会那样，两个木头棍子一个旱爬犁，搭在牛身上，也没有轮子，就在地上落着走。当时就用这个拉草回来，我老婆来晒干。然后摞起来，有时候12月份开始喂，有时候11月份开喂，一直喂到第二年的4月份。你想，喂养了四五个月呢，这个草收拾不来，你怎么养牲畜啊！

养牲畜，要自己爱护，要不就不听你指挥了，就不好好工作了。到秋天，要把草料备上，喂的时候要给它时间吃。这个地方有一个好处，冬天不下雪的时候，可以放到外边去吃，外边可以吃上。到下午的时候，你再收回来。

牛、羊、马那时候我都有，牛需要马骑上找去，羊必须得跟上。吃不饱再给上草。晚上棚圈要准备好，冬天不要给冻上了。草料按时间，早上八点钟给上，不要耽误，要不对它身体也不好。吃的就是草，还有种下的苞谷磨成苞米面，牛得是这样给。羊是囫囵给，马、牛要粉碎给粉面儿好。

但是牲畜要管理好，就像健康的人，一天要有三顿饮食，饮食搭配不好就不健康了。也要按时间（喂养），你看我八九十岁的人，像我这么健康的人不多。我腰也直直的，眼睛也好得很，耳朵也好得很。

在老家就养的羊。我们爷爷的时候、父亲的时候就养着，解放前就养着。在武威老家，共产党给我们家定的是中农，我们也不是地主，也不是贫农，我们是老百姓中间的。这些活儿从小就看着就知道。

我老婆，50年代的时候，她小小的，队上给她一个毛驴，她就背着一个平底的、四四方方、上下一样大的筐子，白天拉着毛驴出去吃草，也给她记

---

[1] 1987年，全国牧区工作会议在北京召开。会议提出，要树立商品经济观念，讲求经济效益。要改进队牧区的经济考核办法，把发展牲畜与合理利用资源结合起来，把提高总增率与提高商品率结合起来，加快商品周转，增加牧民收入。（《国务院批转全国牧区工作会议纪要的通知》，《吉林政报》1987年第18期。）

工分。

  姜叔回忆养殖规模最大的时候是在90年代到2000年，那时候"每年养羊200只左右，牛每年大小20余头，马大的、小的有三四匹"。从全县数据来看，2000年，农区牲畜最高饲养量猛增到27.14万头（只），占全县牲畜最高饲养量的41.68%，比1994年增长68.83%，年均增长9.12%，农区牲畜年末存栏达到15.8万头（只），占全县牲畜年末存栏的36.74%，比1994年增长73.06%，年均增长9.57%。

第六章 各自的技能

第一节　盖房子的王大哥
第二节　开拖拉机的熊大哥
第三节　铁匠妥师傅
第四节　自己摸索的技术

在父辈经历了与故乡的文化网络别离后,在边陲出生的"移民二代",已经不太可能通过世代更替的方式承袭手艺了,彼时稀缺的正规教育又显得遥不可及,因生活所迫,他们中的很多人通过种种意想不到的途径学习或创造着新的生存技能,这些由偶然的机遇、生活经历的耳濡目染或某种基因的潜移默化共同启动的新技能,又塑造着移民村落各方面的形态。

第一节　盖房子的王大哥

王大哥:我老家甘肃武威的,老爹1952年当的志愿兵,属于最后一批志愿兵,从武威参军,没有赶上战争。后来被派到新疆,在沙漠里剿匪。退伍之后,分配到甘肃玉门石油管理局。50年代中期一次修车的时候,眼睛被砸铁时崩出来的铁渣弄伤,手术没治好,眼睛就坏了,之后分配到大起泵房工作。在老家结了婚以后,当时单位不让带家属,那时候老家(的人)已经饿肚子了。

当时听说新疆好,白面馍馍随便吃。所以工作不要了,就跑到这里来了。1968年,另外一只眼睛也因为白内障失明了,就双目失明了,那时候我才4岁。现在白内障是不大一个手术,当时没有这个条件,治不了。我记事之后,哈巴河有个部队医院,我经常把他领上去治疗。大概1977年,我家卖掉一个牛,100多块钱,带他去乌鲁木齐看眼睛,到乌鲁木齐也没看好,就回来了。后来到了1982年，又去了乌鲁木齐，那时候医院可以治白内障了，医生检查后说，眼底坏了，即使白内障治好，眼睛也看不到。

小时候，家庭也挺穷。我母亲拉扯着我们，房子也简陋，吃个饭连个桌子都没有，地上铺个板板吃饭。1981年，我17岁，初中上到初三没毕业，就回来了，在生产队干活，主要是扛麻袋——那时候已经有脱谷机了，100公斤一袋。

王大哥是通过一种边干边学的方式学习做木工，并在早期提供免费的"来料加工"，以磨炼技能。

"后面80年代我就学木工，也是逼出来的。就看人家做，刚开始做也没那么精确。我也跟师父，人家做我就看，照着人家做，当时公社好几个木工。那时候我们这一片（指周边邻里），反正你把木头拿来（给你做家具），白干活也不要钱。可能有那种遗传基因，我爷爷是木工。我父亲跟我说解放前我爷爷是木匠。"事实上，王大哥未曾见过自己的木匠爷爷。

王大哥：我做下的第一个椅子可能还在呢。80年代初期流行八仙桌，就学着做的八仙桌、长条凳。我一学开，这边一片，跟前这些邻居都找我做，我就做，免费做，做坏了你也别怨我。冬天没事呗！那时候木工可真是个费力，全凭人工。用刨子刨，柳条木，板子用大锯拉开以后，用锯子把它刨开。那时候做个窗户门，真是费劲，精神也大得很嘛。

到后来干得可以了，冬天就去民族队（指周边哈萨克族村落）上干去。我一干起来之后，家里活儿就顾不上了，地里活儿都是我弟弟帮我干的。

开始盖房子

由于土坯房屋构筑技艺较为简单，并得益于村庄内部便利的学习网络，加之正值80年代村民建房热潮，王大哥在不太长的时间内，完成了由小工到大工的转变。

王大哥：1988年，我们就开始给人盖房子。当时也是跟上我们队上两个人，其中一个是老家来打工的，我们开始的时候给人家打土坯，当小工，看着人盖房子怎么盖，大概就知道了。有一次，给一个哈萨克族家打土块，我们说不行我们给你垒起来、我们来盖。那时候血气方刚不害怕，我们自己给这家垒房子，之前都见过怎么垒，当时我们属于木工，眼力都相当好，搞直线没有问题，关键是看直线垒。

房子就给他盖起来了，1988 年盖的第一栋房子，后面我们就开始给人家盖房子了，土坯墙只要垒直就行了。

我们这个地方根据地形，地基要挖到石头上①，黑土要挖掉，因为黑土地冬天就冻上了。把那砂石垫起来，回填夯实②。那时候盖房子不像现在是混凝土的，都是河里面的砂石，把槽子填平。上面再打地基，地基是在平面上开始打，就是用石头把它砌起来。

我们盖的是土坯房子，再之前是土打墙的房子，也就是夯土房子——用板子架住以后，把土拉回来上到里面，一层一层打，那种房子不要地基。

我们弟弟现在住的那个房子，是 90 年盖的，八大队第三个土坯房子。砌地基一般都是三四十公分高，然后在上面盖土坯，墙有 50 公分、60 公分、70 公分宽的。我们这都是 50 公分，土块一个 32 公分宽，一个土块是直的，一个是横的，加起来是 45 公分。

90 年代开始发展起砖包皮的房子，窗户以下，大致上 80 公分以下，外边是 12 公分的砖，里边土块 30 公分，错开缝子，泥巴抹起来就是 50 墙了，一层层交错压住。一般垒上 40—50 公分高，砖和土块平了之后，砖要压到土块上一部分，这样子垒上一层，就横着拉住了，不分家。上来以后再还是这样子垒。垒到 80 公分以后，最上面那一层砖还是像先前横着拉一层。垒上 80 公分高之后，上边都是土块了。外面是砖，里边是土块，条件好的，整个外墙都是砖包起来，里面是土，省砖嘛。

我家老房子才花了 1000 来块钱自己盖起来的，就是买下料，水泥用了一吨多。土坯是先打好的。我们打土块都是这一个模子扣两块，泥巴装好，端过

---

① 有村民介绍说，有 2000 年左右盖的房子，一般挖到 0.5—1.5 米。
② 后期，有村民会用小四轮拖拉机来回轧实注水的砂石。

去再把它扣下，我最后一家伙拿打预制板的框子，搞上 12 块。泥巴填平以后，框子一拿，有 12 块。干这种活儿人少了不行，反正相当累。

一般就是 3 个或 5 个檩条，檩条搭好之后开始搭椽子。20—30 多公分一个椽子（竖的），有圆椽子的、有方椽子的。圆椽子就是天然的树，方的就是锯好的。一般是杨树和桦树，老家有说法"柳树不上房"，所以不用柳树，老人都不让用柳树盖房。再上边就是苇梁子（指苇席）。

苇梁子很厚，保温得很。用麻绳交叉栓到一起，一个苇梁子，一般都是两米半到三米，用麻绳编。编苇梁子，一个人也能编，四个人也能编。四个人的话，一天编三四个苇子①。

组织施工队盖房子的经历，让王大哥在周边农牧业社区颇有人缘。

王大哥：我一直在民族队上盖房子呢，在阿克阿热勒片区，原来土木结构的房子，一多半是我盖的，那些老人对我评价好得很。那个时期，房子就开始做钢窗了，他们说你给我把玻璃栽一下。那时候玻璃都是整箱子拉过去。我说

2023 年正月，王大哥招待我吃午饭，用刀片肉十分娴熟，和哈萨克族手法并无二致

---

① 苇子的加工处理：漫泡：把剖开的苇篾片铺到地上，洒上水浸泡，或放到水中浸泡。泡后才能进行轧压。轧压：把经过浸泡的苇篾片，铺在硬而平整的场地上，用苇磙子来回轧压，直到苇节与苇皮相平为止。去皮：把苇刷子夹住轧压好的苇篾片，逆茬捋掉苇叶，同时掐掉无用的根梢，有时对去皮后的苇篾片，还需进行复压。分户：按苇篾片的长短分成"头苇""二苇""三苇""短苇"，以备编席时分别使用。（老艾：《苇席编织技巧》，《农村科学实验》1994 年第 4 期。）

行啊，架个板，我就用刀子给他划开。那都是技术活，好多人都不敢划。一晚上都划开了，我们都是免费帮忙干的。好多哈萨克族丫头都羡慕。我说以后找个哈萨克族也行。我当时也很爱接触人，人缘也好。我也不占便宜，说帮个忙干啥，都愿意。原先都会讲哈萨克话。

年轻时候到处跑，2005年我们骑摩托到阿尔泰山夏牧场——我们村上有夏牧场，有哈萨克族放牛的，在山上玩了好几天。一箱油，满满的差不多。那时间玩得厉害。我在河西这边都跑过来了，熟悉得很。

抗震技巧

王大哥：90年代，有一次赶上四级到五级地震，我们几个人正好在盖房子，我在下面，上面有几个人垒着，我敏感得很，坐着觉得晃，我说地震了。一个20来岁的小伙子，嘭一下，从三米高的墙上跳下来了。后来，上面来检查地震抗灾的，看我们盖房，人家说要把苇子压平，多少层土坯放一层苇子抗震。那真有道理！后面我们盖房子就全部都压了，效果明显得很，你看我这个房子，1995年盖的一直没开缝。

把苇子压平，放到地下，以前用石磙子轧，后面用拖拉机把它压平压扁。苇子耐腐蚀得很，一般坏不掉。我们这个墙里都压着苇子。土块墙垒上五六十公分高，或者七八十公分高，铺上一层苇子，放泥巴，再垒上土块、再铺一层苇子。抗震，和钢筋一个样的东西。抗震效果相当明显，墙不开缝子。

施工队

技术上日臻熟练，王大哥几个人合伙成立了一个"施工队"，承揽周边农户建房。

王大哥：当时我们有个自发的施工队：我们村上还有一个人家，他弟兄两个正常的情况下（会加入），我们家弟兄两个或者三个，还有我姐夫。不包料，谁家盖谁家把料准备好。挣下钱,也没说大工小工,都是平分。那时候,做饭不会做也得做,一家一天,轮流做饭,好赖也是把馍馍蒸上。后来一直干到1992年,我结婚了。结婚了就不干了。然后一直到98年又开始盖了两年(房子),村里好多房子都是我们盖的。

笔者: 90年代盖一个房子给咱们施工队多少钱?

王大哥: 那时候最开始七八百块钱一间房子,三间房子两千来块工钱。我们干到最后的时候好像是1200一间房子。当时平房有4×5的、4×6的、4×7的,都是按间算着。一间房子(到90年代末期)最贵算1200。行情反正就是七八百到1200,刚开始700块钱。

一间房子东西宽4米这基本上都定的,南北有5米的、有7米的,最大的放到7米。因为跨度太大了,木头檩条承重不行,所以基本上都是4米,也有中间那间四米半的。房梁承重大,这房梁上要上两次泥巴,上五六方土。苇梁子上边是麦草,麦草上边是泥巴,泥巴干了,上一层牛粪,再上一层土压实,再上一层泥巴。原来哪有油毡,但那房子盖上就不漏。零几年开始上油毡了。90年代,八大队真正家里条件好的也没有几家,有个十来家条件好点的。

笔者: 盖一间房子大概用多少木头?

王大哥: 用的不少,六个檩条一方的话,连窗子椽子都下来,就要七八方木头。80年代中期以前这个天然林不管。这地方有个平原林场,他们每年冬天伐树、卖树。谁家盖房子就提前去林子伐去。我们四五个小伙子去,不要大的,十几、二十来公分的,两个人扛一个。

1990年以后,就管开了。林场护林员不让伐树,但也有偷着砍的,晚上去林子里边伐树。或者是以前每年春天、夏天都会有8级到9级风[①],每年夏天都有那么两次,风大得很,刮倒好多树。一刮开大风,就有人拿个斧头、拿个锯子找去了。谁看到是谁的。后期是河里面发水,融水期再下上一场雨,水

---

① 哈巴河县多大风。平原东部:大风以春、冬两季最多,夏季最少。一般月份平均达4天以上,最多的4月平均大风7天以上,最少的8月3.2天。平原西部:大风日数以春季最多,夏秋季次之,冬季最少。一般以4月最多,平均为6.2天;2月最少,平均只有1.8天。

大得很，冲倒的树多得很。水一消之后，去捞回来。后面我们这房子需要的木材都是买的。

笔者：后来为什么不干了？

王大哥：盖房子累啊，我这颈椎病与盖房子、干木工，有直接关系。92年结婚，结过婚我就不干了。种地种了两三年。完了以后又盖房子，盖到98年。以后再不干了，我就正儿八经开始种地了，种几百亩地了。

村庄记忆　安居房

为让各族群众住得上房、住上好房，新疆从2010年6月开始实施安居富民工程，随着补助标准、管理水平的提高，各地农民建新房的积极性也不断提高，每年全疆富民安居工程计划任务建房约30万套，但年年都会超额完成。

从2010年起，哈巴河县按照"面积、功能、质量、产业20年不落后"的要求，高起点、高标准推进安居富民工程建设，一间间富民安居房如雨后春笋般平地而起，成为新农村建设的鲜活样本。仅2016年，哈巴河县共投入资金3000余万元，完成了380户安居富民工程建设，确保各族群众"居者有其屋"[①]。

据村干部介绍，该村安居房基本实现了全覆盖。"每年任务不同，2017年那一年最多，那年给的指标多，正好赶上脱贫攻坚，我们村盖了14栋房子。公家补助38500，剩下的钱（超出补助面积的）交给城建局，由城建局统一安排施工队。"据报道[②]，2017年哈巴河县安居富民工程计划投资2574万元，其中中央补助409.5万元（每户1.05万元）、自治区补助312万元（每户0.8万元）、援疆配套资金390万

[①]《"富民安居"让群众安居乐业》，天山网：https://news.ts.cn/system/2016/11/11/012380200.shtml，最后访问日期：2023年6月15日。

[②] 秦茂华、徐琨鹏：《哈巴河县安居富民工程投资完成率达76.3%》，阿勒泰新闻网：https://mt.sohu.com/20170719/n502820157.shtml，最后访问日期：2023年6月27日。

元（每户1万元）、县财政预算资金600万元，剩余资金由农牧民自筹。该项目共涉及3乡2镇69个村，建设安居富民房390户，每户建筑面积50—100平方米。

一位村民回忆自己的安居房建设过程："我刚结婚的房子在下面（指村西头）那个地方。现在住的这个地方是零几年的时候，买过来的。因为那个地方偏僻、背得很。这个地方原来有三间房子，带个院子，村里有一户搬走了，我18 000买的。我在这住了两年，就出来富民安居房政策。那时候我家里困难，家里人有残疾，村里就把我家报上。

后头我又考虑国家标准盖的还是小点。我多掏上一点钱，盖个大点的房子，又大又宽敞。那时候只要我先交13 000，就可以给动工盖房子，余下的钱贷款。

我回来了和老婆子商量了一下，就拿出来了1万，还缺3000，这就没处找了。第二天起来我就找钱去了。那时候村书记是王有成，刘军是我们的主任，徐雪萍是我们大学生村官，人家三个人一个人借给我1000块钱，我就把这房子钱交了。人家一分钱利息也没要。

这房子是吉林援疆给我们资助了1万，地区出1万，县政府支持了1万，乡里面也是8000，还有残联跟民政给我补助1万，这就48 000。就把这个房子给起来了。我自己掏了13 000，其他是贷款18 000块钱。贷款是贴息款，三年之内你要还掉，就没有利息。我们盖的时间（造价）是一个平方900块钱，全村我这个房是比较早的。"

背景资料：

阿勒泰地区某县2020年农村安居工程实施方案（节选）

建设方式、补助对象和建设标准

（一）建设方式。采取"乡（镇）组织实施、农民自建为主"的方式。依靠现有农村建筑工匠和农民自建来完成。项目实施由乡（镇）组织当地工匠与户主签订建设承包合同[在项目乡（镇）司法所审核备案]，合同要明确承包方式（包工或包工包料）、建设内容，并在限定时间内保质保量完成工程建设任务。

（二）补助对象。农村安居工程补助对象必须是现有住房不抗震或面积、功能不达标，且具有农村户籍、自愿申请建房，经县、乡（镇）、村三级公示审核，确需新建或改扩建的农户。

（三）补助标准。一般户补助每户3.85万元（自治区补助1.85万元、援疆资金补助1万元、县级财政补助1万元）。2020年649户建设任务，预计总投资6327.75万元（自治区补助1200.65万元、援疆资金649万元、县级补助资金649万元、农户自筹3829.1万元）。

（四）建设标准。根据农户宅基地大小、家庭人口、经济条件和生活习惯，科学合理确定住房建筑面积，建房面积为45—145平方米。按照科学规划、合理布局、施工图纸齐全、设施配套、安全适用、突出地域特色的要求，严格按照图纸施工，结合EPS新型装配式建材使用、施工新工艺、节能新措施等情况，加大对建房户使用符合节能环保要求的节能材料的检查力度，特别是建筑墙体、门窗、屋面、地面等维护结构建设，使其达到保温节能的效果。

第二节　开拖拉机的熊大哥

80年代初期，随着土地承包责任制的推进，在全疆范围内掀起了农户购买农机的热潮，特别是适应精耕细作、价格优惠的小型农机甚至出现了争购情形，1982年新疆的农用动力和排灌机械销售量比1981年增加26%，农副产品加工机械的销售量增加66%，半机械化农具的销售量增加103%。[①] 随着集体经营的农机量急剧减少，乡村代耕市场渐趋形成。而此时，日益深入的市场逻辑与社区内部人情网络间的张力也已显现。

熊大哥：80年代有条件的都开始买拖拉机。1985年，我就买上了拖拉机，开了七年铁牛55，又开了十几年东方红28。

给人家拉料、砖、石头、煤，自装自卸，磨的手上都是茧子。一斗子红砖3000块，到窑厂去拉，拉三趟砖，就是1万块砖，那时候运费便宜得很。后来运费起来了，但也干不了了，赶不上就没办法。

80年代，开着拖拉机，从地区煤矿拉煤，（单程）240公里。来回要跑两天，早上6点钟走，空车加上三四桶油，8个小时跑到，每小时大概30公里。那时候也没有油路，都是土路，颠得很。拖拉机没有驾驶室，真是受罪啊！跑到矿上，人家给你装，装好过泵。要是时间早就往回赶，半路上找地方住下。要是晚了，就住煤矿，一趟来回20个小时。重车（指装了货的车）要跑到11—12个小时（单程）。

那一车煤，拉个六七吨，两天一趟，那时候精神大啊！拉回来卖，事先联系好谁家要几吨。当时几十块钱一吨，那时候私人家一般都烧不起煤，主要是

[①] 崔碧玉：《论现阶段新疆农业机械化问题》，《新疆社会科学》1983年第4期。

单位用。最开始有三个驾驶员跑，光吹牛，三天拉一趟，最后我也不和他们跑了，两天拉一趟，一个人单车跑。那时候运费太便宜，就没挣到什么钱。铁牛也犁地，6点钟爬起来就开始犁地，小片地一天能犁30—50亩，那时犁地1亩3块钱。

市场逻辑下的社区

熊大哥：80年代那时候净赊账，就是因为赊账才搞垮的，赊账赊坏了。你不犁也不行啊，都是一个村的。没钱就该（欠）着了，他有钱再给。但我周转不动啊，还要借贷嘛，借贷的话，我就要背利息了。但是老百姓该（欠）的话，你没办法给他算利息啊。不好意思，一算就翻脸了，成了仇人了。所以就没挣上钱，形成了一种恶性循环。

笔者：真有不给钱的？

熊大哥：有嘛，他也没有钱，或给你一个油钱。本来应该100块钱，给你30或50。剩下的就要到秋天，秋天下来庄稼了，再给你。如果这年庄稼不成，就到后年了。那时候还是自装自卸，累得很，所以再就干不了了，卖了（拖拉机）。后期运费高了，别人装别人卸，司机光开，（我）没赶上。

笔者：比如说是犁十个人的地，有几个人给？

熊大哥：有很个别的给，好一点的就给你油钱。都不给的话就转不动了。当时逼他要也不可能，都是种地的呗，你给我犁了，种上东西产了，我才能给你。还有的收成不好赔了的。也有当时就给的，很少的。

笔者：是不是去外队要好些？

熊大哥：是有这么个道理。所以有的人本队就不犁了，就到外村去，本地的活儿干不了，干着就把你拖垮了。到外队去，要犁地，钱拿来，能扯下面子来。像梁书记玩机子的时候，本队他不干。他到别的村上去，事先说好，钱没有你给我一个羊。要我干活，钱先拿来。在本村干活，拖死个人，该（欠）账的多得很，拖拖就把自己拖穷了。

第三节　铁匠妥师傅

据村民回忆，在生产队时期，村里就有铁匠铺，"开始的时候也是自力更生，一些简单的工具：十字镐、铁锹、斧头，队上就可以做。像铧犁，木头犁子就自己做的，铁匠打一个犁头，往木头上一套。最早的铁匠姓郑（郑世则，按发音），是从山东来的。县上有物资供应部门[①]，供应铁锭、铁条。"

熊大哥的老爹从志愿军退伍后来到村上，也是较早的铁匠。"原来队上有铁工房，打马掌。打铁是（老爹）自己钻的，他心巧得很，做东西还精致。收工之后，各种工具都收纳好。按个铁锹把，日常用的东西，做得特别精致。记得他自己还能做钓鱼的滑车，之前在哈巴河钓鱼，能钓八公斤半的鱼。我初中毕业以后开始干活，他安铁锹把子就也安不及时（安不过来），我力气大，铁锹插进去，一撅撅折了。那时候家里还有打铁的砧子。"

妥师傅：冬天马钉的掌子，是必须要用的，要不走到冰上就滑倒。生产队自己打马掌。专门有个架子，把马放在架子上，脖子上缠一个铁丝，把它固定好。马蹄子拿起来，先修马蹄，用刀把它修得平平的，修平之后一边三个眼，打钉子，钉在马蹄子上。马有的钉习惯了，还盯着钉，钉上之后不磨脚。掌上边有三个爪子，走在冰上就能拿住了。夏季要换成平掌，冬季要换成爪子掌。

妥师傅的父亲也曾经是村上的铁匠。生于1974年的妥师傅，可以说"子承父业"，成了村上第二代铁匠。

[①] 20世纪50年代哈巴河县有两户铁工，一户白铁铺，所需钢铁依靠回收废旧钢铁为主，白铁皮从外地购进。1959年县计委实行自上而下的物资调拨分配，产品统购统销。1965年10月成立县农机物资站，统一管理物资供销业务。

学习技艺

妥师傅： 打铁是在哈巴河县城学的，本来就有点底子。老爷子本来就在生产队上打铁，大包干以后就在家打铁，家里就有个铁炉子。但是他那时候没有电焊，村里都没有做电焊的。所以，我们这一代接触干活就早，那时候小学上完，初中就没上，十二三岁就开始干活了。我们1982年上的小学，五年制。五年级夏天的时候，都没上完五年级就开始干活了。

电焊是到县上跟别人干才会的。老爹的手艺也是在新疆学的，他那个单一，光是打铁，跟别人学一学、干一干（就行）。不像现在我们干得这么复杂，什么都要会。但是我们现在干的（铁匠活），要失传了，没有人干了。现在搞电焊的年轻人都没有，年轻人学个挖机、学个铲车，三五天学会了，一个月拿一万块钱工资，老板还要管饭、管烟。像我们这个不是两三天就能学会的，要学个两三年。

然后还要特别受罪，干这个活，又苦又累。现在你想（找人）干个活、雇个师傅，哪有年轻的，全是我们这么大年纪的。

以前每个村都有打铁的，现在慢慢都没有了。前边我学的木匠，以前都是纯手工的，跟上两个浙江的人，学了半个月。那时候不像现在，当木匠到谁家去做家具，都是圆木头，就一个刨子一个斧头，给你一个长木头，做柜子，感觉太累了，就改学电焊。我到县城上去找搞电焊的，我都看一下，看哪家技术强。

我看到一个老师傅，看他干活挺结实的，就跑到这一家。刚开始是学徒，工资低，后期就算在他家打工。他的铁匠铺就在现在县城佳佳超市那个地方，在路西边。那时候城市建设厉害，干不了一年就要换房子。他是以前打井队的工人，做大型设备维修的，后来单位效益不行，就出来自己干。之前我也跟别的铁匠师傅家干过三个月，但那个师傅干活就我自己都看不上，感觉啥也学不着。

那时候这个师傅刚开始开店不长时间，他说一个人干不了，也想找个人。我跟他说，我主要是想学技术，生活费我还是要，就开始做学徒，刚开始一个月才200元工资（大概1991年）。

在做学徒之前，在矿上干过一阵子，开方石——下地基都是用那个东西，一个月1000元工资。还是想学个什么（手艺），不能一辈子打工。他看到我年轻力壮的，好多活儿都会干——因为家里也都干打铁，我看也看了好几年了。这样就跟上这个师傅学了，前前后后四年。刚开始的时候工资少，到后来慢慢多起来了，最后能拿七八百块钱，比一般的固定工资要高。电焊就是在师父这里学的。打铁最起码自己见过，琢磨琢磨就可以了。

干了四年基本都是小活儿，也没有什么大活儿。小活儿就是铁器加工、农机维修、做大门等；大活儿都是单位的活儿，当时要钱不好要。做各种东西，各种各样的螺丝、零件的加工。那时候做的种类多，因为很多东西买不上，不像现在各种零件都可以买上。特别是矿山上需要各种大螺丝，头要锥形的、三角形的、方形的。现在只要有需要这种零件的，就有地方造，以前买不上。我们一冬天就加工车床用的螺丝，型号大，不容易做，和开车床的合伙，在车床车上丝，把螺丝做出来。

做马掌

妥师傅：最主要的活儿就是做马掌，以前家家户户都用，那时候牧业农业都需要马，出门都是骑马。家家户户都有农机就是这十几年，过去家家户户必须有一个干活的马，去哈巴河县城或是骑马，或是四五个人的话赶个马车，犁地都用马干。那时候就是骑马过日子，交通工具就是马。90年代，最主要的活儿就是打马掌。那时候一年四季都需要打马掌。现在整个哈巴河都找不见了。

以前牧业队上，早上把马牵过来，马鞍都弄好，往门口一拴。那时候牧业上家家户户门口都有拴马的地方，随便去哪就一骑，马就和摩托车一样准备好的。马是晚上让它吃，白天不让它吃。

当时最多的活儿就是钉马掌、安马掌，现在骑马的人少了，出门都是摩托、小汽车，钉马掌的需求少了，也干得少了。钉马掌有一个架子，马钻到里边，肚子下边有腰带把它吊起来，然后马蹄子可以绑在上边。后边架子不用了，也给拆掉了。

有些哈萨克族同胞自己可以钉的，把（马）掌买走就行了。农业队上大都自己打不了，就需要把马牵到县上来。要说能自己钉马掌，一个是自己会钉，再一个必须是马要老实、有架子。有些马特别老实，把蹄子扳起来下边垫个凳子就行了，马也知道；有些马特调皮，你生人去就钉不了；有些马上架子后还跳，也钉不了，有时候一两个小时钉不了一匹马。

哈萨克族骑的马，因为天天训练，可以直接把蹄子抱起来，一般没事。马掌钉在指甲上，不在肉上边。过去牛也钉。之前都是石头路，掌子磨得快，就把肉磨出来了，光流血走不了路。冬天路滑没法走，有个掌子可以随便走。冬天有冬天的，夏天有夏天的。冬天是带爪子的，夏天是平的。马掌也磨损得厉害，夏天如果走在石头上，都会崩出来火星。如果骑马上山去，来往一个星期就磨完了。

崔师傅与绝活儿

在与妥师傅的访谈中，又一次听说了建筑社的往事①，原来妥师傅的师父就曾经向建筑社的老匠人学习手艺。

妥师傅：以前最早的时候，哈巴河有个姓崔的打铁厉害，当时单给他打榔头的人最少五六个。他以前在东北，让苏联还是日本人抓过去，打了铁的。然后就特别厉害。最早的时候，哈巴河有个建筑社②，早年一年收入才3万块钱，他打铁就给创收一万七。老头外号叫"崔胖子"。我认的师父，他的刃子——

---

① 第一次听说建筑社，是与退休干部、县老年大学校长马宝仓的访谈。

② 1963年5月从县营造厂分离26名工人成立泥木工合作社（即建筑社）。1974年县建筑社有职工94人，1977年98人。1980年8月更名为建筑公司。1998年与建筑总公司合并。

人在边陲

就是斧头、刀子这些，就是跟那崔胖子学的。虽然两个人没有拜师，但他俩天天喝酒，我师父天天问他（就掌握了要领）。打铁最难的就是刀刃子、斧刃子，还有那个宰子（錾）——它是铁还能把铁给断开。刃子上的火候是最重要的，有些人打铁打了一辈子，也不一定掌握到那些。

铁的热度、炉子加热到什么程度（要掌握）。它的颜色变化，比如200度的铁，阳光下看不出亮度，只有在最黑的地方看，有点发红；400度很明显是发红了；1000度已经发白了。材料是最主要的，还有水和铁起化学反应以后看铁的颜色，这没办法给你解释，必须实际操作才知道是怎么回事。好些人我也给他说，说完他回去试也不是那个事情。光是说得明白就都干去了。

以前村里做农机的，每家都要备上几个截铁宰子。我给人家做这个，烧得差不多，往水（里）一蘸，拿回去用去，我看都不用看。现在就不行了，三四年不打铁，就是给人家做不好，自己也没有信心。技巧，第一是要知道这个铁是什么属性的铁，最起码硬度得有，或者说多少号钢。不同型号的钢，属性不一样，比如弹簧钢是带柔性，轴承的壳子是硬性的，里边加入材料不一样。

你看我用轴承壳子做东西，因为它质地是脆的，我火候就要软一点。弹簧钢就不一样，它是柔性的，就可以做硬一点。这些东西不实实在在地操作，就不知道，需要慢慢积累才能知道。我文化又不高，理论上又没学。让我干行，让我说，我说不出来。

在师父那里学了三年，又跟着干了一年。那时候县城到处建设，年年修路、盖房子，没有固定的铁匠铺，搬来搬去。由于要用电焊，又是拖拉机又是马车子，很多地方不同意干打铁。1997年租种子公司的房子，他们说三年之内不拆，没一年，拆了。[1] 我们村1999年第一年通电，我就回到村上干。

---

[1] 1997年，哈巴河县投资近400万元，扩建民主路（道路红线46米）、幸福路（道路红线46米）、解放路（道路红线40米），拆除占压红线的部分建筑，修筑16米宽的沥青碎路面，全长1900米。1998年对县城内的12条次干道和主行道进行沥青碎路面或砂石路面的修筑，全长3.8千米。

第六章　各自的技能

● 时光掠影：建筑社往事[①]

"1950 年、1951 年大批汉族干部进来了，随之很多内地的能工巧匠也来了，这里面有个姓李叫李寿山的师傅，他是河南人，他带了一些人过来开始盖房子。李师傅带了一个工程队就盖起了哈巴河县第一所中学，刚成立的哈巴河县中学。1954 年，哈巴河县中学成立，最初几间教室就是他们盖的。我还见过这个人。然后县上想扩大建筑队伍，因为当时这个地方特别需要搞建筑的，新成立的政府部门和单位也有大量建筑需求。当时在哈巴河县城西缘坡地开了一溜四五个砖窑，那个地方土质比较好，适合于烧砖。

我姓马，我父亲叫马德昌，宁夏固原人，他是解放以前就过来的，自己是个木工。我们家到我父亲这是三辈的木工，那个时候的木工他不是光做家具，是建筑木工，雕梁画栋他都会。他也自己领着小工盖房子，也是包工头，然后县上就撮合李寿山和我父亲两个把两帮人弄到一块成立建筑社。1957 年成立的建筑社李寿山是社长，我父亲是副社长。建筑社在现在城头的阿克奇村，过去叫 12 队的地方，有一个大院。阿克奇村所在地也是整个县城的发源地。"

根据县志记载，1957 年前，全县只有河南籍李寿山为工头的建筑承包组。1957 年 4 月有马德昌（称木匠马师）为首的 41 人组成建筑合作社，属集体所有制，隶属农机厂管理，有职工 40 人，主要有泥瓦工、木工，承建土木结构建筑工程。

1959 年改工程队为加工厂，除从事基建工程以外，还有副食品加工。1960 年改加工厂为营造厂，归属商业局管理。职工 350 人，基建工程为主，农田种植、挖渠、机械修理为辅，基建工程主要是（建）

[①] 根据哈巴河县退休干部、县老年大学校长马宝仓口述整理。

小型土木结构平房。1963年5月20日，由营造厂分出26名工人成立泥木工合作社——建筑社。有职工26人，主要是泥瓦工、铁工、木工、油漆工等，没有机械设备。1970年，县建筑社、东风公社基建队共有建筑职工351人，施工面积2742平方米，竣工面积2196平方米，实际完成工作量16.67万元。1980年8月建筑社改名为县建筑公司。①

● 时光掠影：

哈巴河县回民定居历史情况

马宝仓②

哈巴河县位于新疆阿勒泰地区西北角，现有人口8万多，其中回族4000多人，主要分两个时期迁来定居：一个是19世纪末、20世纪初至1949年前；另一个是20世纪50年代末、60年代初，三年自然灾害时期。本文主要记载新中国成立前在阿克齐定居的回民情况。

一、新中国成立前回民人口情况及主要来源

清末时期，有几批回民来到阿勒泰各县落户，当时，主要分布在目前的阿勒泰市、福海县、布尔津县、哈巴河县、吉木乃县等地。这些人来源不同，最早是参加1862年西北回民反清起义失败后，被清政府流放来的"犯屯"；后来有一些回民因躲避战乱或原地生存艰难而上"口外"活命；也有一些则是听说阿尔泰山金子多，怀揣梦想，慕名而来；还有参加民国戍边部队前来并留下的。来到以后，他们以务农为主，同时，从事一些淘金、养殖、经商等副业，逐渐扎根下来。

---

① 哈巴河县方志编纂委员会：《哈巴河县志》，新疆人民出版社，2004，第350页。
② 哈巴河县退休干部，县老年大学校长。

在后来的几十年里，他们繁衍生息，不断壮大，成为特殊而重要的社会群体。他们以踏实勤劳、灵活能干和生活节俭等特点，为地方经济与社会发展作出了一定贡献，并取得了一定的社会地位。那个时期，哈萨克人迁入阿勒泰各地时间不长（1860年前后获清政府允许后才陆续迁来），社会环境宽松，加之1905年科阿分治后，首任行政长官实行屯田政策，吸引并鼓励外来回汉等民众开荒种地，为上述回民的定居提供了一定社会条件。

19世纪末，哈巴河县境内就有回民足迹，他们为数不多，游走于当地哈萨克部落里，从事经商、淘金等活动并融入其中。1910年前后，有一批回民看中阿克齐一带（阿克齐，哈萨克语意为白芨芨，现阿克齐镇及阿克齐村地名由此而来）的水土条件，便由蓝天喜、喜俩、老王、张麻子、郭燕清、潘友仁、马英贵、马华俊等人带头，开始在此定居务农。

那时，哈巴河水以东、以西，北至前山，南至额尔齐斯河，除河谷地带有哈萨克牧民住的冬窝子外，全是荒漠与沼泽，无人居住。现今的阿克齐村以东是一大片苇湖湿地，边缘土壤肥沃，西北方有哈巴河可以开渠引水。最初，他们在这里因地制宜，拓荒开地，利用湖边湿地种植一些谷类、洋芋等作物，并在高一些的地方挖地窝子居住，打井取水，生产生活。接着，进一步打墙建房，开渠引水，扩大耕地，大力发展种植养殖等经济生产，在这一片土地上扎根定居，繁衍生息。

随着这批人定居，阿克齐回民不断增多，有冬季从阿勒泰各大金沟和哈巴河前山一带前来窝冬（过冬）的淘金者，有从事其他活动不想回家或无盘缠回不去者，也有从军守边留下者。他们或携带家眷，或与当地人成亲，到新中国成立前夕，全县回民人口达五六百人，仅阿克齐就有四五十户、三四百口。这些人中以陕西、甘肃、宁夏、青海和新疆奇台、阜康一带人居多，也有少量河北、山西等地人员。

二、经济状况和社会管理

20世纪二三十年代以前哈巴河县总体经济状况是：占人口95%以上的哈萨克人以牧为业，逐水草而居。夏季上阿尔泰山深处放牧，冬季返回河谷过冬。虽有引水种地的，但也只是以很原始的方法种一些"塔尔米"（一种小谷米）等谷物，而没有正规意义上的农耕活动。自从老王等人定居之后，来阿克齐安家种地的回、汉、维吾尔、撒拉等族农民不断增多，到30年代中期，大家共同开挖了一条灌渠——户儿家大渠，又叫四道渠，确保灌溉。水浇耕地发展到数千亩，形成许多"庄子"（小型庄户实体）。其中，较有名气的回民庄子有：马华俊庄子、马全庄子、马虎庄子、李师庄子和尕石（汉）、卡得尔江（维吾尔）庄子，等等。这些庄户人家，在农忙季节雇用少量人员帮工，产出的小麦、豆类等粮食不但自给自足，还能进行交易。这些人中，也有因没有土地，以租种周围哈萨克人土地为生的。

由于人口不断聚居，围绕人们生产、生活的各种商贩、作坊、手艺人也应运而生。在短短的30来年里，阿克齐从零星定居户发展成为有近百家居民（其中有一小部分哈萨克人家），三纵两横五条街道的小镇。周围绿色环绕，沿街树木成荫，成为阿克齐荒滩上一道独特的人文景观。30年代后期，刚成立不久的县衙从哈巴河东岸营盘迁至镇南，盖起四合大院，设堂问政。随后，县警察局、税务局以及机关、学校相继建立并坐落县衙以西，哈萨克、汉、维吾尔等族人口纷纷进来，一座社会规范、商店棋布、市场喧闹的新兴城镇初具规模。

这期间，小镇中杂居的哈萨克人家也多了起来，其中有20多户集中居住在西头。他们中有一些与回民有亲戚关系，有一些以给回汉人家打工为生，还有一些是有一技之长的能工巧匠，靠市场谋生。与此同时，还有十多户维吾尔族和十多户汉族也分别在警察局周围相继落户，形成片区。他们也都各自修建了清真寺和庙宇，促进了人口和文化的多元化，繁荣了市场。至此，由各民族共同开辟的阿克齐小镇，开始成为哈巴河县政治、经济、文化中心。这期间，小镇的管理制度基本与新疆首府附近乡镇相似，设有街长、乡约、农官等基层社会管理人员，直接受县府管辖。

新中国成立后，这里划为县第一区第一乡，成立了"五星"农业合作社，后成为东风人民公社蔬菜队、第十二生产队（到目前为止许多人还把这里叫"十二队"），后来先后归属团结公社和加依勒玛公社；1984年社改乡后，成为加依勒玛乡阿克齐村，2002年划归阿克齐镇管辖。

市场的变化

标准化、批量化的生产，使得大量生产生活所需的铁器可以低廉地由外部市场获得，有着悠久历史、依赖"默会性知识"的村社内部的铁匠们，传统手艺的荣光已经消退。妥师傅，很可能是最后一代，会在铁砧上打铁的匠人。

妥师傅的铁匠坊

人在边陲

妥师傅：以前打铁纯纯是手艺活儿，要看火候，那时没有电焊，最简单的做扎扫把的铁环子，都要烧到一定温度，才能把铁砸到一块。那时候烧的是有烟煤，能把铁烧到1000多度。你要不看着，铁就流掉了，找不见了。现在烧的无烟煤，它没那么大劲儿，烧不到那个程度。

90年代回村子干，主要还是打铁，做马掌，还有各种各样的小东西。比如拴牛的铁链子头上有个万向转子[①]，（没有这东西）绳子就拧到一块了。

做各种各样的小东西：锄头、铁叉、镰刀、耙子，材料我们自己买。比如你要做镰刀，你不知道啥材料好啊，所以好多人他也不敢带材料来。我这里如果没有合适的材料，我就给他说买什么材料，比如多大多厚的钢板，让他去废铁厂找去。

我们这里进材料基本都从废铁厂进。我们时不常就从废铁厂弄一点材料来，铁板啊、圆钢啊，一公斤一般4块钱，好些的要4块、5块。

以前很多农具配件市面上没有卖的，我们就做这些东西。现在配件卖得很多，还特别便宜，任何一个五金店都有，一两块钱一个。我们要做的话，十多块钱一个。

现在任何一个五金店都有卖马掌的，比我们做便宜。按他们卖的价格，我就做不出来。我们做一个的价格，他们就可以买两个。他们是批量专做。以前这个买不到，都要我们自己做。好多东西我们做不了，人家乌鲁木齐厂子就可以做。

现在链子上挂的套材啊、笼头啊都特别便宜，不像以前。以前特别贵，因为本地没有，只能依赖纯手工做。以前搞马嚼子，哈巴河就几家可以做那个皮子，我们给他配套嘴里咬那个铁，然后他们把铁环子拿回去，可以编笼头。有两套，一套是嘴里咬的，一套不是嘴里咬的。现在从乌鲁木齐拿回来的都是编好的，绳子都是套好的。那个东西现在特别便宜，以前特别贵，很多人做不了。

做这么一个环，以前辛苦得很，做一个就需要半个小时，批量做就快一点。

[①] 指转环，直径一般3—6厘米。《铁匠技艺与文化》一书认为，此种物件看似普通，手工制作技艺却相当复杂。（曹保明：《铁匠技艺与文化》，吉林大学出版社，2014，第56页。）

但比如我做 20 个，就快得多，做一个（每个环节）都得等着，做二十个我就一批过了，我就光干这一样。如果只做一个，一头慢慢烧好、砸好，再烧另一头，还要等着烧好。二十个的话，一次性进到炉子里，一个一个做上就行了。

传统铁匠技艺不单是依靠器具本身，更是需要储存于工匠自身的知识库，特别是需要相互配合的环节，这是一种基于人际的以长期协调为基础的信息构造。

妥师傅：电焊，现在村上就我一家，以前还有一家，早就不干了。县城打铁的还有一家，也干得少了。现在打铁也打不住了，打榔头的人没有了。年纪大的干不了，年轻的不干。这个活儿没个副手干不了，随便什么人觉得大锤都可以拿动，但是砸东西就不行，特别是砸精密一些的，砸不到那个点上。不是说你能把大锤拿动就行，看得准，特别是要长时间配合。你东一榔头、西一榔头就不行，要长时间形成默契。（两人）必须都知道：师父要知道这个东西怎么做，徒弟也得知道这个怎么做出来。必须配合到那个样子才可以。

之前是小件东西多，现在则是各种电焊需求多。马掌的活儿变少了有十年了；像那种万向环那种配件的活儿，（变少）则是五六年。最近这几年，家家都有暖圈了，对拴牛的配件需求量大，但已经很容易从市场上买到。

村里的活儿

其实近年来，随着大规模经济作物种植，农机维修和电焊的需求很大，但妥师傅受到疾病困扰，已经有些力不从心。

妥师傅：现在身体不行，手抖得厉害得很。以前焊东西，直直地焊过来，漂漂亮亮的一道。现在手稳不住，控制不了，身体摇晃得厉害，稳不住。

最好的时候是 30 岁，（那时候）厉害，但是那个时候各方面价格都低，干的人也多，挣不着钱。现在是好多活儿没人干。去年我们队上一个种粮大户的点播机的梁断掉了，找别人焊上，把机器都扒掉，又重新装好，走 500 米又断掉了，拿到我这来。因为这个梁坏了，他前前后后耽误了四天，还雇着人。我说我给你保质三年。我也不说多少钱,你看吧。

现在有农机的都有电焊机,但是有些活儿他干不了,到我这的都是他们干不了的、有技术含量的,他也心甘情愿掏钱。比如最近有个村民想做个平板车,他也是经常做电焊,但是这个车的尺寸、牵引架要做多长、轮子放在哪个位置好用,这些关键的参数还得我给他出,一些关键的点,我也给他焊好。他自己哪有个主意?队上做车斗,基本都得通过我,我干不一定干多少,指挥我得指挥,要不光是几个小工,干不了这个活儿。

第四节 自己摸索的技术

牛羊解毒术

明叔20世纪80年代从宁夏固原来到新疆,年轻时候在北疆各地打工,在他看来,阿勒泰地区是全疆水草最丰美的地方①。

明叔:(六七十年代)我在老家的时候,牲畜是生产队养的,私人是不让养的,一个生产队有多少羊、多少牛、多少马,都是有数字的。然后生产队里说,张三你是放羊的、李四你是放牛的,你就放去。村上给你记工分,按工分吃口粮。刚开始包产到户以后,一家最多就是一个毛驴子,多余的没有,那么为啥说是一个毛驴子?毛驴就是犁地用的,之后是牛拉上一个犁铧,把地耕上。老家养的牛也是干活的牛,老家你说宰个牛吃肉,想都不要想。

后来我在这边,牛养了20多个,羊有200多个。(养这么多)一个是因为我年轻也喜欢养,再一个我们村子原来在山上也有草场。全疆来说,阿勒泰地区是牲畜、水草最丰富的一个地方。

从黄土高原迁入"西北极北",明叔在不长的时间里摸索出自己的一套牛羊养殖技巧。

明叔:养羊就要一天跟上,你不跟着,(外边)野狗有、水渠里毒草有,

---

① 阿勒泰草场总面积984.24万公顷,其中可利用面积723.93万公顷,分别占全疆草场面积和可利用面积的14%和20.8%。主要分布于阿尔泰山南坡至准噶尔盆地北缘之间。从山地到平原依次为:高寒草原、高寒草甸、山地草甸、山地草原、山地荒漠草原、山地荒漠化草原、山地草原化荒漠、平原荒漠草原、山地沼泽类、山地草甸草原、高寒沼泽、低山草甸、平原沼泽。其中,阿勒泰地区夏季牧场年平均气温3.6℃,牧业利用时间7—8月,平均气温10℃以上,年平均降水664毫米,气候凉爽,水草丰盛,蚊虫极少,适宜牲畜抓膘生长,年利用时间70天左右。(阿勒泰地区地方志编纂委员会:《阿勒泰地区志》,新疆人民出版社,2004,第211页。)

也毒死不少牛羊。那个毒草①，只要你牛羊吃上就死，牛羊还特别爱吃那个东西。它闻到那个味，就吃那个草，越吃越甜，等到它反应过来，肚子胀得起来了，走不成道了。

我到新疆养上牲口以后才知道的，在老家根本不知道。因为我出去放羊，羊要到自然渠里去（吃草），毒死我好几个羊了，我就知道了。那时候，放羊时候我就带上两瓶子五六十度的高度酒，往口袋一装。我一看羊把毒草吃了，状况不对劲，就把羊抓住，拿一瓶子酒给它灌，十分钟就好了，管用，这就是最好的办法，这就是我自己创的。

后面有个姓马的乡亲，他养个牛娃子，给毒草毒了，我说赶快买酒去，他说家里有的，我说家里有拿过来，有多少拿多少。我灌个三瓶子，就把牛娃子给灌醉了，牛娃子就靠着墙角，就把两个牛娃子救过来了。这就是自己脑袋琢磨的。所以说牲口能救下就救，真正救不下，死掉算了呗。

自学的维修匠

虽然连小学都没上过，明叔却是本村修车师傅和电工。按他的说法，这些手艺也是自己摸索的。这种在边疆生活的广阔图景中成长起来的个性、经验和技能，让人不禁想起高尔基自传体小说里的情节。

明叔：就像我修车一样，你叫我修车，你是啥车，怎么一回事情，离合器吱吱地响着、关不上档了，我就知道就是离合器的事情。修车是怎么学的？修车还是我自己创啊！你看我就库房里头电焊、三相电啥东西我都有。

只要你给钱，我都能修。比如修拖拉机，就看你是啥拖拉机，哪个地方坏了。你要是后桥坏掉，你掏的钱就多了。因为要把车扒得一塌糊涂，你没有个两三千块钱你就出不来。你说修个离合器、上个螺丝，那一般我们都免费就

---

① 当地较为常见的毒草有乌头草、毒芹等。其中，乌头草属毛茛科乌头属多年生草本植物，因植株体内含有乌头碱而具一定毒性。新疆乌头草分布较广，田边、林带、山坡均生长茂盛，哈巴河县分布以准噶尔乌头草为主。每年秋季放牧时牛羊因误采食乌头草而中毒死亡的事屡有发生。（王庆华、巴合堤：《牛羊乌头草中毒的救治》，《新疆农垦科技》1999年第2期。）

修了。

我搞这个年头多了，因为我九几年在乌鲁木齐跟上师父学的电焊，当时学了两年多，一般有个什么事情把我们挡不住，也不用拉上去别人家去干。我们前面有一个妥师傅，他专门搞电焊的，但是我们有个啥事情，我们自己就能干，我们自己也有切割机、电焊，不用找人家。

都是凭你自个儿的脑子，房子里头换电，我也可以换掉，但是我要收费。换一个灯泡子、换一个座子我都不收钱，那随时就给你换掉了，像你把旧线撤掉、穿新线、爬电线杆，我们就要收费了。这都是凭脑子，哪一个是火线、哪一个是零线，哪个是开关线、哪个是插座线，我们都把它弄得清楚得很，在队上我们给好几户人家穿线换线。有的没要钱，因为啥，"百姓百姓，个人有个性"。你待我好我不收你的钱，你待我不好我就要收钱；你划得来你干，你划不来就算。

我这个人就是这样，但是你说我占个小便宜，我不占。有什么事我能说到你的面子上来，但是你不要把我当勺（傻）子，你要是把我当勺子，只当一次，第二次我都和你没完。

与明叔不同，张哥是专攻农机维修，基本上是通过"把拖拉机都扒掉"来自主学习的。1970年出生的他，也会借助手机上网检索，解决疑难问题。然而，面对农机向电控系统更新的趋势，以及更加集成化、模块化和智能化的设计，明叔、张哥一代依靠动手操作和经验积累的兼业维修师傅，难免感到心余力绌。

张哥：学校出来就是搞农机，这是我的看家本领。自学的，没有师父。90年代在汽修厂修了一年车，实习生没有工资，就学了些技术。更主要的是自学，我自己也开拖拉机，坏了就拆，拆下来看。修理农机，我真正是自学，开拖拉机不管是哪个位置坏了，开始扒，扒了以后换配件，检查那个地方到底是什么原因。扒一次不行两次，那拖拉机一扒一大堆。就是喜欢，我搞农机，连给别人开加上自己开，30年了。一般都是人家开过来，也可以救援去。我家里各种农机维修设备都有。

1996年就开始修农机。四里八乡，都找我看拖拉机。我现在可以电话解决。

他给我说什么情况，我直接电话里断定，你把那个地方修好了就好了。有些问题是机械的毛病，但主要还是人为。（有些人）我不管，我只要开，它只要跑我就干。一直不保养，到最后坏了。现在好多车的毛病就是不换机油，两年三年不换。本来换机油只需要 200 块钱，到最后可能需要 2000 元修理，润滑器磨坏了。

现在拖拉机、农机都改成电控的了，原来是机械的，现在改成电子的，线路搞不明白，电控车修不了，搞不懂。

笔者：不学一下？

张哥：不学了，年龄到这里了，没那个精力了。有时候我也上网查配件，看怎么修理；一般用手机，参考一下。我们这代人就完了，电脑根本就玩不来。收费是看具体部位，小四轮、大马力也都是不一样的价钱。比较常见是油路，油泵、喷油嘴不喷油了。一般小的，换一个喷油嘴要 50 就搞定了；如果上实验台，调压力，或者要大的喷油嘴，就要上百。也看人。

访谈的最后，张哥带我们看了在主屋旁边的维修仓库，靠墙排列着砂轮机、空压机等维修器材，"也想过去乡里开个门市部，但开支也大，家里还有老爹要照顾。"

记忆拼图：张哥的家乡记忆

在老家的时候，我家就在铁路边。1974 年冬天，我 4 岁的时候，家里带着我回过一次沧州老家，印象中房后边挨着火车道。吃饭就坐到火车道边上吃……真正在老家没待几天。之后还去了辽宁我姑姑那边，我姑姑是卫生部门的，我姑夫是翻译官，有一段时间，我们住到接待外宾的宾馆。当时说是怕地震，就跑那里去了，说最安全。① 就

---

① 根据《辽宁省志·地震志》记载，海城 7.3 级地震前，1974 年 2 月底至 3 月，在内蒙古自治区敖汉旗（1969—1979 年归属辽宁省管辖）出现小震群；12 月 22 日，在辽阳葠窝水库地区出现震群。（辽宁省地方志编纂委员会办公室：《辽宁省志》，辽宁科学技术出版社，1996，第 152 页。）

记得这么些，别的记不住了，就再也没回去过，家里也没人了。有一个舅舅也是逃荒跑到东北去了，再也没有联系上。我妈妈在的时候，联系了好多次，找也找不到。

我老家是东光县连云寨，属于沧州地区。现在发展好着呢，国家定向支持沧州。那边已经没有亲戚了，我姑姑还在东北。我们家一个在东北、一个在西北。2018年4月份，姑姑还来过这边，来了十天，就来过一趟，也80多岁了。今年过年初一还视频通话了。其实，姑姑就见过两次，1974年一次、2018年一次。她还说今年想来，趁着能活动的时候，来转一圈。我想让她7月份来，拉她上一趟山，7月份小咬（小虫子）也下去了。

第七章 村民的往来与融合

第一节 一起盖房子
第二节 娶上媳妇
第三节 农业村的放牧人

| 第七章　村民的往来与融合 |

这是一个由汉族、哈萨克族、回族等多民族移民杂居形成的社区，出于各种因缘聚集而来的人们，在几十年共同生活过程中，如同化学反应一般，从无到有地形成着社会网络与社会资本，从而在60年时间里不仅完成了实体乡村的建设，更在社会关系层面上构建了一个活态的乡土社会。这种基于本能的社会化图景，让诸如"民族融合""社会治理"这样的宏大话语有了可以触及、可以感受的温度和对象。

第一节　一起盖房子

在西北边陲林莽中开辟出的这个移民村落中，几十年来，村庄内部来自不同地方的人们形成了社会网络，在日常生活中结成了紧密纽带，不同的民间风俗也逐渐融合。在访谈中，很多村民回忆起村里一起盖房子的情形。

赵校长：80年代盖房子，那个时候的人确实好，谁家有个事情（都）自觉去了，去帮着干活、盖房子，留着吃饭就吃饭，不留着就回家吃，家家户户都这样。就从80年代，70年代以前都好得很。不管你是哈萨克族还是汉族，是山东、河南、河北、甘肃、青海、四川，谁家有事情，只要你说一声，都去了。有的你不说也去了。谁家没有个事情啊，一辈子在这里生活，肯定都会有大大小小的事，修房子、上房泥、干体力活儿，都去了。留下吃饭，也不好推辞了，就吃呗。也有的说"你也不要麻烦了，干了些活儿嘛，我们回家自己吃去"。这个村子姓很杂，(但)都合得来。现在就不是这样的，现在就冷淡了，没有齐心协力的感觉了。

良叔：那时候盖房子就是你给我帮忙、我给你帮忙。天天盖的话，四五天就能盖起来。那时候哪有钱？就是抠着①盖房。自己买上酒、买上烟，管饭。我盖房你来，你盖房我也去。当时（我家）房子花了三四千块钱，主要是买土块的钱、买木头的钱。土块是2分5一块。上边的梁是买的木头，那时候一个檩条也要60到70块钱，是按立方算多少钱。土块垒起来，担檩条的岔子，放上苇箔。岔子放苇箔一糊，抹泥巴，再上边是麦草。

在物资匮乏的年代，互助行为也是一种生活策略，通过彼此交换劳动价值，替代稀缺的物质资本投入。同时，在单个家庭遭遇不可预测的生活困境时，密络的社区纽带提供的自愿性支持，也提高了特定家庭乃至整个村庄的韧性水平。考虑到此种不可预测的生活困境在概率分布上的广泛性，积极参与面向社区成员的自愿支持性行为，也相当于为自己储蓄了在必要时获得帮助的资格。在这个意义上，一个活态的社区必定有其广布式的记忆机制和价值分配机制。在我们访谈的村民中，互助式盖房在21世纪初还是存在的，但范围已经更加局限于关系紧密的同侪伙伴群体。

一位60年代后期出生的村民：这房子是2000年我自己盖的，以前帮忙不管你是少数民族还是汉族，只要是年轻朋友一块玩的，全部去你家干活给你去帮忙，我家来干活给我来帮忙，这样不算工钱。一到现在都要钱。

正像发生在所有领域的变化一样，日渐侵入的市场化逻辑，逐渐撕扯着村庄的社会互助网络和社会资本。这其实是几重机制共同作用的结果，而其根本在于社区内部的价值赋予机制被外部市场的价值机制所替代。随着这一过程的推进，劳动被赋予明确的市场价格，相应的机会成本得以显化，同时更加富足的物质资本使得村民可以经由市场获得商品化的劳动投入，而同样重要的是，

---

① 指省钱。

随着世代更替和村民外流，村庄缺乏自主的加强原有社会资本的行动。

村民：现在住的房子（2010年盖的）就是包出去干了，盖个房给小工一天200多，大工400、300不一定。大概2010年之后就包出去干了。

记忆拼图：老乡

孤悬关外的第一代移民们，老乡之间结成的紧密关系，有时甚至是其子女们都难以理解的。一位受访者讲述了父亲和一位老乡的深厚友谊："有个老乡，住在前哨[①]，那时候老爹经常赶马车去前哨，走一天到前哨，去看一个老汉。他和我老爹是一个地方的。他在新疆也没有亲戚，我老爹也没有，所以那时候两个人关系铁得很，那感情比亲戚还亲。那老头子经常一个人到我家来，从前哨走过来，头一天天黑走，第二天早上走到。那时候又没有电话，过上十天半个月不见就不行。他们那一代人和我们这代人不一样，我们这一代人又和我们下一代不一样。"

[①] 即萨尔布拉克镇。1971年体制改革，将原来的红旗人民公社划分为"反修"和"前哨"两个人民公社。1984年11月称萨尔布拉克乡。镇政府所在地距八大队约33公里。

第二节　娶上媳妇

在一户村民任叔家访谈时,笔者无意中提起了三家之前访谈过的村民,任叔说自己与他们都是亲戚。因笔者自小对亲戚关系一直搞不太清楚,加之任叔在表述中不断变换视角,结果我们花了20分钟,才梳理清楚他家和村里其他三户通过"挑担""妯娌"建立的联姻网络。为了免于给读者带来困惑,这里就不录入访谈原文了。简单来说,任家、徐家、刘家的三个闺女分别和闫家的三个弟兄结婚,成为妯娌。而刘家的另一个闺女嫁给梁家,由此任家、徐家又与梁家有了姻亲关系。这只是村中亲缘关系的一个切片。由于不同时期的移民多为投亲靠友而来,因此这样的亲缘关系较多在"口内"就已形成了。

一位60年代后期迁入的村民说起和早来批次村民的关系:"在口内,你喊王姐的爸爸妈妈和我老婆是一个队上的,近得很。王姐的父亲和我的姐夫,是一个爷爷的孙子。梁家也很早就认识,他们是武威南门上的人,我们是北门上的人。开庙会,他们进南门,我们进北门。他们那个地方,我经常去的。我的妹妹也是嫁到那个乡。"

在交通和通信更加便捷的时代来临之前,村庄内部各家之间彼此通婚显得相当普遍。来自五湖四海的移民,通过通婚也结成了更加紧密的血缘网络。一位来自武威的老奶奶谈起自家三个儿子的婚娶:"老大找的也是老家武威的媳妇,他们是北乡的,我们是南乡①。老二说了河南的媳妇,老三说了个山东的媳妇,也都是本村的,不同地方搬过来的。"

即使在80年代初期,自由恋爱在村子里仍然相对少见。刚才老奶奶谈到

---

① 事实上,这些城北、城南的知识,只有初代移民说得清楚。大儿媳妇对此没有太多概念:"我们就是在新疆生的,新疆人,老家都没去过。"

的大儿媳妇这样说："那时候如果有一个自由恋爱的，整个村子就喊红了。我们也是介绍认识的，那时候老思想。谈恋爱的也有，（我）不敢谈恋爱，胆小得很。有中间人，其实前边也都认识，但就是不敢谈，要有人介绍一下。"

熊大哥不打光棍

当然，即使在自由恋爱还会成为村里公众话题的时代，也不乏对爱情的追求和执着。2023年正月里的一天下午，笔者和两个北京外国语大学来村里调研的学生，坐在熊大哥家厨房兼饭厅里，听他谈起自己追求爱情的故事。

熊大哥：老婆家姊妹四个，她是老大。她们家还在村里开裁缝店、开商店，她爸爸也勤快。她从小接触民族的，哈萨克语讲得可好了。就是有经商头脑我才看上她的。亏了你何姐了，不然我还是光棍，30岁才结婚。就她愿意跟我。

"你长得这么帅，还能打光棍？"熊大哥也确实生得五官端正、身材结实。

何姐在一旁接话："帅有啥用，穷得当当的。"

"家庭条件不好，没钱，她不跟我，就是光棍。"

"当时谁追谁啊？"

"肯定我追她，那时候她要不同意的话，我真成光棍了。麻烦！差点打光棍嘛！"

"那你这属于穷追不舍？"

"那也没办法，有一点线索我就抓住。她父母不同意，不同意我说装个炸药包，把她父母炸掉算球。（开玩笑）她一想这不行，把父母炸掉了。"

何姐："给这些娃娃说，人家都觉得好笑得很！"

熊大哥："这是历史嘛！"

王木匠结婚

1964年出生的王木匠是家里老大，28才岁结婚，以当时的标准看，已经算是晚婚了。

王木匠：家里姊妹弟兄多，家庭条件差，父亲眼睛又不好。再加上我志气高，村上当时也给介绍过两个对象，大人都说王家老大是个好娃娃，但不愿意嫁给我，家庭条件不行，负担太大。最后我想，看最终谁过得好。那个时候，好多事情要有毅力。后边过得都好得很啊！

我们这代人找媳妇还都是介绍的。周边都知道我们家，名声在外，都说我们家里兄弟团结好。老二媳妇也是介绍的，老五是自己找的。就我媳妇是口内的，他们都是本地的，老二媳妇是巴勒塔村①，老三媳妇是胜利②的，老四是阿克加尔③的。

我当时想也可以找个哈萨克姑娘，我当时在哈萨克族村里威信好得很。那时候我音乐细胞也好，吹口琴、弹电子吉他，欢乐得很、阳光得很。干活累了，早早起来，在树林子弹吉他、吹笛子。晚些我再把他们（兄弟们）叫起来。我吉他是自学的，经常自弹自唱。

我老婆是1992年从甘肃老家来的。她有个二哥在这边。我当时不认识她。那是春天时候，我正在人家盖房、做门窗着哩！我们妹夫的爸爸，说有这么个丫头，也问了她哥哥了，说可以见面。我们是1992年5月2号第一次见的，5月28号结的婚——印象深刻。

在她哥哥家里，把我性格、爱好、家庭情况都和她家说了，盘了盘。她给我倒茶，喝了小暖瓶的水，反正就这样子，你看着考虑呗。之后我回来了，我妈问我谈得怎么样，我说我也不知道。到了第三天，妹夫过来说行了，情况一说，就开始准备。

2号见的面，28号结的婚。从亲戚和县上朋友借了4000块钱彩礼嘛，那就够得很。结婚之前，自己家里就有200块钱，我也不该（欠）账。当时也没想到后边生活有这么好，当时觉得困难不是个事情，挣钱也不害怕。有一点手

---

① 在八大队村北约8公里。
② 即萨尔塔木乡，1971年8月胜利公社从东风公社划出。1984年11月称萨尔塔木乡。乡政府所在地距八大队约21公里。
③ 在八大队村北约17公里。

艺，人就不在乎，觉得挣钱就容易着呢！

我们结婚的房子，也是相当可以的。里边家具是我自己做的。办酒席是家里办的，我们92年结婚的时候，出村的桥还没有。5月份水还很大。梁书记那时开28拖拉机（把媳妇她们捎过来）——我八几年给他干了两年活。那个斗子有一米二高，拉上她们从河里面过，她们在拖斗上面，从水上哗哗过去了，把她们吓得。

这时候，一直默坐在旁边的嫂子说："拖斗里全是水，哗哗哗的，把我们吓得。我老家从天水市的山区来，那里没有水啊。"

王木匠：人家说我媳妇是"扶夫妇"。从娶上媳妇，后边过得都好得很。结过婚第二年，一家伙就有变化。我们是92年第一年结婚种花豆挣钱了，在阿克阿热勒片区西边，包了一块地，卖了6万块钱花豆。收花豆的老板，50、100的票子少得很，全部给的10块的。我老爹看不到，我们给他放在跟前，让他摸着钱。这么多钱，高兴得很！

姜叔结婚

姜叔：我1970年结的婚。我和老婆是老乡。她们是中坝乡，我们是羊下坝乡①。近得很，离着就是两公里地，走路用不了半个小时就到了。吃着一个河里的水。过来新疆之后就认识了，但不是

访谈期间为姜叔和爱人留影（李耀摄）

---

① 现为甘肃省武威市凉州区中坝镇和羊下坝镇。

人在边陲

一起来新疆的。

她是和她哥、她妈妈——我老丈母娘,他们三个人一起过来的。他们先到阜康,那有个姐姐,住了几天,又到这里来的。这厢(当地方言)有她的大哥,是这个队的副队长,当了十几年了——在老家就在队上当队长。

我自己打房子,打起来之后我们才结婚。我们当时已经订婚有三年了,要不是订下婚了,我早到哈巴河(县城)了,订下婚我就不到远处跑了。怕她给人抢了。当男的要对女的负责任。

说到这,坐在一旁的阿姨说:"结婚的时候,他连个脚丫子上的鞋都不给我买,你想亏不亏人!"

姜叔:我从水利队(阿克加尔村)上刚来,来到这里待上一年结婚的,也没啥钱,买啥呢?但是,我还可以,我们结婚的时候,买的是最贵的烟,19块钱的,也有15块钱的,也有十三四块钱的,买了三条烟。我去周边村子,买来的清油(菜籽油)。当时用啤酒瓶子装的清油,一瓶一块钱。那时候就是菜籽油和胡麻油,没有葵花油。做席(做饭)的说,做菜要过油,不过油不好吃,要清油。

当时我在三小队,平下的地,种下的菜,晾干——我们11月份结婚哪里来的蔬菜(去卖)。我拿着自己晾下的蔬菜,就跑着卖了,然后买了五六瓶子清油。一些当时也是移民过来的有家(有婆娘娃娃的)的人说,你看人家一个人席做得好得很,我们有家的人有时候还不如。就是说当时就一个人比他们还富有,呵呵!结婚全都是自己操办的。父母是最后知道的,我们快结婚时候在哈巴河照了个相,给老家寄回去。

记忆拼图:文艺队

2009年的一篇新闻报道中写道:在哈巴河县哈英塔拉村,活跃着一支平均年龄在50多岁的老年演出队,不仅擅长传统的扭秧歌、唱花戏,还热衷于现代舞、健身操,并频频在县、乡的舞台上演出,让村里的年轻人都羡慕不已。如今，像这样的"村民演出队"，全县有50多支，聚集起了一批在吹、拉、弹、唱方面各有专长的"农民艺术家"，吸引了500多名业余演员参与其中，成为不离农民身边的"文艺宣传队"，让普通百姓成为文化活动的主角。

一位老村干部回忆："村里很早就有文艺队了，大概20多年前就搞，敲锣鼓、扭秧歌，老百姓也好这个。没有装备就到县上各单位去借，锣鼓也是借回来的。开始不会打嘛，锣还给打出了个洞洞。当时队上也没钱，参与活动的老婆子，一人凑两块钱，凑着给买了个锣。最后到乌鲁木齐，买了一个，给人家赔上。早些年还有一个鼓，打了好多年。烂到最后，找人家的牛皮，把毛给烫着弄掉，我给绷了一个鼓。2006年春节，我们到县上去，给抗洪部队慰问。一直到现在，也是每年都搞社火。现在条件好很多了，一年上边给专项经费支持群众活动。"

2022年元宵节期间，一篇新闻报道写道："2月15日，库勒拜镇喀英德阿热勒村锣鼓喧天，秧歌起舞，热热闹闹地举行'迎新春庆元宵暨乡村振兴民俗文化游园'活动。大家共同闹社火、扭秧歌、跳黑

2023年2月，在雪里嬉闹的文艺队成员

走马，让传统变成可以触摸、感受到的日常生活，使优秀传统文化得以继承发展，将中国传统文化自信心和民族自豪感深深植根于内心。"①

---

① 《哈巴河县各地开展多姿多彩的文化活动——"喜迎元宵佳节，为奥运健儿加油"》，桦林绿城公共文化服务：https://mp.weixin.qq.com/s/K2fg6oU9Fi8RbicU2VgVLg，最后访问日期：2023年8月12日。

第三节　农业村的放牧人

从阿尔泰山南坡到准噶尔盆地北缘，阿勒泰地区草场以南北纵向划分为夏牧场、春秋牧场、冬牧场：夏牧场主要分布在阿尔泰山区海拔1400—3000米的中、高山地带；春秋牧场，主要分布在额尔齐斯河一带，海拔700—1400米的低山丘陵和山前平原一带；冬牧场，主要分布在额尔齐斯河与乌伦古河两河谷，萨乌尔山、北塔山和准噶尔盆地沙窝子等地。[1]

阿尔泰山哈萨克牧民，在春夏秋冬四季驱赶着牲畜在不同牧场放牧，让牲畜在不同季节都有足够的草吃。[2]这样延续千年的游牧传统，是人类生活与自然环境相适应的产物，并形成了以阿吾勒（基本上是以血缘为纽带的小型游牧生产联合体）为代表的、提升牧民抗御风险能力的游牧组织形态。长期内生的游牧制度，又和各个时期的农牧业体制相互嵌入。即使像八大队这样以农业为主的村庄，也有专门的放牧人在牧场牧养集体或私人的牲畜。

八大队牧场分为春季牧场、前山牧场、后山牧场三部分[3]，后两者为夏季牧场，各个小队都可以利用这些牧场。夏季牧场，一般以6月10日至9月10日为利用时间，根据气候、牧草生长情况，采用分段式放牧，总计可利用约90天。6月中旬至7月中旬，在海拔1300—2000米的中低山带（前山牧场）放牧；7月中旬至9月上旬，阿尔泰山中低山带气温升高，蚊蝇增多，牧民便将牲畜转至海拔2000—2800米的高山带（后山牧场）放牧；9月中旬，高山地

---

[1] 阿勒泰地区地方志编纂委员会：《阿勒泰地区志》，新疆人民出版社，2004，第211页。
[2] 陈祥军：《阿尔泰山游牧者：生态环境与本土知识》，社会科学文献出版社，2017，第110页。
[3] 最远的一块夏季牧场在喀纳斯湖附近。

人在边陲

夏季牧场

带开始下雪，气温下降，牧民又将牲畜转回前山牧场。①

夏牧场

　　生产队时期，队上的马、牛都由哈萨克族牧人放牧，放牧人之间各有分工，常常子承父业，有人几十年放羊，有人父子两代放马。2022 年 7 月和 2023 年 4 月，我们两次访问二小队的放牧人包奎叔。他现在住的也是富民安居房，"这个房子 145 个平方，我们自己掏了五万四（不包括装修、改水改电的费用）。"包奎叔斜靠在沙发上给我讲起来，他普通话表述清晰，时不时会有些冷幽默。

　　包奎叔：最早我们是在跃进公社，1962 年到的加郎阿什村②，那时候小小的，我还有哥哥。1965 年公社调我们来这边，当时叫 12 队。我们来的时候，

---
① 哈巴河县方志编纂委员会：《哈巴河县志》，新疆人民出版社，2004，第 175 页。
② 位于萨尔布拉克镇。

村里面汉族、哈萨克族全算上40来户。

笔者：您普通话怎么这么好？

包奎叔：15岁的娃娃来到汉族队上，活了几十年，不学一点，成了傻子了吧！我15岁来了以后，我们的家族放牧去了，我和一帮小伙子在我们队的地上干活，一块住着、一块吃着，慢慢就会了。

后来，我本来考上了民族高中，到阿勒泰待上了两个月，跑回来了。当时家里条件不行，饿了两天不行就跑回来了。回到队上就干活，就是放牧，再没干别的活儿。那时候是四个小队，一个小队也就是二三十匹马、三四个牛，有300来只羊，一个大队有1000多只羊，都是集体的。个人家，一般一家两三个羊，也有多的，不一样。集体的羊和私人的羊不合到一块，我放的就是集体的羊。私人的羊有另外的放牧人。各队犁地的牛、马，活儿干完了就上山，一到8月份收开麦子了就赶回来。①

我是给二小队放牧，胡里玛别克的父亲也放牧，他是一队的。山上牧场②都挨在一起。村子旁边树林子弄上一个圈子，里边放着各家挤奶子的牛，有人专门放着，是吾塔尔别克的父亲。

据村干部回忆，村上之前有位放羊的马木尔汗老汉，每年都要上山，"他一到春天就要上山，村子里待不住。"

包奎叔：在春季牧场，半山里有接羔子的地方，下的羊放在接羔点。大致放一个月，小羊在里面待一个月，早上放的时候，把它盖起来，中午回来喂上一次，下午天气好的话，连大羊一起放一放。一个月以后，小羊差不多大了，可以跟（上）一起走。

上山去以后，路线是定好的：最开始到哪个地方住，后来到哪里住。在山上，会把面粉驮着，还有就是挤个奶子，做个奶疙瘩吃一下。各家吃各家的。总体讲，山上放牧要轻松一些，骑个马，没有体力活。

---

① 根据《中共哈巴河县委关于进一步完善家庭联产承包责任制的意见》（1984年1月24日）规定：统一牧放和管理集体耕役畜和社员自留畜，乘役畜可以实行铁畜制包给牧工使用管理，自留畜按规定计收代牧费。

② 夏季牧场。

牲畜生病的，有兽医，如果看不好，兽医就开一个证明，说明在什么地方牛由于生病死掉了。拿回来交给队上。如果没有兽医，让跟前的人做个证明。但是，很多时候，死了就死了，丢了就丢了。队上的牛，就看着办吧。

"大包干"以后，代牧私人的牛，如果丢了，就要找，找不回来就赔。一开始收50块钱，后来涨到100。给人家代牧，（需要核对）要下羊娃子的（有）几个，白羊几个、绵羊几个，写得好好的。回来以后，人家会问，我有个要下羊娃子的，那个羊娃子哪里去了？

笔者：放羊能分得清是谁家的？

包奎叔：分得好得很。之前有个老汉，他一个人放1000多只羊，你给他的时候，他过去数上一次。之后，只要看上一眼，就知道是谁家的羊。也有给羊做记号的，有的是在耳朵上贴一个贴片，有的是系绳子，或者在尾巴上染上一个颜色，有的是脸上喷个号。每个家的羊各有各的记号，都不一样。牛好分，牛的花纹和长相、包括角都不一样。一般人，牛放上个一二百只都可以认。

在山上放牧时候见过狼，有时候离得很近，看得很清楚。晚上，羊进圈里，它进不来的时候，就叫唤开了。有时候狼也跳到羊圈里边，杀死几只羊。如果晚上守夜的睡觉了，狼能赶上一半羊跑掉，把羊都杀死了，这种情况当时多

访谈中的包奎老人

得很。

春天下狼娃子的时候，把它养起来的人都有。长大以后，狼皮值钱，可以用来做皮大衣。穿上狼皮大衣，冬天找不到地方住，包住腿脚，一点事都没有，冻不坏。

哈熊（灰熊）这个东西，一次只吃一个（羊），给你扒完之后，才跑。狼赶上十几个、二十个羊跑掉，全部给你杀死了。（如果）见到了熊，嚷它就跑掉了。哈熊伤人是（什么情况），比如一个山谷里，它下来了，你上去了，躲不开了，没办法了，才会伤人，一般情况不伤人，或者是饿的情况下。狼也是那样，杀急了，没处跑了，它就回来了。

山上蛇多得很，原来戈壁滩也有，原来有姓王的一个老汉，我们两个正睡着，包着一个大皮袄睡着，晚上就听见唰唰的声音，好像拿鞭子打着一样。我们打开手电一看，在我们睡觉的地方就有个蛇，我们睡觉的皮袄正压着那个蛇，头和身子出来半个以后，下边出不来，就那样甩。这边好多种类的蛇，放牧也多得很，但没有被咬过。

一位村里的养殖大户，讲述90年代村里放牧人一起转场的情形。

村民：夏天哈萨克族搬家转场到夏牧场，我请他们代牧，给代牧费。每年我也骑马去（夏牧场），我家牲口多，就赶牲口上去，然后再回来。到山上去，吃的泉水，他们把木头中间砍成槽，叫泉水淌下来，饮牛羊喝水、喂饲料、喂盐①，哈萨克语言叫 naowa。牧羊嘛，他们也很辛苦，三天两头就搬家②。纯粹吃的蔬菜少，现在能运上去了，那时候就运不上去，主要喝奶茶、酸奶，吃肉，能驮上去面就吃一点。

这位村民还说起自己学习哈萨克语的经历："当时周边（在夏牧场）就我一个汉人，其他都是哈萨克族，就在牧民家房子里住。在毡房里睡觉吃住。我

---

① 根据文献记述，夏季放牧要给牲畜定期补充盐分，牲畜依靠人工喂盐补充体内缺少的盐分，这曾经是人类把食草动物驯化为家畜的一个重要环节。牧民把盐直接撒在羊圈旁边的水槽里。羊群晚上回来后直奔木槽，抢着吃盐。

② 有些牧户夏、冬牧场间距离遥远，一次转场要搬迁30—40次。牧民还要根据牲畜身体状况、地形、天气情况不断挑战移动速度。（陈祥军：《阿尔泰山游牧者：生态环境与本土知识》，社会科学文献出版社，2017，第151页。）

当时哈萨克语多少懂两句，日常生活的、找牲口的，这个牲口叫啥、那个牲口叫啥。不会说怎么生存？时间一长了，这个人教两句，那个教两句，你得记下啊，就慢慢记下了，因为都生活在一块呢。"

村上的老汉们

包奎叔说，队上有很多很好的汉族朋友，"原来你喊何姐的父亲，正儿八经和我是好朋友。"他一一数过村里健在的年岁大的老人，"去年姜叔来了，我说你多大了，他说我81了。我说屁给你放着呢，我说你比我大也就大个两三岁。最多他79，就这么个样子。按他的说法83了，那就是胡说了。"

包奎叔：现在我们八大队，赵校长可能80多了。再下来，男的里边没有80多的了，你张哥的父亲80多了，回族里边有几个，马占彪，现在80多的。女的里边就是梁大军妈妈，再就是他岳母。

记忆拼图：奶牛圈

八大队是一个多民族移民村落，这里的居民在共同生活中，相互吸收了很多彼此的风俗。有一位1976年出生的村民，回忆起村里"奶牛圈"的往事：

大概70年代到80年代中期，队上有一部分牛夏天不去山上，就在树林子里边，那是夏天奶子牛的草场。每家留下一两个吃奶子的牛，专门有人放，叫奶牛圈。

每天的中午或下午从地里回来，提个小喇叭桶，去到奶牛圈把奶挤上。烧个奶茶喝啊，有小娃娃的喝个奶子啊。还有人做馍馍啊，和面把奶和到里边，那样吃上，含钙高。我们小小的时候就喝奶。那时候每家基本上都养奶牛。来这里就跟着哈萨克族走了，老家没这个习惯。

各家的牛，在东面河边比较平坦的地方，有水、通风的地方，扎一个圆圆的圈子，队上有八九十户人的话，一家子一个篱笆，篱笆四五米长，高2米，用小灌木柳条编成篱笆，地上挖个洞栽上桩子，一个挨一个形成一个圈子。

那时候这个圈大得很，放上二三百头牛，也有三四亩地大小。每家有的留两个，有的留一个。专门有哈萨克族同胞放牛的人，代（养）一个牛，一个月多少钱。这些代养的人少种些地，或不种地也行了。80年代，那时候（代养费）便宜，一个月大概给上5块钱。那时候牛也便宜，我记事的时候，我家老爷子卖骟牛，那时候卖要拿到哈巴河的食品站[a]，专门收牛的地方，才卖了400多块钱。我们家里用的话，都是骟牛。阉割了以后，可以在家里用上十几年，用上顺当得很，拉牛车、转头犁耕地都用它。

一般一天挤奶一次，中午从地里回来挤奶。我记得老早的时候他们一天两次，中午一次、下午一次。之后人忙开了，就挤奶一次。之前人种的地少，你看我家前边树林子里边以前才种了四五亩地。后来（周边）有些平的地方再开一开。以前不是提倡开荒嘛，能开的地方都开出来。开得越来越大，种得越来越多，时间就不宽裕了。

再后面，戈壁滩的地种开以后，人就回不来了，有些人就感觉喂这个牛不划算了，不喂了。多种地收入就出来了。牛养得慢慢越来越少了。

一开始地少呗，吃大锅饭的时候，是公家开着地呢，一个生产队，住到这个地方来，这里平坦一些的地，林带里树少点的地，能浇上水的地方，就开呗。那时候一个生产队种着三四百亩地。现在一户都能种三四百亩地。后期养牛少的原因就是，地一种多以后，没精力管了。其二，你地里有收入了，养这个牛不划算，有些人慢慢把牛都卖掉了。

---

① 1964年4月成立食品站，属国有企业。1979年，新建库容量300吨（实际200吨）的冷冻库。1987年9月冷库与食品公司分开，成立肉联厂，单独核算经营。1988年食品公司承包经营。

包奎的汉族亲家

听村委干部说，包奎叔有个汉族儿媳，话题很快就转到这里。

包奎叔：我老三的儿媳妇是汉族，我们家和汉族是亲家，是孩子们自己谈的。我们的老三儿子16岁就出去外面干活，搞电焊。后来在街上租的门面房子做生意，他们可能挨着房子租下的。租着租着，就住到一块了。一开始我不同意，他们谈了两年，第三年给我说，你给我办不办这个事情，你不办，我请那些朋友叫到一块，饭店里随便一过就成了。我就厌了、害怕了。最后我让村里你徐大哥领上我到女方娘家去了。她父亲是个很阳光、好得很的人。

他说："我也知道你也不是那么高兴的，我也不是那么高兴。两个娃娃跑一块了，我有什么办法。"

女方是喀拉阔布村①的。他父亲当村里会计时间长得很。

最后我说："行，我也没意见，踏进我的门，名字也改了、啥也改了，愿意不愿意？"

他说："你们家对我丫头好就行了，再啥都没问题。"

笔者：第一次去亲家为什么叫上徐大哥呢？

包奎叔：你徐大哥的爸爸和我的亲家，在那个村一个当的队长、一个当的会计。他们俩关系好得很。我请他把这个事情说一说。

我那个孩子，说实在的话，现在我的这个儿媳妇对我们比哈萨克族儿媳妇还好。家里打个草、干个啥，就是我的汉族媳妇，好得很。结婚21年了，孙子都20（岁）了，在阿克苏上大学。

我们看老人展示的孙子视频，这个混血孩子很娴熟地在做油焖大虾，很帅气，看不出长相明显像谁。

一起访谈的驻村工作队同志说："20年以前，哈萨克族嫁汉族、汉族嫁给

---

① 在八大队村西北约24公里。

哈萨克族，是个非常稀罕的（事）。现在都不在乎。现在哈萨克族的丫头还愿意找汉族的，因为汉族的小伙子比较顾家，哈萨克族小伙子爱喝酒。现在哈萨克族跟汉族、汉族跟哈萨克族结婚多得很。但是 20 年前，这两家还是比较开明的。我弟媳妇家孩子也是混血，蒙古族和汉族的混血，超级聪明，很多东西无师自通。"

记忆拼图：赵校长回忆的民族交往故事

20 世纪 60 年代来疆的赵校长，讲述了日常生活中各民族交往的情况：

民族同胞对我们汉族也尊重，帮我们放牧，放牛放羊。我们刚来哈巴河的时候，把我们分到加郎阿什去，当时村里没有几户汉族人，看到哈萨克族的，新鲜得很，心里还有点怀疑，这些人害怕不害怕？其实接触了以后，他们对我们可好了。哈萨克民族好客得很，对客人

哈萨克族的待客礼仪

很尊重，到人家去，叫你坐在上边喝茶、请你吃饭，有些事情（他们）也来帮忙。我刚来民族话不懂，干活就手比画。我们一开始来到这个队上，说话互相都不懂，就要比画比画，只能动作表示，慢慢就沟通了。两三年以后就陆续可以简单沟通了。

因为这里是牧业地区，以前民族一般不种地，后来也慢慢跟着种地。以前民族吃蔬菜很少，说这是吃草，现在吃菜厉害呢！所以，生活习惯也在改变，互相学习。现在过年，少数民族同胞也给汉族拜年，他们过年，也叫着汉族的去。

70年代，有一次，我赶着车回家，掉进一个泥坑子里出不来了。天快黑了，我实在没有办法了，这咋办？过来了一个民族同志，他看着车弄不出了，赶紧叫几个民族小伙子一起把车弄出来了。

我在塔斯喀拉认识一家哈萨克家庭，男的会说普通话，我们过去经常来往。有一年，男的收牛羊，往昌吉卖牛羊。收了一车七八十个羊，被人给骗了，把一车羊骗走了，（被）收了羊的人追着找他要钱。夫妻两个闹矛盾了，就离婚了。后来这个媳妇一个人带着三个娃娃，生活也比较艰苦。我们老两口经常买点蔬菜水果去看望。

附录

诗歌

我的白桦林

马宝仓

我家门前有一片白桦林，
　　哈巴河水从中穿行，
　　野花飘香青草茵茵，
　　还有夜莺美妙的歌声。

这是一片我的白桦林，
　　童年时光常在梦境，
　　赶着羊儿走过小径，
　　河边留下一串脚印。

白桦林啊，白桦林啊，我的白桦林，
　　赶着羊儿走过小径，
　　河边留下一串脚印。

我家门前有一片白桦林，
　　微风吹拂郁郁葱葱，
　　每一棵树上印着我的情，

人在边陲

　　　　　每片叶儿牵着我的魂。

　　　　这是一片我们的白桦林，
　　　　　还有美丽城市乡村，
　　　　　平安与和谐伴随我们，
　　　　　永远感恩永远前行。

　　白桦林啊，白桦林啊，我们的白桦林，
　　　　　平安与和谐伴随我们，
　　　　　永远感恩永远前行。

田野杂记及致谢

在一本讲质性研究方法的教材中，谈及口述史的特点时写道："每一次口述资料的收集，无论访谈前、访谈时或是访谈后的过程，都是相当耗时的工作。"[①] 这点也只有亲身做一遍，才能体会到。

为了减少村干部的负担，常常一个人在村里做访谈——这在田野调查的方法论中是要尽力避免的情况。有一次，正在积雪的村道上走着，一辆小车停在身边，摇下窗户，司机问："你是不是卖被子的？看你背个包包在村里转来转去。"正值正月，推开一扇扇门，进入一个个陌生的院落，相当一部分村民都能就往事坦诚直率地和一个陌生人聊，这在内地的很多田野调查中，几乎是不可想象的。

老乡们叙述常常是跳跃的，穿插不同时期的回忆。在保留每个人叙述习惯和地方语言特色与文法合理之间平衡，是非常困难的。有时候，我甚至反复斟酌每个字词是否要予以保留或替换为更一般的说法。很多目前看来顺序展开、内容连贯的叙述过程，其实大多经过反复整理或打磨。

---

① 范明林、吴军、马丹丹：《质性研究方法（第三版）》，格致出版社，2024，第192页。

花了很大力气，做出这本小册子的意义何在呢？或者说，至少对于我来讲，做这件事情的内在动力是什么呢？如果只是给一个边疆村落出一本村史，或者为了满足发表业绩要求，实在很没有必要这样大费周章。

在书中出现的或没有出现的村民，"代表"了很少在正史中现身的普通人，他们并没有什么彪炳史册的丰功伟绩，只是以自己的方式在时代大潮中努力生存，却是社会过程最深厚的构造力量，或者说他们是具体的、流动的、活态的"社会过程"本身，而一旦尝试对此进行对象化、概念化、抽象化时，这些具象的身影就立马遁形得无影无踪。

那么，这本小册子可以算是尝试留下这些身影的一块"时间晶体"吧。事实上，留下的也只是"身影"而已。

持续两年的调研、写作过程，得到过很多人的帮助。感谢哈巴河县县委县政府、组织部、宣传部、统计局、地方志办公室、乡村振兴局、农业农村局、库勒拜镇、萨尔塔木乡、加依勒玛乡、萨尔布拉克镇、喀英德阿热勒村委会、"访惠聚"工作队为调研提供的支持。感谢喀英德阿热勒村的乡亲们！

刘春甫、何欣、彭潇肖、李天阳等同学参与了部分文稿的整理工作，一并感谢！

感谢石河子大学常伟教授、中央民族大学张兴无老师对书稿提出的宝贵意见！

感谢导师温铁军教授为本书作序，感念师恩！作为其中的一员，这本书也是哈巴河县温铁军工作室的研究成果。

感谢北京共仁公益基金会驻地团队提供的各种各样的帮助，如果没有他们的协助，不可能有这本书的产生。

感谢我的父母、爱人和孩子们，在很艰难的时刻，是他们给予我支持。

2024年9月